KB243166

무적택배

무적택배 6

이원 판타지 장편 소설

초판 1쇄 찍은 날 § 2004년 8월 16일
초판 1쇄 펴낸 날 § 2004년 8월 26일

지은이 § 이원
펴낸이 § 서경석

편집장 § 문혜영
편집 § 장상수 · 김민정 · 최하나
마케팅 § 정필 · 강양원 · 이선구 · 김규진 · 홍현경

펴낸곳 § 도서출판 청어람
등록번호 § 제1081-1-89호
등록일자 § 1999. 5. 31
어람번호 § 제1-0528호

주소 § 경기도 부천시 원미구 심곡1동 350-1 남성B/D 3F (우) 420-011
전화 § 032-656-4452 팩스 § 032-656-4453
E-mail § eoram99@chollian.net

ⓒ 이원, 2004

값 8,000원

ISBN 89-5831-209-2 04810
ISBN 89-5831-020-0 (SET)

※ 파본은 본사나 구입하신 서점에서 교환하여 드립니다.
※ 저자와 협의하여 인지를 붙이지 않습니다.

이원 판타지 장편 소설

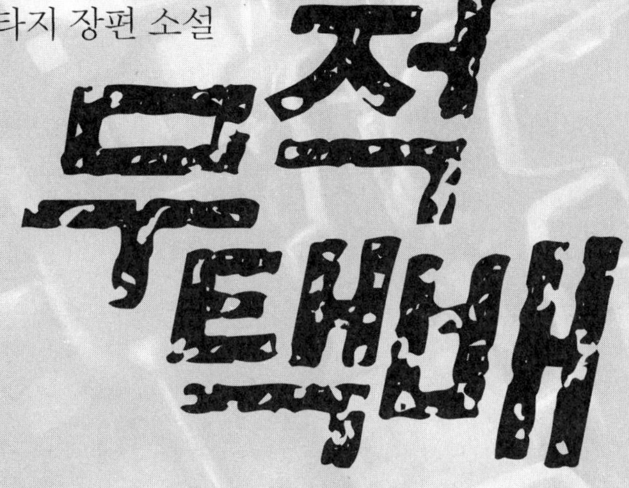

묵적특배

6 귀환

완결

도서출판

목차

6

귀환

■제20장
달에 가다

1

무적택배호를 타고 달에 가는 날이 왔다. 무적택배 사람들은 잔뜩 긴장해서 무적택배호의 통제실에 모여 있었다. 무중력 상태로 우주에 나가면 구토를 하는 경우가 많다는 말에 따라, 다들 아침을 아주 가볍게 먹거나 아예 먹지 않은 상태였다. 노드와 로네스를 통해 출발 당일 위험할지 모르므로 구왕궁을 완전히 비워놓으라고 미리 말해 놓았기 때문에 무적택배호 주위에 다른 사람들은 없었다.

"모두 안전벨트는 잘 매셨습니까?"

출발 전에 우진이 확인했다. 박창은 자신과 박상, 지혜를 확인하고 대답했다.

"이쪽은 O.K. 입니다."

"우리도 확인했어요."

릴리도 대답했다. 우진은 몸을 돌려 조종간을 잡았다.

"자, 그럼 무적택배호 발진합니다."

곧 엔진 소리가 울리며 무적택배호의 기체가 떠오르기 시작했다. 디파에 있는 지식의 관에서 달까지의 항로에 대한 데이터를 찾아와 무적택배호의 컴퓨터에 넣어놓은 터라 달에 가는 일 자체에 대해서는 바다와 우진도 별다른 걱정을 하지 않았다. 그것보다는 대기권을 돌파해 나갔다가 돌아오는 일이 문제였다. 한번쯤 시험 비행을 했더라면 좋았겠지만 가뜩이나 부족한 에너지 사정이 그것을 허락지 않았다. 컴퓨터로 시뮬레이션 훈련을 실시했지만, 우진과 바다는 다른 때보다 더욱 긴장하고 있었다.

다행히 출발은 순조로웠다. 서서히 고도를 높여가던 우주선은 선체를 비스듬히 위로 향하고 차차 속도를 더하기 시작했다. 중력 시스템이 작동되지 않아서인지 상승할 때의 느낌이 여느 때와는 많이 달랐다. 가슴에 묵직한 것이 올라앉아 짓누르는 것 같은 느낌이 들고 압박감 때문에 손을 들기도 어려웠다. 조종사들이 괜찮을지 걱정이 된 박상은 바다와 우진에게 말을 건네려고 했지만 목소리가 크게 나오지 않고 입 속에서 웅얼거리는 수준이었다. 그러다 보니 바다와 우진은 그의 말을 듣지 못하고 조종에 열중해 있었다.

"대기권을 무사히 돌파했습니다."

한참 뒤 우진의 말소리가 들리자 박상을 포함해 다들 안도의 한숨을 쉬었다.

"멀미약을 먹었는데도 속이 안 좋아지려고 하네."

지혜가 식은땀이 배어나는 이마를 짚으며 구시렁거렸다. 달 여행의 일차 관문이었던 대기권 돌파를 무사히 끝내고 나자 긴장 때문에 미처 느끼지 못했던 무중력 상태가 실감나기 시작했다. 안전벨트로 묶여 있어 몸이 떠오르지는 않았지만 두 발이 저절로 들려지고 팔도 가만히 손잡이에 있어주지 않았다.

"우와, 기분 되게 이상하네."

박창은 마음대로 되지 않는 손발을 이상한 표정으로 쳐다보았다. 속이 조금 미식거리는 것 같아 박창은 얼른 몸을 틀어 자신의 좌석 옆에 달린 작은 캐비닛을 열었다. 무중력 상태에서 떠오를 것을 대비해 캐비닛 내부의 물건은 끈과 테이프로 바닥에 고정시켜 놓은 상태였다. 박창은 부스럭거리면서 그 안에서 뭔가를 꺼내려고 했다. 그런데 이상하게도 몸이 마음대로 움직여 주지 않아 간단한 동작인데도 시간이 꽤나 걸렸다. 한참 만에 기름 먹인 종이를 여러 겹으로 붙여 만든 큼직한 봉지를 꺼낸 그는 그것을 언제라도 쓸 수 있게 상의 주머니에 찔러 넣었다. 그때 지혜가 박창에게 손을 뻗으며 말했다.

"나도 하나 줘. 토할 것 같아. 빨리!"

박상이 봉지를 건네주자 지혜는 서둘러 봉지를 벌리고 그 안에 얼굴을 대고 토하기 시작했다.

"우웨엑~ 웩~"

그런데 봉지를 댄다고 대었건만 내용물이 봉지 바닥에 부딪쳤다가 튀어나와 얼굴에 고스란히 묻었다.

"으악, 더러워!"

지혜는 토하다 말고 정신없이 도리질을 하며 고함을 질러댔다.

"악! 뭐 하는 짓이야? 이쪽으로 튀잖아!"

박창은 박창대로 공중에 떠오르는 구토물을 보고 기겁해서 손발을 버둥거렸다. 박상은 얼른 뒤쪽에 있는 철인간을 불렀다.

"게이브, 물수건으로 얼른 이 떠다니는 것들을 치워!"

―알겠습니다.

게이브는 다른 철인간들과 통제실 뒤편의 로봇용 장치에 고정되어 있었는데, 그것을 풀고 지혜 쪽으로 갔다. 무중력 상태라 몸이 공중으로 떠올랐지만 로봇답게 당황하지 않고 사전에 가르쳐 준 대로 천장의 줄을 잡고 이동했다.

"역시 로봇이라 균형을 잘 잡네요. 별로 어려워 보이지 않는데요?"

릴리가 그 모습을 보고 말하자 우진이 말했다.

"로봇이니 그렇죠. 우리는 적응하려면 시간이 걸릴 겁니다."

게이브가 물수건으로 지혜의 구토물을 치우는 동안 박상도 속이 좋지 않아 봉지를 입에 댔다. 그러나 먹은 것이 없어서인지 내용물이 나오지는 않고 침이 입 안에 맴돌며 메슥거리기만 했다.

"젠장, 차라리 토했으면 좋겠는데……."

그는 투덜거리며 좌석 옆의 캐비닛에서 물수건을 꺼내 입을 닦았다.

"어느 정도 예상은 하고 있었지만 역시 기분이 별로 좋지는 않은데요. 익숙해질 때까지는 시간이 좀 걸리겠어요."

우진이 난처한 미소를 흘렸다.

"그래도 우진 씨랑 바다 씨는 아주 멀쩡해 보이는데요?"

박창이 말했다. 박창은 지혜처럼 멀미가 심하지는 않았지만 아까부터 두통 때문에 괴로움을 겪고 있었다. 우진은 빙긋 웃으며 말했다.

"지상 공군 출신이라 그런가 봅니다. 전 순수한 공군이 아니라 공군 소속 우주선을 조종했기 때문에 대기권 너머로 왔다 갔다 하는 것이 주된 임무였거든요. 몸이 어느 정도 적응해 있나 봅니다."

"바다 씨는 우주군이었잖아요?"

릴리가 바다에게 물었다. 바다가 대답했다.

"우주군은 중력 시스템이 고장났을 경우를 가정해서 평소에 무중력 상태의 적응 훈련을 합니다. 비상시에는 얼마든지 발생할 수 있는 상황이니까요."

"그 점은 부럽네요. 전 슬슬 속이 불편한 게 느껴지는데."

릴리가 한숨을 섞어 말하자 바다는 머리를 살짝 흔들었다.

"하지만 저희도 아직은 모릅니다. 무중력 상태에서 오래 있어본 적은 없거든요."

한편 박창은 자신의 캐비닛에서 물 없이 먹는 두통약을 꺼내 씹어먹고 고개를 뒤로 젖히다가 우연처럼 무적택배호의 배후를 비추는 모니터에 시선이 닿았다. 그 화면에는 이들이 방금 떠나온 푸른 별이 선명하게 빛나고 있었다.

달에 있는 우주 도시 출신인 박창에게 있어 우주에서 바라본 지구는 주위 환경을 이루는 요소 중 하나이자 일상적인 풍경이었다. 아주 어릴 때 어땠는지는 기억에 없지만, 아무튼 별다르게 의미를 두어본 적이 없는 광경이었다. 그러나 지금은 전과는 달리 기분이 묘해졌다. 푸른 별의 모습이 지구와 너무 닮아 있기 때문인지도 몰랐다. 이대로 달에 가면 그곳에 자신들의 고향 달빛시가 있을 것만 같은 기분이 들었다.

'우리가 정말 지구에 돌아갈 수 있을까? 다시 달빛시에서 지구를 바라볼 수 있을까?

그런 생각을 하며 그는 낯익고도 생소한 그 푸른빛을 바라보고 있었다.

"으아, 가렵고 뻑뻑해서 미치겠네."

우주에 나온 지 팔 일째. 머리를 부여잡고 괴로워하는 지혜를 보고 박창은 인상을 쓰며 멀찍이 물러섰다.

"아우, 더러워. 제발 내 앞에서 긁지 마. 여기까지 비듬 튀잖아."

"난 비듬 없어! 다만 좀 가려울 뿐이지."

박창에게 쏘아붙인 지혜는 머리에서 손을 떼면서 입속으로 투덜거렸다.

"기록도 이런 기록이 없어. 팔 일씩이나 머리를 못 감고 샤워도 못 하다니. 이럴 줄 알았으면 물 없이 쓰는 샴푸를 다 쓰지 말고 남겨두는 건데."

지혜는 우주선에 비상용으로 구비해 두었던 물품을 프라트에 있으면서 다 써버린 것을 후회했지만, 이제 와서 어쩔 수 없는 일이었다. 지혜가 계산했던 대로 닷새째에 달에 도착해 주회 궤도에 진입한 무적 택배호는 달 상공을 돌면서 기스칼의 시설을 찾아다니고 있었다.

"이러면 안 돼. 아예 잊자. 잊어버리는 거야."

지혜는 자꾸 머리로 가려는 손을 억지로 자신의 주머니에 찔러 넣으면서 머리에 대해 신경을 끊으려고 애썼다. 우주에 나온 지 여러 날 되다 보니 멀미와 불쾌감도 웬만큼 가라앉았고 무중력 상태에도 제법 익숙해졌지만, 씻지 못하는 괴로움만은 어쩌지 못하고 있었다.

"전 머리는 그런대로 참을 만한데, 등이 아픈 게 싫더라구요. 진통제를 먹으면 좀 낫는가 싶다가도 다시 재발하고, 그치만 지금은 많이 좋아진 것 같아 다행이에요."

마리나는 공중에 떠오른 채 몸을 구부려 무릎을 가슴으로 끌어당기는 동작을 반복하고 있었다. 다른 쪽에 있는 릴리는 철인간 아다다를 시켜 자신의 등에 대고 고무공을 문지르게 하고 있었다.

우진이 말했다.

"무중력 상태에서는 등뼈마디 사이가 벌어지는데 근육이 그걸 따라가지 못해 그렇다는군요. 하지만 차차 적응이 되어서 그런지 전 이제 괜찮은 것 같습니다."

박창은 부럽다는 투로 우진에게 말했다.

"우진 씨는 멀미도 거의 안 했잖아요. 그건 진짜 부럽더라."

그런데 별안간 릴리가 무엇 때문인지 푸훗 웃음을 터뜨렸다.

"왜 그래요? 뭐가 그렇게 재밌어요?"

박창이 물으니 릴리는 손을 흔들면서 계속 웃었다.

"아무것도 아니에요. 순간적으로 박창 씨의 얼굴이 너무 귀여워 보여서 그래요."

"예?"

어리둥절해하며 캐비닛에서 거울을 꺼내 자신의 얼굴을 비춰본 박창은 스스로도 꽤나 놀랐다. 무중력 상태로 인해 그의 얼굴은 평소의 윤곽을 찾아볼 수 없을 정도로 동글동글하게 부어 있었다. 인상이 완전히 달라질 정도여서 자신이 봐도 웃음이 나왔다. 피식 웃는 박창을 보고 지혜가 놀렸다.

"네가 봐도 웃기지? 물에 푹 불려놓은 찐빵 같아."

"그건 지혜 누나도 마찬가지야. 보름달이 따로 없어."

그러더니 박창은 갑자기 몸을 숫구쳐 천장 가까이까지 올라가 보디빌더들이 가슴 근육을 자랑할 때 흔히 하는 포즈를 취하더니 일행에게 으스댔다.

"어때요? 우람하죠? 미스터 유니버스 같지 않아요?"

얼굴이 둥글어진 만큼 가슴에도 체중이 쏠려 제법 두툼해 보였다. 그의 너스레에 다들 잠시 현재의 상황을 잊고 유쾌하게 웃었다. 지혜는 손뼉을 치고 깔깔대면서 말했다.

"야, 그런 식으로 미스터 유니버스면 나도 글래머 미인이 되겠다."

아닌 게 아니라 지혜도 가슴이 불룩해져 있었다. 공중에서 이런 저런 포즈를 재며 동료들을 웃기던 박창이 장난스러운 표정으로 제안했다.

"이럴 게 아니라 기념 사진이라도 찍어놓는 게 어때요? 우리가 언제 또 이런 모습이 되어보겠어요?"

그러자 우진이 웃으며 말했다.

"사진 찍을 것 없이 조수의 카메라로 촬영을 하죠."

"그것 괜찮은 생각이네요."

지혜는 쾌히 찬성했다. 평소라면 어림없을 일이었지만, 지금은 혼자만이 아니라 모두 비슷한 모습을 하고 있기 때문인지 부끄러운 마음도 별로 들지 않는 모양이었다. 마라나와 릴리도 군말없이 동의했다. 조수는 통제실의 사람들을 빙 둘러가며 찍기 시작했다. 지혜는 제법 그럴싸하게 폼까지 재면서 촬영에 임했다.

"얼굴은 웃기지만 가슴이랑 허벅지는 너무 마음에 들어. 내 평생 이렇게 풍만한 가슴과 날씬한 허벅지를 가져 본 적이 없을 정도야.”

“그러게 말이에요.”

마리나와 릴리가 깔깔거리며 지혜의 말에 맞장구쳤다. 다들 기분이 들떠서 웃고 떠들면서 공중에 떠오른 채 여러 가지 폼을 잡으면서 촬영하고 있는데, 운동실에 가 있던 바다와 박상이 돌아왔다.

“지금 뭐 하는 겁니까?”

통제실의 시끌벅적한 분위기에 박상이 어리둥절해서 묻자 박창이 대답했다.

“지금 기념 촬영 중이야. 이런 모습이 되기도 쉽지 않잖아.”

“싱겁긴.”

박상은 시큰둥한 표정으로 자신의 자리에 가서 앉았다. 바다도 조수가 자신의 모습을 찍든 말든 상관하지 않고 조종석에 돌아가더니 안전 벨트를 맸다. 박상이 박창과 지혜에게 말했다.

“너희도 운동실에 가서 운동 좀 하지 그래? 특히 지혜 넌 어제도 안 했잖아.”

지혜는 뚱하니 대꾸했다.

“안 하면 안 돼? 땀이 나도 샤워를 할 수 없는데, 운동하면 더 찜찜해지잖아.”

“해야 돼. 그러다가 나중에 지상에 강하할 때 심장 마비가 일어날지도 몰라.”

박상의 단호한 대답에 지혜는 시무룩해져서 한숨을 푹 쉬었다.

“가만히 있어도 찜찜해 죽겠는데 땀까지 빼야 하다니……”

그런데 조종간을 잡기 전 바다가 일행에게 말했다.

"달에 도착해서 오늘로 사흘째인데 그동안 달에 있는 기스칼의 시설 여섯 군데를 위치만 확인하고 그냥 지나쳐 왔습니다. 정말 대신관님이 환영에서 보았다는 기지를 확인할 수 있겠습니까?"

지혜는 짧게 한숨 쉬고 대답했다.

"어쩔 수 없잖아요. 달 표면에 있는 기스칼의 군사 기지 및 조선소를 다 합하면 열 곳이 넘어요. 기지마다 일일이 들어가서 확인하려다 간 에너지도 그렇고 시간이 턱없이 모자라요. 앞서 지나친 여섯 곳을 다 조사하기도 전에 시간이 다 흘러버릴 거예요. 기왕에 믿고 왔으니 한번 믿어봐야죠."

"정말 이래도 되는 건지 모르겠습니다."

바다는 입속으로 중얼거리고 돌아앉았다. 바다가 느끼는 불안은 다른 사람들도 마찬가지지만 지혜의 말처럼 충분치 않은 시간 내에 성과를 보려면 모험이라도 시도할 수밖에 없었다. 바다는 떠름한 표정으로 큰 소리로 사람들에게 말했다.

"다음에 가는 곳은 에브크로즈 우주군 조선소입니다!"

에브크로즈 우주군 조선소는 지금까지 지나쳐 온 여섯 곳의 시설과 비교해 보아도 단연 규모가 컸다. 불가사리처럼 생긴 거대한 형체가 달 표면에 엎드린 자세로 있어 멀리서도 금방 그 존재를 알아챌 수 있었다.

"에브크로즈에 접근합니다."

우진이 모두의 주의를 일깨웠다.

무적택배호는 고도를 낮추어 조선소 가까이에 내려가 서서히 선회

하기 시작했다. 전설의 짐승처럼 고요히 달에 엎드린 조선소는 눈에 잘 띄지 않는 어두운 암갈색이었으며 크고 작은 장치들이 표면에 비늘처럼 우둘투둘하게 박혀 있었다. 불가사리의 팔처럼 뻗은 가지와 가지 사이의 움푹 들어간 곳마다 커다란 문이 달려 있고 그 위에 기스칼의 문자와 그림이 있는 것이 보였다.

"파디아님이 말씀하셨던 내용과 상당히 흡사하네요. 아무래도 이곳이 맞는 것 같은데요."

지혜가 말했다. 다른 사람들도 같은 생각이었다.

"좋습니다. 이제 방법을 찾아 들어갈 준비를 합시다."

그렇게 말한 박상은 아담에게 명령했다.

"아담, 혹시 모르니까 에브크로즈 조선소에 연락을 취해봐."

―알겠습니다.

아담은 펠레즈의 지휘차에서 옮겨온 통신 장비로 우주 조선소에 연락을 취했다. 잠시 후 아담이 말했다.

―에브크로즈 조선소의 중앙 컴퓨터 크라트에서 답신을 보내왔습니다. 보존 처리가 되어 있는 상태라고 합니다.

"정말이야?"

지혜가 반색을 했다. 다른 사람들도 긴장하여 아담의 말에 집중했다.

―에브크로즈 조선소와 군사 기지의 사람들이 시설을 비우고 지상으로 내려가면서 보존 조치를 하고 떠났다고 합니다.

지혜는 기뻐하며 아담에게 명했다.

"그럼 내부 상태가 양호하겠다. 어서 우리를 들여보내 달라고 해."

─알겠습니다. 에브크로즈 조선소에 기스칼 지상군 총사령관 박상 님의 방문을 알리고 출입 허가를 요청하겠습니다.

잠시 후 아담이 다시 말했다.

─출입이 허가되었습니다. 하지만 현재 최소한의 시스템을 제외하고 조선소와 군사 기지 전체가 보존 상태에 있기 때문에 바로 들어갈 수는 없습니다. 보존 상태를 해제하고 환경 조정에 들어간다고 합니다. 환경 조정이 완료될 때까지는 이곳에서 기다려야 합니다.

"얼마나 기다리면 되지?"

박상이 물었다.

─약 한 시간입니다.

"길군."

박상이 투덜거리자 우진이 말했다.

"기지의 규모에 비하면 오래 걸리는 것도 아닙니다. 에브크로즈 조선소는 군 기지도 겸한다지 않습니까? 지구에서도 저만한 규모의 조선소는 별로 없는 걸로 압니다."

"아무튼 한 시간 동안 어딜 다녀올 수도 없고, 꼼짝없이 여기서 기다려야겠네요."

마리나는 그렇게 말하며 몸을 쭉 폈다. 그런데 갑자기 생각이 났던지 박창이 아담에게 물었다.

"아담, 환경을 조정하면 저기 기지 안에서는 중력 시스템이 작동되는 거야?"

─기본 시스템에 심각한 오류가 없는 한 그렇습니다.

"물은 어때? 화장실이랑 샤워실을 쓸 수 있어?"

─확인해 보겠습니다.

에브크로즈에 확인한 아담이 말했다.

─예, 가능하다고 합니다.

그 말을 듣자마자 박창은 손가락을 소리나게 팅기며 기뻐했다.

"앗싸! 안 그래도 화장실에 가고 싶었는데, 한 시간만 꾹 참았다가 가자마자 큰 볼일부터 봐야지."

그러자 지혜가 핀잔을 주었다.

"어렵게 거기 가서 찾을 것 뭐 있어? 우리 우주선에도 중력이 작용할 텐데 우리 걸 쓰면 되잖아."

"그런가."

"암튼 잘됐다. 난 샤워하고 머리부터 감을 거야. 안 그래도 머리가 가려워 죽을 것 같았어."

"우리두요!"

마리나와 릴리도 두 팔을 번쩍 들고 환영했다. 오랜만에 편히 배설하고 씻을 생각에 들떠하는 일행에게 우진이 미안한 듯이 말했다.

"기분을 깨서 죄송한데요, 조선소 안에 들어가도 바로 활동을 개시하지는 못할 겁니다. 지상보다는 중력이 다소 약하겠지만 무중력 상태에 있다가 갑자기 중력을 받기 시작하면 몸이 적응하는 데 시간이 필요하다고 하거든요."

"얼마나 걸리기에요?"

릴리가 물었다.

"글쎄요. 지상이 아니라 우주 기지에 들어가는 거니까 좀 다르겠지만, 수분을 보충하고 몸을 움직여서 적응 시간을 가지는 게 좋을 겁니다."

"그럼 오늘 저 안을 둘러볼 수 없는 거예요?"

지혜는 조바심을 냈다.

"안에 들어가 봐야 알겠지만, 무리하지 않는 편이 좋을 것 같습니다. 탈이 나서 아프기라도 하면 일정에 더 차질이 생길 겁니다."

"그치만 가뜩이나 시간도 없는데……."

한숨 쉬는 지혜를 박상이 타일렀다.

"네 마음은 알겠지만 너무 초조하게 굴지 마. 이럴 때일수록 계획적으로 움직여야 해."

그때 바다가 일행의 주의를 일깨웠다.

"그런 것보다 저곳을 어떻게 조사할 것인지 생각해야지요. 한 시간을 무위로 흘려보낼 것이 아니라 조사할 방법을 알아봅시다. 저렇게 큰 시설이니 무턱대고 돌아다녀서는 시간이 너무 지체될 겁니다. 달에 도착한 지도 오늘로 벌써 사흘째이고, 우리가 이곳을 다닐 수 있는 시간은 오늘을 포함해 일주일가량이 고작입니다. 저쪽의 중앙 컴퓨터가 제대로 작동하고 있는 모양이니 정보를 요청해서 구체적으로 계획을 짜는 것이 좋겠습니다."

구구절절 옳은 말이라 모두 군말없이 바다의 말에 따랐다. 박상은 아담에게 명해 에브크로즈에 대한 기본적인 정보를 받게 했다. 에브크로즈는 우주군 기지와 우주 조선소가 함께 있었는데, 불가사리의 다섯 개 팔에 해당되는 부분이 우주군 기지였고, 우주 조선소는 몸통 부분에 있었다. 무적택배 사람들의 주요 관심사인 조선소에는 일반 도크 스물일곱 곳과 기밀로 분류된 특별 도크 아홉 곳이 있었다.

"아담, 안에 대형 우주선이 남아 있는지 물어봐."

지혜의 명령을 받고 에브크로즈에 문의한 아담이 대답했다.

―우주군 기지와 비행장에는 남아 있는 대형 우주선이 없고, 조선소의 일반 도크에는 손상을 입고 수리 중인 것이 일곱 대 있습니다.

"수리 중? 그럼 가동이 가능해?"

―가동이 가능한 것은 없습니다.

지혜는 아담의 대답에 실망했지만 계속해서 캐물었다.

"특별 도크에는?"

―죄송합니다. 특별 도크의 정보는 기밀로 분류되어 있어 알려줄 수 없다고 답변해 왔습니다.

예상치 못했던 아담의 대답에 무적택배 사람들은 당황했다.

"펠레즈의 총사령관인데도 안 돼? 다시 확인해 봐."

지혜가 놀라서 지시했지만 결과는 같았다.

―특별 도크에 대한 정보 접근 금지를 해제하려면 기스칼 우주군 총사령관 또는 기스칼 대통령의 허가가 있어야 한다고 답변해 왔습니다.

잠시 난감한 침묵이 흐르고 이내 박창이 투덜거렸다.

"우주군도 대통령도 없어진 지 오래잖아. 어디 가서 허가를 얻는단 말이야?"

지혜는 아담에게 말했다.

"에브크로즈의 중앙 컴퓨터에게 더 이상 기스칼의 대통령도, 우주군 총사령관도 존재하지 않는다고 알려줘. 존재하지 않으므로 허가를 얻는 것이 불가능하다고 말이야. 컴퓨터가 오류를 일으키지 않았다면 그동안 얼마나 세월이 지났는지도 계산이 되겠지."

─시도해 보겠습니다.

아담이 다시 연락을 보내고 얼마간 시간이 흘렀다.

"그런 류의 프로그램은 원래 지독하게 융통성이 없는 법인데, 지혜 씨의 말씀처럼 될까요?"

마라나는 회의적이었다. 지혜도 별로 자신은 없었다.

"나도 알아요. 하지만 이곳 문명의 철인간의 성능을 보고 한번 가능성을 걸어보는 거죠."

얼마 뒤 답신이 왔다. 1급 기밀로 분류되어 있는 정보는 원칙에 따라 제공할 수 없지만 기스칼 지상군 총사령관이 특별 도크를 둘러보는 것을 막을 근거는 없으므로 총사령관의 판단에 맡기겠다는 내용이었다. 지혜는 후우, 안도의 한숨을 내쉬었다.

"나름대로 절충을 한 것 같네요. 접근을 막지는 않겠다는 것만 해도 어디예요."

"그건 그렇지만, 저 넓은 조선소를 언제 다 둘러보죠? 달빛시보다도 더 크겠는데요."

우진이 걱정했다. 지혜는 어깨를 으쓱거리고 말했다.

"전차든 전기차든 저 안에서 타고 다니는 교통편이 있겠죠. 고대 사람들도 걸어다니지는 않았을 거잖아요. 하지만 만일 가동하지 않는다면 우리 우주선에 가지고 온 에어카와 에어바이크를 이용해야죠."

그러자 우진은 쓸쓸한 투로 말했다.

"탈것이야 어떻게 되겠지요. 그것보다 도크 하나하나를 돌아보면서 다니다가 시간이 얼마나 걸릴지 모르겠기에 하는 말입니다."

"저쪽 컴퓨터에서 조선소의 내부 구조에 대한 정보를 얻어서 동선을 의논해 보죠. 우선은 특별 도크만 다니는 걸로 하구요. 1급 기밀로 분류되어 있다는 것으로 봐선 그쪽에 중요하고 좋은 것들이 있을 가능성이 크잖아요."

그렇게 말한 지혜는 아담을 시켜 에브크로즈의 구조도를 받게 하고, 그것을 무적택배호의 컴퓨터에 옮긴 뒤 통제실의 대형 모니터에 나타나게 했다. 불가사리의 몸체 부분에 해당되는 조선소는 크게 일반 도크와 특별 도크, 비행장, 사무 구역과 거주 구역으로 나뉘어 있었는데, 대부분의 구역에 명칭이 표시되어 있었으나 어떤 부분은 아무런 표시도 없이 공백 상태로 되어 있었다. 그 부분이 특별 도크라는 것은 짐작할 수 있었다.

"일반 도크는 그냥 지나치고 특별 도크가 있는 지역으로 곧장 가면 되겠군요."

바다가 모니터를 보고 말했다. 지혜는 고개를 끄덕이면서 덧붙였다.

"나중에 시간이 남으면 일반 도크도 두어 곳 둘러보기로 해요. 꼭 대형 우주선이 아니더라도 쓸 만한 것이 남아 있을 수도 있으니까요."

구체적인 계획과 동선을 의논하며 기다리는 동안 차츰 에브크로즈에 변화가 생겼다. 기지 곳곳에 불이 켜지고 방어 무기로 짐작되는 여러 가지 장치가 바깥으로 튀어나와서 기지개라도 켜는 양 이리저리 움직이는 것이 보였다. 불이 들어오자 에브크로즈의 불가사리 모양은 창백한 달 표면과 대조되어 더욱 뚜렷한 형상을 이루었다.

"이렇게 보니 더 멋진데요. 웅장해 보여요."

릴리가 감탄했다. 우진도 동감했다.

"그러게요. 처음에 봤을 땐 투박하다고 생각했는데, 의외로 멋을 부린 것 같은데요."

박상 등도 기지의 모양새에 탄복하며 보고 있었다. 그러나 지혜는 그런 것에 아랑곳없이 다른 점에 신경 쓰고 있었다. 그녀는 아담에게 물었다.

"이 조선소는 에너지 문제를 어떻게 하고 있지? 외부에서 공급받는 거야, 아니면 자체적으로 발전 시설이 있어?"

―에브크로즈의 중앙 컴퓨터에 문의해 보겠습니다.

잠시 후 아담의 대답은 자체적인 발전 시설을 가지고 있다는 것이었다. 지혜는 예상대로라는 듯이 고개를 주억거렸다.

"역시 그렇겠지. 저렇게 큰 데다가 몇십 개나 되는 도크를 가동시키려면 발전 시설이 있어야 할 거야."

그렇게 한 시간가량 지나자 드디어 에브크로즈에서 환경 조정이 끝났다는 연락이 왔다. 그리고 거대한 출입구가 열렸다. 안쪽에는 유도등이 환하게 켜져 있어서 들어가기만 하면 되었다.

바다와 우진은 무적택배호를 조종해서 그 안으로 들어갔다. 몇 개의 격벽을 지나자 대단히 넓은 착륙장이 나왔다. 우주 항해 전용으로 보이는 소형 우주선이 구석에 모여 있을 뿐 대체로 비어 있어서 착륙에는 아무런 어려움이 없었다. 착륙이 끝나자 에브크로즈에서 메시지를 보내왔다.

[박상 지상군 총사령관 각하, 에브크로즈 방문을 환영합니다. 어서 오십시오.]

"자, 이제 일어나서 나가야……."

안전벨트를 풀고 냉큼 일어서려던 지혜의 표정이 바뀌었다.

"에그그~"

그녀는 신음을 뱉으며 상체를 앞으로 숙였다. 다리가 바닥에 들러붙은 것처럼 무거워서 꿈쩍도 할 생각을 않았다. 의자에 머리를 기대고 늘어져 있던 박창이 혀를 찼다.

"성미도 급하긴. 우진 씨가 그랬잖아, 적응 시간이 필요할 거라고."

다른 사람들도 몸이 무거워서 일어날 엄두를 내지 못하고 조금씩 물을 마시면서 한참 의자에 앉아 있었다. 상태가 조금 나아지기를 기다려 다리를 흔들기도 하고 몸을 이리저리 조금씩 움직이며 적응의 시간을 가졌지만, 평소처럼 일어나서 행동할 수 있을 정도로 상태가 금방 좋아지지는 않았다.

"지혜 씨, 돌아갈 때는 중력 시스템을 켜면 안 될까요?"

마리나가 지혜에게 물었다. 웬만해서는 힘든 기색을 내비치지 않는 그녀였지만 지금은 꽤 지쳐 버린 목소리였다.

"지금은 모르겠네요. 여기서 우리가 필요한 걸 발견해서 달을 더 다니지 않아도 된다면 한번 고려해 보겠지만 말이에요."

대답하는 지혜의 음성도 나른하고 느릿했다. 몸이 무겁다 보니 말하기도 귀찮은 듯했다.

한참을 자리에 앉아서 미적거리던 무적택배 사람들은 무거운 발을 질질 끌고 행동을 개시했다.

간신히 몸을 가누면서 순서를 정해 화장실과 샤워실을 사용한 무적택배 사람들은 여전히 휘청거리는 걸음으로 밖에 나갈 준비를 했다.

“비행장만 해도 무척 넓군요. 걸어서 나가려면 무진장 걸리겠는데
요.”

마라나가 모니터에 비치는 내부 풍경을 보면서 말하는데, 조종석에
앉아 있던 우진이 대답했다.

“아까 두 분이 샤워실에 갔을 때 저기 안쪽에서 전기차 같은 게 여러
대 왔습니다. 이 안에서 타고 다니는 것인 모양이에요.”

“그래요? 다행이네요.”

마라나는 상쾌한 얼굴로 수건으로 젖은 머리칼을 닦아냈다. 그녀와
같이 씻고 나온 릴리도 기분이 좋은지 콧소리로 노래를 흥얼거리고 있
었다.

“아이고, 나도 씻으러 가야지.”

낑낑대며 일어난 지혜는 두어 걸음 옮기기도 전에 자기 발에 걸려
콰당 소리를 내며 바닥에 넘어졌다.

“괜찮아?”

박상이 묻자 지혜는 바닥에 엎어진 채로 끙끙 앓는 소리를 했다.

“몸이 너무 무거워. 발에 쇠뭉치가 달린 기분이야.”

박상은 철인간 삼룡이를 불렀다.

“삼룡아, 지혜를 샤워실까지 부축해 줘.”

—알겠습니다.

삼룡이는 지혜를 일으켜서 부축했다. 부축을 받으며 나가던 지혜가
마라나를 돌아보고 물었다.

“마라나 씨, 혹시 샤워기의 물이 벼락처럼 몸을 때리는 거 아녜요?”

마라나는 빙긋 웃었다.

"그 정도는 아녜요. 처음에 물을 좀 약하게 하고 쓰시면 될 거예요."

"알았어요. 고마워요."

지혜는 징징거리면서 통제실을 나갔다. 그 모습을 보고 있던 박창이 키득거리며 박상에게 말했다.

"암만 봐도 지혜 누난 절대 비밀 결사나 비밀 프로젝트 같은 걸 수행할 수 없는 사람이야."

"왜?"

박상이 묻자 박창은 키득거리면서 말했다.

"뻔하지. 엄살이 심해서 쬐끔만 아파도 죽는다고 난리가 나잖아. 누가 잡아다가 한 대만 때려도 온갖 비밀을 술술 다 불어댈걸."

그 말에 통제실에 있던 사람들은 일제히 웃었다. 다소의 과장이 섞여 있기는 해도 전혀 엉뚱한 말로는 들리지 않았던 것이다.

순서를 정해 씻고 나서도 돌아다닐 엄두가 나지 않아 한동안 더 자신들의 우주선 안에 머물러 있던 무적택배 사람들은 한 군데의 도크만이라도 둘러보자는 바다와 지혜의 주장에 밀려 나갈 준비를 시작했다. 이불이며 식량, 칫솔 등을 챙겨서 철인간들에게 들게 하고 밖으로 나가기 시작했을 때는 이미 조선소의 비행장에 들어온 지 여러 시간이 지난 뒤였다. 조선소의 규모로 볼 때 하루 이틀에 조사를 끝내기는 무리였고, 최소 며칠은 안에서 지내야 할 터였기에 짐이 꽤 많았다.

"허벅지랑 엉덩이 살이 전부 얼굴에 몰린 것 같은데, 머리가 무거워서 잘 걸을 수 있을지 모르겠어요. 이건 금방 정상으로 돌아오진 않겠죠?"

릴리는 둥글어진 자신의 얼굴을 쓰다듬으며 농담을 했다.

우진의 말처럼 적응이 되려면 더 시간이 필요한지 발에 무거운 물체라도 매단 것처럼 무겁고 힘이 들었다. 모두의 걸음은 자연히 펭귄 무리처럼 느릿해져 있었다.

우주선 바깥에 도착해 있는 조선소의 내부 차량은 지구의 미니버스만한 크기로 바퀴가 없는 전기차였다. 보존을 위해 뭔가 발라놓은 모양으로 표면이 반들거리고 있었다. 전기차 뒤에는 꽤 큰 짐칸이 달려 있어 짐을 둘 수 있었으나, 좌석이 10인승이어서 한 대에 철인간까지 다 탈 수가 없어 두 대에 나누어 타야 했다.

—박상님, 어디부터 갈까요?

아담이 박상에게 묻는데, 지혜가 무적택배호에서 출력한 조선소의 구조도를 펼치면서 말했다.

"여기서 가까운 특별 도크에 가줘. 공백으로 되어 있는 부분 말이야."

—알겠습니다.

아담이 전기차에 목적지를 밝히자 전기차는 달리기 시작했다. 비행장을 지나 본격적인 기지 내부에 들어선 그들은 일반 도크와 거주 구역 등의 지역은 그대로 지나쳐서 목적지로 향했다. 조선소의 규모가 워낙 크다 보니 각 구역을 연결하는 내부의 통로는 도시의 일반 도로처럼 넓고 길었다.

한참을 달린 끝에 특별 도크가 있는 구역에 들어갔는데, 기밀 시설이라 통로 자체를 이중 격벽으로 막아놓아 차량이든 사람이든 함부로 드나들 수 없게 되어 있었다. 정보를 제공할 수는 없으나 접근을 막지

도 않겠다던 중앙 컴퓨터의 통고가 유효하여 다행히 아담의 무선 연락
에 바로 문이 열렸다.

첫 번째 특별 도크 앞에 도착한 박상 등은 전기차에서 내려 아담을
따라 걸었다. 아담이 안내한 곳의 문은 일반적으로 사람들이 드나드는
크기였다.

"도크의 출입문은 굉장히 클 줄 알았는데, 그냥 보통 문 같네요."
박창이 중얼거리자 우진이 말했다.

"장비나 원자재용이 아니라 기술자들이 드나드는 문일 겁니다."
도크의 출입구 역시 아담이 중앙 컴퓨터와 통하는 핫라인으로 박상
의 신분 코드를 보내자 금방 열렸다. 두꺼운 금속제 문이 옆으로 밀려
들어가자 모두 긴장해서 입을 다물고 안으로 걸음을 디뎠다.

문이 열리는 것과 동시에 안에 환하게 불이 들어오고 휑하니 트인
드넓은 공간이 먼저 눈에 들어왔다. 문 앞으로 6, 7미터가량의 폭으로
벽을 따라 죽 이어진 통로를 제외하고 그 너머 안쪽 공간은 비어 있었
다. 통로의 벽과 상부는 튼튼해 보이는 철제 구조물로 감싸여 있었으
며, 통로 중앙의 폭 3미터 정도는 가 쪽보다 바닥이 10㎝가량 낮고 레
일로 보이는 납작한 금속 띠가 가운데 있어서 통로를 따라 이어져 있
었다. 어디서 끝나는지도 모르게 양쪽으로 끝없이 이어진 통로를 보며
박창은 혀를 내둘렀다.

"맙소사, 뭐가 이렇게 길어? 걸어가다간 끝이 없겠네."
한편 바다는 천장에서 환하게 쏟아지는 빛을 올려다보며 감탄했다.

"과연 국가의 주요 시설답게 보존 상태가 좋군요. 이렇게 환한 걸
보면 조명에도 특수 처리를 한 모양입니다."

"상태로 봐서 기대가 되는데요. 뭔가 있으면 좋으련만."

눈을 빛내면서 기대를 피력한 지혜는 아담에게 자신들이 들어온 도크에 대해 에브크로즈의 중앙 컴퓨터에 한 번 더 문의해 보도록 했다. 입구를 열고 들어왔으니 사정이 조금 달라지지 않을까 하는 기대에서였다. 하지만 답변은 전과 같아서 기스칼 지상군 총사령관의 방문 및 조사를 막을 수는 없으나 특별 도크에 대한 정보는 제공할 수 없다는 것이었다.

"결국 직접 돌아다녀 볼 수밖에 없다는 이야기네."

지혜는 씁쓸한 얼굴로 입맛을 다시고 통로를 가로질러 안으로 걸어 들어갔다. 통로를 감싸고 있는 철제 구조물 앞으로 간 그녀는 망원경을 꺼내더니 그 너머의 공간을 살피기 시작했다.

"우와~ 무지 높은 곳이잖아!"

무심코 지혜를 따라가서 아래를 내려다본 박창이 진저리를 치며 뒤로 멈칫 물러났다. 도크 안쪽이 비어 있는 것은 알았지만 바닥이 까마득해 보일 정도로 어마어마하게 아래가 깊었다.

"우리가 들어온 곳이 도크 상부의 입구인가 보군요."

우진도 조금 무서웠던지 철골 구조물에서 물러서며 아래를 흘끔흘끔 보았다. 그러나 지혜는 중력의 무게가 무섭다는 생각도 잊어버렸는지 철골 구조물에 몸을 기대고 아예 고개를 바깥으로 내밀기까지 했다. 그 모습을 보고 박상이 걱정했다.

"너무 기대지 마라. 혹시라도 어딘가 삭아 있을지도 모르잖아."

"보존 처리가 잘 되어 있고, 또 풍화가 없는 우주잖아. 괜찮을 거야."

지혜는 대수롭지 않게 대꾸하고 망원경을 눈에 대고 가능한 한 많은 곳을 둘러보고자 애썼다. 박상은 지혜의 말만으로는 안심이 안 되던지 게이브에게 지혜의 뒤에 대기하고 있도록 했다.

"조선소니까 클 것이라고는 생각했지만 생각보다도 더 어마어마한 크기네요. 도무지 끝이 안 보이니……."

우진은 통로 양 옆을 둘러보다 고개를 설레설레 저었다. 옆에 있던 바다가 말했다.

"군대에 있을 때 우주 조선소를 드나들기도 했지만, 지구의 우주 조선소에 비해서도 확실히 크긴 크군."

"지구의 우주 조선소에 가봤어요?"

의아하게 묻던 우진은 이내 고개를 까딱거렸다.

"아, 시험기 운행 때 출입했겠군요."

그들의 이야기를 듣고 있던 박창이 바다에게 물었다.

"지구의 우주 조선소 도크도 이렇게 생겼습니까?"

"아직 이곳의 구조를 잘 모르니 뭐라 말하기는 그렇습니다. 하지만 크게 다르지는 않을 것 같군요."

바다는 그렇게 대답하고 앞으로 갔다. 그곳에서는 마리나와 릴리 자매가 망원경을 꺼내 도크 내부를 살피고 있었다.

"릴리 씨, 뭔가 쓸 만한 게 보입니까?"

바다가 묻자 릴리는 애매한 표정으로 말했다.

"장비는 많이 남아 있는 것 같아요. 건축 현장에 있는 것 같은, 굉장히 크고 높은 것들도 줄지어 있어요. 하지만 우주선 같은 건 보이지 않아요. 적어도 여기서는요."

그러더니 그녀는 바다에게 자신이 들고 있던 망원경을 내밀었다.

"아무래도 이런 쪽은 저보다 바다 씨가 잘 아시겠죠? 필요하면 쓰세요. 돌려주는 건 언제라도 괜찮으니 신경 쓰지 마시구요."

"고맙습니다."

바다는 사양 않고 받아 들었다. 한참을 그 자리에 있으면서 도크 내부를 살펴보았지만 릴리의 말처럼 장비로 짐작되는 것들만 있을 뿐 우주선은 없었다. 지혜가 일행에게 말했다.

"여기서 볼 때는 우주선이 없는 것 같아요. 하지만 워낙 넓어서 한눈에 다 볼 수 없으니까 더 둘러보기로 해요."

끝이 보이지 않게 뻗어 있는 통로를 보더라도 지혜의 말에 이의를 다는 사람은 없었다.

"그런데 어떻게 둘러보죠? 도보로 다니기엔 너무 큰데요."

마리나가 말하자 지혜는 아담에게 물었다.

"아담, 이 안을 다닐 때는 어떻게 하지? 도크 내부를 운행하는 차 같은 건 없어?"

─문의해 보겠습니다.

중앙 컴퓨터에 문의한 아담이 곧 대답했다.

─전차가 있다고 합니다.

"역시."

지혜는 바닥의 레일을 보고 고개를 주억거렸다.

"전차의 레일이었군. 지금 가동되는지 물어보고 된다면 여기로 불러줘."

─알겠습니다.

아담이 잠시 후 일행에게 말했다.

—전차 차고에 있는 전차를 보낸다고 했으니 조금 있으면 올 겁니다. 선로에서 나와서 기다리십시오.

아담의 주의에 따라 일행은 선로를 나와 출입구 쪽의 공간에 모여서 기다렸다. 얼마 뒤 통로 오른쪽에서 전차가 다가왔다. 펠레즈의 지하에서 보았던 수리 전차보다는 작았지만, 칼키아의 우주 기지에서 탔던 전차보다는 큰 편이었고 차량도 세 개가 연결되어 있었다. 이것 역시 보존 처리를 한 모양으로 전체에 반질거리는 광택이 일었다.

"이제부터 이 도크 내부에 뭔가 있는지 둘러볼 거니까 속도를 늦춰서 달리라고 해."

전차에 올라타면서 지혜가 아담에게 말했다.

—알겠습니다.

모두 타고 나자 전차는 달리기 시작했다. 지혜는 도크 안쪽을 향한 자리에 앉아서 열심히 바깥을 내다보았다. 하지만 전차 안쪽으로도 폭 1미터가 넘는 길이 있고 그 너머는 철골 구조물로 덮여 있어서 전차를 탄 채 아래를 내려다보기는 거의 불가능했다.

"가다가 내려서 봐야지 이걸 타고는 살펴볼 수 없겠어."

지혜가 박상에게 투덜거리는데 아담이 물었다.

—다음 구역에서 내리시겠습니까?

지혜는 얼른 고개를 끄덕였다.

"그래, 일단 내려보자."

얼마 후 전차가 멈추었다. 이번에는 이들이 탔던 도크의 출입구 쪽과 반대 방향의 문이 열렸다. 나가 보니 작은 플랫폼처럼 되어 있고 안쪽에 엘리베이터 두 개가 있었다. 엘리베이터 양 옆으로는 아래로 내려가는 계단이 있었다. 지혜를 비롯한 무적택배 사람들은 계단 쪽으로 가서 철골 구조물 사이로 도크를 살펴보았다.

"여기서 봐도 우주선은 안 보이네."

혼잣말을 하는 지혜에게 박상이 말했다.

"아까 봤던 지점에서 별로 멀지 않은 곳이니 그렇겠지."

지혜는 팔짱을 끼고 아래로 뻗은 긴 계단을 보고 있다가 일행에게 말했다.

"엘리베이터를 타고 밑에 내려가 보는 건 어떨까요?"

그러자 박창이 엘리베이터를 불안한 시선으로 쳐다보며 말했다.

"괜찮을까? 혹시 고장이라도 났으면 어떡해?"

"지금까지 전차며 전기차, 있는 대로 다 타고 다녔으면서 이제 와서 뭘 걱정이야? 한번 시험 가동을 해보면 알지."

핀잔을 준 지혜는 아담에게 명해 엘리베이터를 가동시켰다. 엘리베이터가 정상적으로 작동하는 것을 확인한 무적택배 사람들은 그것을 타고 아래로 내려갔다. 그리하여 아래에 내부 순환 전차가 또 운행된다는 사실을 알았는데, 그것은 이들이 탔던 상부의 전차와는 반대 방향으로 운행하는 것이었다. 그러나 도크 가장 아래에서는 전차가 없어 전기차를 타고 내부를 다니게 되어 있었다.

순환 전차 쪽이 전체를 둘러보기에는 낫겠다고 생각한 박상 등은 아래쪽의 전차를 불러내어 그것을 타고 도크를 둘러보았다. 거대한 기계 팔과 각종 장비들이 보존 처리를 한 채 남아 있었지만, 역시 우주선은 없었다. 아무 소득도 거두지 못한 채 그곳을 나와서 시간을 확인해 보니 네 시간이나 지나 있었다. 가뜩이나 중력 때문에 묵직해진 몸이 더욱 무겁게 느껴져서 지금이라도 바닥에 쓰러져서 뒹굴 것만 같았다.

"이젠 정말 힘들어서 못 다니겠네요."

우진이 지친 얼굴로 말했다. 마리나 자매도 동시에 고개를 끄덕였다.

"그러게요. 이렇게 전신이 축 늘어지는 것도 오랜만인 것 같아요."

모두 지쳐 있었지만, 특히 지혜의 경우 맥이 풀린 까닭도 있겠지만 지쳐서 말할 기운조차 없어 보였다. 안 되겠다고 생각한 박상은 게이브에게 지혜를 업게 하고, 아담에게는 근처에 쉴 곳이 없는지 찾도록 했다. 다행히 도크 가까이에 직원들의 식당과 휴게 공간이 있었다.

겨우 그곳까지 간 무적택배 사람들은 철인간들이 바닥을 청소하고 난 뒤 적당한 곳에 가지고 온 이불을 대충 깔고 쓰러지듯이 드러누웠다.

그날은 지치기도 하고 몸이 무거워서 잡담을 나눌 시간도 없이 대충 씻자마자 금세 깊은 잠에 빠져들었다.

다음날, 수정이 정해진 시각에 사람들을 깨웠지만 일어나기가 쉽지 않았다. 몸이 어마어마하게 무겁게 느껴져서 몸을 일으키는 것 자체가 힘들었다.

"젠장, 몸이 왜 이렇게 무거워?"

박창은 낑낑거리면서 힘들게 일어났고, 지혜의 경우는 수정이 붙잡아서 일으켜야 했다.

"하룻밤 자고 나면 좀 나아지려나 했더니 그것도 아니네."

지혜는 고개를 떨구고 힘들어했다.

"역시 어제 쉬었어야 했나 보다."

박상은 씁쓸하게 중얼거리고 지혜에게 물었다.

"몸은 어때? 다닐 수 있겠어? 몸이 안 좋으면 오늘은 쉬고 내일부터 다시 다니는 게 어떨까?"

"아냐. 아침 먹고 조금 쉬었다가 둘러보기로 하자. 그렇게 많이 걸어다니는 것도 아니니까 쉬엄쉬엄 다니면 될 거야."

지혜는 강행을 고집했다. 다른 사람들은 지혜에 비해 증상이 가벼운 편이었기 때문에 박상은 지혜의 상태를 바로미터 삼아 활동을 개시하기로 했다. 휴게실 옆의 화장실과 샤워실에서 간단히 씻고 난 그들은 둘러앉아 식사를 했다. 오븐이나 전자레인지를 이용할 수 없어 음식은 전부 차가웠다. 납작한 빵에 치즈를 끼운 것과 말린 과일이 이날 아침의 메뉴였다.

"입 안이 깔깔하네. 이럴 땐 뜨끈한 국에 밥을 말아 먹으면 좋은데."

빵을 씹다가 푸념하는 지혜를 보고 박창이 픽 웃었다.

"그래도 입맛은 살아 있네."

"무슨 국이 먹고 싶은데?"

측은한 마음이 들어 박상이 물었다. 가능한 메뉴라면 레스프라트에 돌아가서 만들어주려고 생각한 것이다.

"매콤하게 끓인 된장국."

"된장국? 으음, 그건 무리겠는데……."

박상은 난처한 표정이 되었다. 간장을 대신할 소스와 고추장 대용 소스까지는 구했지만, 된장만은 어쩌지 못하고 있는 상태였다. 지혜도 아차 싶어던지 재빨리 덧붙였다.

"아니, 뭐… 육개장이나 미역국이라도 괜찮아. 아무튼 밥을 말아 먹을 수 있는 국이면 돼."

"그래, 여기서 일 끝내고 돌아가면 한번 끓여 먹자."

그 이야기를 듣고 있던 릴리가 입술을 쑥 내밀고 불만스러운 표정으로 말했다.

"그런 이야기는 나중에 하죠. 지금 먹고 싶어지잖아요."

"맞아요. 이상하게 빵 잘 먹고 있다가도 누가 그런 이야기하면 밥 먹고 싶어지단 말이에요."

우진이 맞장구쳤다. 박창이 말했다.

"여기선 어쩔 수가 없어요. 음식을 데울 전자레인지도 없잖아요. 돌아갈 때까진 참아야죠."

따뜻한 음식 생각을 하니 식욕이 떨어져 모두 쑤셔 넣듯이 자기 몫의 음식을 억지로 먹었다. 일어난 지 얼마 안 되었는데도 별로 개운치가 않고 찌뿌듯했다. 그러나 되도록 여기서의 일정을 빨리 끝내야겠다는 생각에 그들은 주섬주섬 나갈 준비를 했다.

"어제 그 한 군데 둘러보는 데만도 네 시간이나 걸렸는데, 언제 다 둘러볼 수 있을지 걱정이네요."

박창의 염려에 릴리가 한숨을 쉬며 동조했다.

"그나마 전차를 타고 돌았기에 그 정도지 차로 다녔으면 더했겠죠. 아무튼 우주선의 도크가 이렇게 큰지는 처음 알았네요."

그러자 우진이 말했다.

"원래부터 조선소는 큽니다. 우리가 얼마 전에 들렀던 다쉬트 섬의

문트 조선소도 그랬지만, 지구의 조선소 중에도 큰 건 도시만하다던데
요.”

바다도 우진의 말을 뒷받침했다.

“지구만해도 전투기의 생산 라인이 10㎞가 넘는 경우도 있으니 그
리 놀랄 일만도 아닙니다.”

“끔찍한 이야기네요. 설마 다 그렇게 큰 건 아니겠죠.”

마리나가 고개를 설레설레 흔들었다.

그들이 있던 곳에서 다음 특별 도크까지는 꽤 먼 거리였다. 두 번째
특별 도크는 첫 번째 도크와 비슷한 구조였다. 어제처럼 들어가자마자
통로를 가로질러 들어가서 아래를 내려다보던 지혜가 큰 소리로 일행
을 불렀다.

“저길 봐요! 우주선이에요!”

그녀의 말에 모두 일제히 그곳으로 달려갔다. 무적택배호보다 훨씬
큰 대형 우주선이 있었다. 그러나 기대는 금방 실망으로 바뀌었다. 한
쪽에 크게 구멍이 뚫려 있었던 것이다.

“수리하러 들어온 우주선이었군요. 겉으로 봐서 손상이 저 정도면
발진은 도저히 무리겠는데요.”

우진이 씁쓸하게 중얼거렸다.

“다른 곳에 또 있을지도 모르니까 전차를 타고 돌아보죠.”

지혜는 실망감을 감추며 돌아섰다. 그들은 내부 전차를 불러 전날처
럼 그곳을 샅샅이 둘러보았다. 그곳에서 앞에 본 중대형 우주선 외에
군함으로 보이는 대형 우주선을 두 대 더 발견했지만, 전부 파손이 심
했다. 단순한 기능 고장이 아니라 인위적으로 파괴된 것이 분명해 보

였다.

"고대에 그 질병이 돌기 전에 큰 전쟁이 있었다더니 그 흔적인가 보군요."

마리나가 말했다.

"군함들이 저렇게 된 걸 보면 굉장히 치열했나 봐요."

릴리는 질렸다는 표정이 되었다.

"파디아님이 말한 우주선이 흰색이었지? 흰색의 대형 우주선은 없나?"

지혜는 입속으로 중얼거리며 도크 안에 있는 우주선들을 살폈다. 대형 우주선 중 한 척이 흰색은 아니어도 비슷한 색감을 띠고 있었다. 하지만 그 우주선은 한쪽이 심하게 부서진 상태였다.

"설마 저건 아니겠지?"

걱정스러운 눈길로 바라보던 지혜는 일행에게 말했다.

"아래에 가서 한번 살펴보죠. 그게 더 확실할 것 같아요."

다른 사람들도 동의하여 그들은 도크 아래에까지 내려가 조사했지만, 발진이 가능해 보이는 우주선은 없었다. 맥이 풀려 밖으로 나오는데 지혜는 별일 아니라는 듯 일행을 격려했다.

"모두 힘냅시다. 겨우 두 번째잖아요. 특별 도크는 아직 일곱 곳이나 더 남았어요. 실망하기는 이르죠."

무리해서 밝은 모습을 가장하는 것이 뻔히 눈에 보였지만, 모두 모르는 척하고 그녀의 의욕에 화답해 주었다.

"그래요. 이제 시작인데 벌써부터 실망할 필요 없죠."

마리나의 말에 우진이 호응했다.

"맞습니다. 첫술에 배부를 순 없죠."

"이 부근에도 휴게실이 있을 텐데 거기 들러서 점심이나 먹고 가죠."

박상의 제안에 무심코 시간을 확인한 릴리가 깜짝 놀라며 말했다.

"벌써 시간이 이렇게 되었네요."

두 번째 도크는 전날 들렀던 첫 번째 도크보다는 작은 규모였지만, 세 대의 우주선을 살펴보았기 때문에 걸린 시간은 더 길었다. 그들은 점심을 먹고 세 번째 도크를 찾아갔다.

그러나 지혜의 의욕이 무색하게 세 번째 특별 도크는 아예 텅 비어 있었다. 낙담한 기색을 감추고 휴식을 취하면서 저녁을 먹고 네 번째로 찾은 특별 도크에서 박상 일행은 뜻밖의 광경을 보았다. 그곳에는 그들이 찾고 있는 대형 우주선 대신 수많은 물품들이 가득 들어차 있어 물품 창고처럼 되어 있었다. 박상 일행은 궁금한 마음에 도크의 아래에 내려가서 그것들을 둘러보았다.

"이것 좀 보세요!"

무엇을 보았던지 마리나가 큰 소리로 외쳤다. 그녀의 관심을 끈 것은 높이 3미터가량의 로봇으로 인간의 신체와 같은 구조를 하고 있었다. 도크의 약 1/4가량을 그런 로봇들이 채우고 있었는데, 크기와 외양에 따라 몇 가지 종류로 나누어져 있었고, 전부 보존 처리를 해서 표면에 뭔가가 칠해져 있었다.

"아담, 이건 뭐지?"

릴리가 아담에게 물었다. 아담은 로봇들을 보고 조선소의 중앙 컴퓨터의 답변을 받아 말했다.

─특수 보병용 강화슈트와 전투 로봇입니다. 조선소 내부의 방어군 장비라고 합니다. 조선소와 군 기지 사람들이 떠나기 전에 이 도크에 모아 보존 처리를 한 것입니다.

"전투 로봇? 그건 어디에 있는데?"

릴리는 강화슈트들을 둘러보며 물었다. 아담이 답했다.

─각 강화슈트의 뒤에 있는 네 대가 전투 로봇입니다. 특수 보병 한 명당 네 대의 전투 로봇이 보조하는 편성입니다.

그 말을 듣고 다시 살펴보니 그 설명대로 강화슈트와 전투 로봇이 다섯 대씩 모여 있었다. 하지만 겉으로 보기에는 특수 보병의 강화슈트와 전투 로봇은 서로 전혀 구분이 되지 않았다.

"일부러 구별되지 않게 만든 모양인데요."

우진의 말에 마리나가 고개를 주억거렸다.

"인간이 전투 지휘를 한다면 그렇겠네요. 구분이 가능하면 지휘하는 인간부터 공격받을 게 뻔하니까."

박창은 게이브를 돌아보더니 말했다.

"그치만 게이브는 전투 때 일일이 지휘를 할 필요가 없잖아요. 그러고 보면 게이브가 전투용 로봇 중에는 고급형인가 봐요."

지혜가 대답처럼 말했다.

"생긴 것도 게이브가 인간에 더 가깝잖아. 아마 게이브 같은 전투용 철인간은 요인 경호나 핵심 시설에 배치되는 종류였을걸."

한편 릴리는 강화슈트 자체에 계속 비상한 관심을 쏟고 있었다. 그녀는 아담에게 물었다.

"아담, 이 강화슈트는 어떻게 착용하는 거지? 보여줄 수 있어?"

박상 등 다른 사람들도 은근히 호기심이 일어 지켜보고 있었다. 아담은 그중 한 대에 다가가 점검하더니 말했다.

―배터리를 뺀 상태입니다.

강화슈트의 배터리는 가까운 곳에 있었다. 강화슈트가 있는 곳의 벽을 따라 차곡차곡 정리되어 있었는데, 팔뚝만한 크기의 붉은색 원통이었다. 아담은 두 개의 배터리를 가져오더니 강화슈트의 등 부분을 열고 끼워 넣었다.

―스위치를 켤까요?

아담의 질문에 마리나는 기다렸다는 듯이 대답했다.

"그래, 이왕이면 내부도 볼 수 있게 해줘."

―알겠습니다.

대답한 아담은 강화슈트에 접속해 조작했다. 그러자 강화슈트의 여기저기에 약하게 불빛이 들어오더니 취익취익 하는 소리를 내며 앞쪽이 여러 갈래로 갈라지며 열렸다.

"오호, 이거 몸과 일체가 되어서 움직이는 구조인가 보네요."

릴리는 입이 헤벌어져서 안을 들여다보았다. 강화슈트는 내부에 따로 계기판이나 조종 장치가 없고 몸에 그대로 끼우는 식이었다.

"한번 입어보고 싶지만 작동법을 모르니 안 되겠죠?"

릴리는 아쉬운 한숨을 쉬었다.

"작동법 익혀서 입어보고 할 만큼의 시간은 없어요."

지혜는 냉철하게 여지를 없앴다. 마리나 자매는 애석해하면서 강화슈트에서 시선을 뗐다. 도크의 나머지 부분에는 특수 보병과 일반 보병용의 각종 총포류와 탄약, 전함용으로 보이는 미사일 등이 정리되어 있었다.

"무기고가 따로 있었을 텐데 군이 도크에 다 모아놓은 건 무엇 때문일까요?"

박창이 고개를 갸웃거리자 우진이 추측했다.

"보존 처리를 할 겸 한군데에 두는 것이 보관에 용이해서겠죠."

그저 대충 둘러보기만 하는 지혜와 박상 등과는 달리 마라나 자매는 무기를 둘러보느라 열을 올렸다.

"마라나, 이걸 좀 봐. 이 총, 귀엽지 않아?"

"괜찮네. 휴대용으로 좋겠는데. 이 포는 어때?"

"오, 그것도 근사하다. 강화슈트를 착용하고 쓰는 건가 봐."

두 사람은 액세서리 가게에 들른 아가씨들마냥 들떠서 이것저것 집어보고 만져 보며 바쁘게 돌아다녔다.

"역시 밀리터리 자매야. 단연 생기가 도네."

그녀들의 모습을 보고 박창이 웃으며 머리를 짤짤 흔들었다. 그러자 우진이 재빨리 받아쳤다.

"그러는 두 분은 음식 형제 아닙니까?"

박창은 지지 않고 대꾸했다.

"이왕이면 맛의 전도사라고 해줘요."

얼마간 시간이 흘렀다. 피곤한 얼굴로 한쪽에 쪼그리고 앉아 마라나 자매의 볼일이 끝나기를 기다리고 있던 지혜가 안 되겠다 싶었던지 큰소리로 일행에게 말했다.

"여기엔 우리가 찾는 게 없는 것 같은데, 이제 그만 나가서 쉬는 게 어떨까요! 내일 다른 도크에도 가봐야 하는데, 조금이라도 일찍 잠자리에 드는 게 좋지 않겠어요? 지금도 사실 이른 시간은 아니에요."

무기에 관심이 없는 지혜의 입장에서 볼 때 이곳에서 머무는 것은 시간 낭비였다. 그나마 마리나 자매를 생각해서 바로 나가지 않고 참고 있었던 것이다. 마리나는 아쉬운 표정을 지었지만 더 있기를 고집하지는 않았다.

"알았어요. 여긴 나중에 시간나면 다시 오면 되죠."

네 번째 도크를 나온 그들은 적당한 곳을 찾아 잠자리에 들었다.

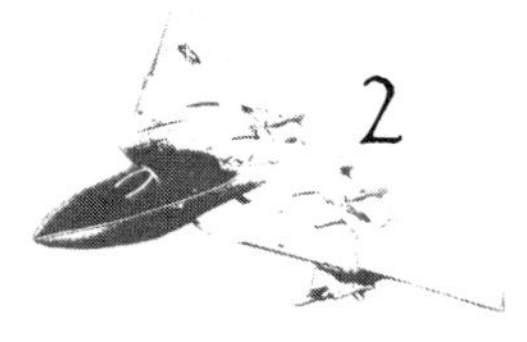

도착 셋째 날. 수정이 정해진 시간에 무적택배 사람들을 깨웠지만 정작 이틀 동안 열심히 일행을 끌고 다녔던 지혜가 일어나지 못해 당초의 예정보다 한 시간가량 늦게 일과를 시작했다.

"가뜩이나 시간이 없는데…… 좀 깨우지 그랬어?"

두툼하게 부은 눈두덩을 비비며 지혜가 박상 형제에게 투덜거리는데, 박창이 면박을 주었다.

"깨웠어, 그것도 세 번이나. 자기가 막 신경질 내면서 내 얼굴을 갈긴 건 기억도 안 나나 보지?"

박창은 아직도 빨간 손자국이 남아 있는 자신의 뺨을 가리켰다. 부인하기 어려운 선명한 흔적에 지혜는 머쓱해졌다.

"내가 진짜… 그랬어?"

"지혜 누나 아님 누구겠어? 나중에 어떤 남자랑 결혼할 건지는 몰라도 그 남자 인생이 불쌍하다. 아침마다 맞고 살 거 아냐. 내가 도시락 싸들고 다니면서 말릴 거야."

박창은 혀를 낼름 내밀고 지혜의 후환을 피해 얼른 다른 곳으로 내뺐다.

"저 녀석이… 꼭 매를 번다니까."

지혜는 박창의 뒤통수를 얄밉게 째려보고 일어났다. 비스킷과 훈제한 고기로 아침 식사를 마치고 일정을 시작한 그들은 짐을 정리해서 전기차에 올라탔다.

"두 군데는 크기만 했지 텅텅 비었고, 한 군데는 뭔가 있나 했더니 망가진 우주선만 있고, 또 한 군데는 창고마냥 무기만 가득 들어 있고. 설마 하니 다른 곳도 전부 그런 건 아니겠지?"

지혜가 착잡한 표정으로 박상에게 말을 건넸다.

"가봐야 알겠지, 아직 다섯 곳이 남아 있으니까."

"그렇지? 아직 반도 더 남았으니까 기대를 걸어도 되는 거겠지?"

지혜는 자꾸 고개를 치켜드는 불안을 잠재우려 애쓰면서 중얼거렸다.

다섯 번째 특별 도크에서 여러 척의 우주선을 발견한 일행은 잠시나마 기대를 품기도 했지만 두 번째 도크에서 보았던 것처럼 전부 손상이 심해 움직일 수 없는 것들뿐이었다. 계속되는 실망스러운 결과에 사람들의 분위기는 자연히 어두워졌다. 이 조선소에 남은 우주선이라고는 파손된 것 이외에는 없는 것이 아닌지 하는 불길한 예감까지 들었다. 그러나 행여 말이 씨가 될까 봐 누구도 그것을 입 밖에 내서 말하지는 못했다.

말없이 점심을 먹고 우울한 기분으로 여섯 번째 도크를 찾아가 문이 열리자 습관처럼 들어서던 무적택배 사람들은 내부 선로를 덮은 철골 구조물 너머로 보이는 무엇인가를 발견했다. 궁금한 마음에 종종걸음으로 들어가서 선로 너머를 살피기 시작한 그들은 깜짝 놀랐다. 그것은 지금까지 보아온 중에 가장 큰 우주선이었다. 지혜는 재빨리 망원경을 내어 우주선을 살펴보다 이내 실의에 찬 한숨을 쉬었다. 외장조차 다 덮이지 않은 건조 중인 우주선이었다.

"저 정도면 공정이 반쯤 진행되었을까 말까겠어. 그러니 두고 갔겠지만."

지혜도 이때만큼은 맥이 풀리는지 실망한 기색을 감추지 못하고 그 자리에 쪼그리고 앉았다.

"다른 쪽에 쓸 만한 것이 있을지도 모르지. 전차를 불러서 타고 한 번 돌아보자."

박상의 위로에 지혜는 고개를 주억거리며 일어났다. 그러나 내부 전차를 타고 돌아본 결과 그곳에는 건조 중인 대형 우주선 한 척밖에 없었다. 그들은 그곳의 휴게실에서 잠시 쉬면서 저녁을 먹고, 그날의 마지막이 될 일곱 번째 도크를 찾아 나섰다.

일곱 번째 도크에 들어간 그들은 출입구가 열린 순간 여섯 번째 도크와 비슷하게 철제 구조물 사이로 보이는 커다란 물체를 목격했다.

"또 수리 중이거나 건조 중인 우주선일까?"

지혜는 실망하기도 지쳤다는 듯 냉소적으로 중얼거리며 안으로 걸음을 옮겼다. 다른 사람들도 애당초 기대를 하지 않고 있었다. 그런데 가까이에서 본 그것은 지금까지 본 것들과는 달랐다. 우선 크기부터가 그랬는데, 지금까지 보지 못한 초대형 우주선이었다.

"엄청나게 크군요. 끝이 어디죠?"

고개를 철골 밖으로 내밀고 좌우를 살펴보던 릴리가 혀를 내둘렀다. 어찌나 큰지 도크의 상부에서 내려다보는데도 우주선의 전체 모습이 눈에 들어오지 않을 정도였다. 그러나 얼른 보더라도 은은한 광택이 도는 유백색의 선체는 아주 말쑥해서 손상의 흔적 따위는 전혀 보이지 않았다.

"색깔이 희네."

지혜의 얼굴에 화색이 돌았다. 그녀는 기뻐하며 일행에게 말했다.

"파디아님이 봤다는 우주선이 이걸지도 모르겠어요."

무적택배 사람들의 얼굴에는 반신반의하는 기색이 떠올랐다.

"그럼 이걸로 우리의 목적이 이루어진 건가요?"

릴리가 믿기 어려운지 갸웃거리는데, 우진이 말했다.

"그건 아직 단정하기 이르죠. 파디아님이 본 우주선이라 해도 그걸 타고 우주로 나갈 수 있느냐 여부는 모르지 않습니까?"

동료들의 조심스러운 반응에 지혜의 흥분은 가라앉았다.

"그렇네요. 그런 사항부터 확인해야겠네요."

그렇게 중얼거린 지혜는 아담에게 명령했다.

"아담, 이 우주선에 대해서 알아봐. 어떤 용도의 것인지, 상태는 어떤지 말이야."

―정보를 요청해 보겠습니다.

아담이 조선소의 중앙 컴퓨터에서 정보를 구하고 있는 동안 사람들은 우주선을 살펴보며 저마다 짐작을 늘어놓았다.

"크기로 볼 때 지구의 기함급은 되겠군요."

바다의 말에 우진이 고개를 끄덕였다.

"그럴 것 같네요. 여기서 봐서는 멀쩡해 보이는데, 정상 가동되는 걸까요?"

마리나는 머리를 갸웃거렸다.

"그렇다면 좋겠지만, 이곳이 군 기지가 아니라 조선소라는 걸 생각하면 수리 중이거나 건조 중인 우주선 아닐까요?"

그 말을 듣자 지혜가 지레 겁을 먹고 말했다.

"그럼 애써 찾아낸 의미가 없잖아요. 그래서는 안 되죠."

그때 아담의 말이 시작되었다. 일행은 입을 다물고 귀를 기울였다.

―중앙 컴퓨터 크로트는 1급 기밀로 묶여 있는 사항은 공개하기를 거부했지만, 그 외의 사항은 알려주었습니다. 여러분께서 보고 계신 우주선은 형식 번호 #ε§∂75487이고, 이곳에서 건조 중인 것으로 91%가량 공정이 진행된 상태라고 합니다.

숫자 앞의 부분은 아마도 기스칼의 문자를 붙인 것 같았는데, 낱낱의 문자는 통역이 되지 않고 기스칼 어 그대로 들렸기 때문에 매우 이질적인 느낌을 주었다. 하지만 지금은 아무도 그런 것에 신경 쓰지 않고 흘려듣고 있었다.

"91%? 그럼 우주에 나갈 수도 있겠네?"

지혜가 반색을 하는데 바다가 아담에 앞서 말했다.

"91%라면 그렇다고 볼 수 있을 겁니다. 아마 엔진이나 주요 부분은 다 들어 있을 것이고, 내부의 마감이 안 된 상태가 아닌가 싶습니다."

"우주에 나갈 수만 있다면 그게 무슨 문제겠어요!"

기쁘게 대꾸한 지혜는 아담에게 다시 질문했다.

"좋아. 아담, 세 가지 사실을 더 확인해 줘. 저 우주선이 발진 가능한지, 에너지 공급은 어떻게 하는지, 그리고 워프 기능이 있는지 말이야."

대단히 핵심적이고 중요한 질문이라 모두의 주의는 아담에게 집중되었다. 다행스럽게도 그런 정도는 1급 기밀로 분류되지 않았던 모양으로 아담에게서 답을 들을 수 있었다.

—#ɛ§ə75487은 내부 설비가 완전하지는 않지만 발진이 가능한 상태이며, 기함으로서 설계·제조되었기 때문에 워프 기능을 갖추고 있습니다. 워프 기능을 가진 기함급의 전함은 에너지 공급을 함 내의 발전 시설에서 자체적으로 조달하게 되어 있습니다.

"에너지의 자체 조달이 가능하단 말이지?"

"그렇습니다. 스켈테 발전기를 탑재하고 있어 외부로부터 에너지를 공급받을 필요가 없습니다."

아담의 설명을 듣고 있던 릴리가 지혜에게 물었다.

"스켈테 발전기가 뭐예요?"

"지구의 중수소 핵융합 발전 같은 거예요. 그 발전기가 들어 있다면 우주선의 에너지 공급은 걱정할 필요가 전혀 없는 셈이죠. 우리에겐 정말 이 이상의 조건을 갖춘 우주선은 없을 거예요!"

지혜는 동료들의 얼굴을 둘러보며 기쁨에 찬 어조로 말했다.

"지금까지의 고생이 헛되지 않았네요. 이런 근사한 우주선이 우리를 기다리고 있었다니 말이에요."

그러자 박창이 퉁명스레 말했다.

"기뻐하기 전에 저걸 여기서 가지고 나갈 수 있을지부터 알아야 하지 않겠어? 특별 도크의 내용도 기밀이었고 저 우주선에 대한 정보도 1급 기밀에 묶여 있는데, 우리가 가지고 가게 내버려 두겠냐구?"

그러자 바다는 문제될 것 없다는 태도로 말했다.

"전시 명령으로 징발의 형식을 취하면 될 거라고 봅니다. 박상 씨가 기스칼의 지상군 총사령관으로 등록되어 있는 만큼 그만한 권한은 분명히 있을 겁니다."

우진도 그 의견에 동의했다.

"타당성이 있는 말씀인데요. 그러면 되겠습니다."

그 말을 듣자 지혜는 박상을 재촉했다.

"들었지? 어서 아담에게 이 우주선을 징발한다고 전하라고 해봐."

"알았어."

박상은 바다의 제안에 따랐다. 아담이 박상의 의사를 전달하고 잠시 시간이 흐른 뒤 아담이 중앙 컴퓨터의 답변을 전했다.

—에브크로즈의 중앙 컴퓨터 크라트는 박상 기스칼 지상군 총사령관님의 징발 명령을 수행하여 형식 번호 #ε§∂75487을 기스칼 본토 방위 우주군 소속으로 명했습니다.

아담의 대답을 들은 무적택배 사람들은 그제야 마음을 놓았다.

"이제 우주선에 들어가 봐요."

지혜는 어깨를 펴고 의기양양하게 앞장섰다. 내부 순환 전차를 불러

엘리베이터가 있는 곳으로 간 그들은 도크의 바닥으로 내려갔다. 그리고 그곳에서 전기차를 타고 우주선으로 갔다. 우주선의 입구를 열고 안으로 들어간 박상 일행은 곧장 통제실부터 가보았다.

"와! 진짜 텅 비었네."

통제실의 문을 열고 들어선 순간 릴리가 중얼거렸다. 다른 사람들도 적지 않게 놀랐다. 내부에서 2층으로 나누어진 통제실은 1층의 1/3 정도를 덮고 있는 위층 중앙에 있는 홀로그램 장치와 아래층 전면의 모니터 및 각종 계기들 외에는 의자 하나 없이 휑했다.

"91% 공정이 이런 의미였군요."

우진이 기가 막힌다는 표정으로 웃었다. 그런데 통제실에서 난데없이 기계 음성이 들려왔다.

[어서 오십시오, 박상 기스칼 지상군 총사령관 각하, 그리고 막료 여러분. 기스칼 지상군 소속 우주 기함 #∈§∂75487의 중앙 컴퓨터 라그로트입니다.]

어느 틈에 통제실 2층의 홀로그램 장치가 켜져 있고 그 안에 인간 비슷한 형상이 나타나 있었다. 백색의 갑옷으로 전신을 덮은 여성의 모습으로 루비 빛깔의 눈동자와 붉은 입술이 인상적이었다.

"예쁘다."

지혜는 홀로그램에 다가가 그것을 홀린 듯이 바라보았다. 그런데 마리나가 이상하다는 얼굴로 아담에게 물었다.

"아담, 이 우주선은 아직 이름이 없는 것 아니었어? 지금까지 형식 번호로 불렀던 것 같은데."

─관례적으로 중앙 컴퓨터를 두는 군의 우주선이나 기지 등의 경우,

중앙 컴퓨터의 이름은 과학자들이 명명하고, 우주선과 기지 자체의 명
칭은 군에서 명명하도록 되어 있습니다.

그 대답을 듣고 릴리가 장난기 어린 표정으로 일행에게 말했다.

"그럼 이 우주선의 이름은 우리가 지으면 되는 거네요."

이런 일에 빠질 리가 없는 박창이 대뜸 나섰다.

"빨리 이름부터 붙여주죠. 이쪽의 문자로 부르니까 도무지 기억도
안 되고 귀에 생소해서 안 되겠어요."

그러자 지혜가 재빨리 쐐기를 박았다.

"창이, 넌 빠져. 네 작명 센스에 맡겼다간 어떤 이름이 될지 두렵
다."

박창은 능글능글한 미소를 지으며 대꾸했다.

"참내! 누나가 몰라서 그러는데, 원래 예로부터 귀한 자식에겐 천한
이름을 지어주었대. 천수를 누리라고 말이지. 그런 의미에서 한 가지
안을 내놓을게. 선체가 하얀색이니까 백구, 어때?"

"시끄러!"

지혜는 박창의 입을 손바닥으로 찰싹 때리고 일행에게 말했다.

"이 녀석의 말은 깨끗이 잊고 좋은 이름 있으면 말해 보세요. 형식
번호로 부르기는 불편하니까 부르기 편한 이름을 붙이기는 해야겠어
요."

다들 그 말에는 동의했지만 얼른 괜찮은 이름이 떠오르지 않는지 조
용했다. 잠시 후 마리나가 말했다.

"그리고 보면 중앙 컴퓨터의 이름인 라그로트도 괜찮은 것 같은데,
그걸 그대로 쓰면 안 될까요?"

그러자 아담이 말했다.

—죄송합니다만, 우주선의 명칭과 중앙 컴퓨터의 명칭은 서로 달라야 한다는 규정이 있습니다.

별것이 다 규정으로 묶여 있다고 생각했지만 하는 수 없이 무적택배 사람들은 우주선의 이름을 생각해 보았다. 그러나 역시 적당한 의견이 나오지 않아 나중으로 미루고 당분간은 하얀 배로 부르기로 했다.

지혜는 라그로트에게 우주선의 성능에 대해 확인하기 시작했다.

"이 우주선은 현재 91%의 공정이 완료되었다고 알고 있는데, 항해하는 데는 문제가 없겠어?"

[우주 항해는 가능합니다. 하지만 그전에 외부에서 에너지를 공급해서 발전기를 점화해야 합니다.]

"그건 이 조선소에서 할 수 있는 일이겠지?"

[그렇습니다.]

"좋아. 그건 됐고, 이 우주선에 워프 기능이 있다고 들었는데, 범위가 어느 정도지? 태양계 외부까지 가능해?"

[태양계 이외의 지역으로도 가능합니다. 하지만 현재 우주도 및 항해에 필요한 프로그램이 제게 입력되어 있지 않습니다.]

"어디서 그런 걸 받아야 하지?"

은근슬쩍 불안해하면서 물으니 라그로트가 대답했다.

[에브크로즈의 중앙 컴퓨터 크라트에 발진 준비 명령을 내리시면 발전기의 점화와 항해 프로그램 제공 및 우주선의 발진에 필요한 제반 사항을 수행할 것입니다. 단, 이 우주선은 국가의 특별 관리 병기이므로 기함으로서 워프 기능을 사용 가능한 상태로 해제하기 위해서는 기

스칼의 국가 원수인 대통령의 재가가 필요합니다.]

라그로트의 마지막 말에 무적택배 사람들은 깜짝 놀랐다. 지혜는 당황해서 물었다.

"그게 무슨 말이야? 대통령의 재가가 필요하다고?"

[그렇습니다.]

"하지만 대통령이 없는 지 오래되었는데, 어디서 재가를 얻어? 그 부분을 어떻게 변경할 수 없어?"

[죄송합니다. 기본 프로그램의 명령입니다. 변경은 불가합니다.]

컴퓨터로서 당연한 일이겠지만 라그로트의 대답은 확고했다. 무적택배 사람들은 난감한 심경으로 한참 동안 조용히 있었다. 결국 아담에게 마지막 기대를 걸고 박상이 물어보았다.

"아담, 대통령이 없는 상황에서 재가를 얻으려면 어떻게 해야 하지?"

―죄송합니다. 기본 프로그램에 정해진 것은 저로서도 수정 및 변경이 불가능합니다. 대통령의 재가를 얻으려면 수도 오르세에 가보실 수밖에 없을 것 같습니다.

"오르세라면?"

그 이름을 듣고 박상을 비롯한 무적택배 사람들의 낯빛이 노래졌다. 오르세는 고대 기스칼의 수도였지만, 현재는 레스프라트의 적국인 아메트의 수도이자 널리 알려진 위대한 도시 중의 하나였다.

"하, 하지만 거기에 가도 기스칼의 대통령은 없어. 그런데 어떻게 재가를 받아?"

지혜가 놀란 가슴에 말까지 더듬거리며 말했다.

"죄송합니다. 저로서는 그 정도밖에 말씀드릴 수가 없습니다."

지혜는 낙담하여 고개를 떨구었다. 갑자기 피곤을 느낀 그녀는 무의식적으로 의자를 찾았으나 있을 리가 없었다.

"어떻게 된 게, 의자 하나 없어?"

지혜는 입속으로 툴툴거리며 쪼그리고 앉아버렸다. 그때 바다가 말했다.

"실망하기는 아직 이릅니다. 물론 오르세에 기스칼의 국가 원수는 없겠지만 다른 것이 남아 있지 않겠습니까? 펠레즈에 아담과 지휘차, 지하 벙커가 남아 있던 것처럼 말입니다."

그러나 박창은 도리질했다.

"그럴 수도 있겠죠. 하지만 거기가 어딥니까? 다른 나라도 아니고 하필이면 아메트의 수도 아닙니까? 우리랑 거기는 철천지원수가 되어 있는데, 거길 어떻게 갑니까?"

"가지 않으면 어떻게 합니까? 다른 대안이 있습니까?"

바다는 따지는 듯한 말투로 되물었다. 박창은 입술을 살짝 실룩거렸을 뿐 대답하지 못했다. 바다의 말은 이어졌다.

"솔직히 우리 중에 오르세에 가고 싶은 사람은 아무도 없을 겁니다. 저 역시 그렇구요. 하지만 상황이 이렇지 않습니까? 우리의 무적택배호는 워프 기능도 없고 크기도 중형급에 불과해 도저히 우리를 지구에 데려다 줄 수 없습니다. 우리가 바라던 대로 워프 기능이 있는 대형 우주선을 찾았는데, 여기서 물러날 수는 없지 않습니까? 위험이 두려워서 여기서 포기할 것이었다면 차라리 레스프라트에서 살아갈 길을 모색하는 편이 나았지, 지금까지처럼 애쓸 필요가 없었습니다. 워프 기

능을 살릴 계획이 없다면 이 우주선을 고생스럽게 레스프라트까지 가
져갈 이유도 없어지는 셈이니 여기 있을 필요도 없구요."

바다는 굳은 얼굴로 말을 끝냈다. 한참 동안 무겁고 불편한 침묵이
흘렀지만, 누구도 선뜻 입을 열지 않았다. 다른 곳도 아닌 오르세에 간
다는 것은 지금의 그들에게 지옥의 아가리에 머리를 들이밀라는 것과
같은 이야기였다. 여지껏 어렵사리 해온 일들에 대한 미련과 귀환에의
열망이 사라진 것은 아니었지만, 오르세의 공포는 너무도 커서 어느 쪽
이 우선인지 우열을 가릴 수 없을 정도였다. 그 곤혹스러운 침묵을 깬
것은 박상이었다.

"그 문제는 여기서 당장 결론을 내리기 어려울 것 같습니다. 시간도
늦었으니 오늘은 여기까지 하고 각자 생각을 정리한 뒤 내일 아침에
의견을 모아봅시다."

거기에는 바다도 이의를 달지 않았다.

다들 퍽 지친 상태여서 바로 잘 준비를 시작했다. 처음에는 도크 밖
으로 나가지 않고 우주선 안에서 자려고 했으나 화장실이며 샤워실 등
어느 곳 하나 설비가 되어 있지 않아 이용할 수가 없었다. 그래서 그들
은 번거롭지만 도크 바깥의 휴게실을 찾았다. 철인간들이 두 개의 방
에 이불을 펴고 남녀 따로 잠자리를 준비해 주었다. 그러나 잠시 누워
있는가 싶던 바다와 우진은 잠이 오지 않는지 부스스 일어나 밖으로
나갔다. 박상 형제도 잠이 안 오기는 그들과 같았다.

"둘이 의논해 보려는 걸까?"

박창이 일어나 앉으며 박상에게 말을 걸었다.

"그런가 보지. 쉽게 결정 내릴 문제는 아니니까."

"형은 어떻게 생각해? 오르세에 꼭 가야 할까?"

"모르겠다. 그 방법밖에 없다면 어쩔 수 없나 보다 싶기도 한데, 아무리 생각해도 너무 위험하고… 막 생각이 왔다 갔다 한다."

박상의 한숨에 박창은 무거운 얼굴로 고개를 끄덕거렸다.

"내 마음도 그래. 바다 씨의 말도 분명히 일리는 있는데, 오르세에 가면 꼭 죽을 것만 같은 기분이 든단 말이야. 그쪽 왕이 우리에게 이를 박박 갈고 있을 게 뻔하잖아."

그런데 그때 노크 소리가 작게 울리고 문이 열렸다.

지혜였다. 들어오지 않고 문 앞에서 살짝 들여다보던 그녀는 바다와 우진이 없는 것을 확인하고 안으로 들어왔다.

"조종사 두 사람은 어디 갔어?"

지혜의 질문에 박상이 대답했다.

"글쎄, 의논하러 나갔나 봐."

"마리나 씨랑 릴리 씨도 나가던데. 다들 생각이 많나 보네."

지혜는 박상 형제의 옆에 와서 앉았다. 지혜의 출현으로 형제의 대화는 잠시 끊겼다. 두 사람의 얼굴을 물끄러미 쳐다보고 있던 지혜가 별안간 박창에게 물었다.

"창이 네 생각은 어때? 우리가 다른 곳에서 저렇게 조건 좋은 우주선을 또 찾아낼 수 있을까?"

박창은 말똥말똥 눈을 굴리다가 자신없이 대답했다.

"아마… 좀 어렵겠지?"

그러더니 박창은 지혜에게 되물었다.

"누난 어떻게 생각해? 우리가 목숨의 위험을 무릅쓰고 오르세에 가야만 할까?"

"그건 꼭 우리가 위험을 무릅쓰면서까지 집에 돌아가려고 애쓸 필요가 있을까, 라는 질문처럼 들린다."

지혜의 말에 박창은 묘한 표정이 되었다. 지혜는 구태여 답을 기다리지 않고 말을 계속했다.

"그래, 차라리 우리가 도착한 세계가 겉으로 보이는 딱 그 정도의 문명을 가진 세계였다면 어쩔 도리 없이 우리도 그곳에 적응해서 살길을 찾았겠지. 그런데 마치 운명이 우리를 가지고 장난이라도 치는 것처럼 조금씩 희망을 던져 주었어. 그걸 좇아다니다 보니 여기까지 오게 되었고. 너도 알다시피 난 겁이 많아. 무서운 건 싫고 모험도 내 체질이 아냐. 하지만 어쩌겠어? 다 포기하고 주저앉기에는 너무 멀리 왔다는 생각이 들지 않아?"

"지혜 누난 오르세로 가야 한다고 생각하는 모양이네."

"해보지도 않고 포기하기는 싫다는 거지. 오르세가 우리에게 위험할 거라는 건 알지만 위험을 줄일 방법을 강구해 보면 조금이라도 낫지 않을까 생각해."

"위험을 줄일 방법? 그런 게 있을까?"

박창은 회의적이었다.

"생각해 봐야지. 칼키아에 갈 때처럼 밤을 틈타 사람들 눈에 띄지 않게 접근해서 지휘차를 숨기고 변장한다든지 하는 식으로 말이야."

지혜의 말을 듣던 박창은 한숨을 쉬며 도리질했다.

"휴~ 난 모르겠어, 어떻게 하는 게 좋을지."

지혜는 잠자코 있는 박상에게 물었다.

“상이 넌 왜 아까부터 아무 말도 안 해? 너도 의견이 있을 것 아냐?”

“나? 나야 뭐, 대세에 따라야지.”

“뭐야, 그 무책임한 말투는? 명색이 사장이잖아.”

지혜가 정색을 하고 따지자 박상은 피식 웃었다.

“내가 사장인 것과 이건 다른 문제야. 편하게 놀러 가는 것도 아니고, 정말 위험한 지경에 처할지도 모르는데, 모두의 의견을 모아 의논을 해야지 내가 마음대로 결론을 내릴 일은 아니잖아.”

“그래서? 안 가게 될지도 모른다고 생각해?”

“글쎄, 가면 위험하겠고 안 가면 나중에라도 후회할 것 같은 상황이라, 어떻게들 판단을 내릴지 모르지.”

“만약 너를 빼고 의견이 3대 3으로 정확히 갈릴 경우는 어떻게 할래?”

박상은 빙긋 웃었다.

“그런 일은 없을 거야. 네 말마따나 오르세에 가고 싶지는 않지만 정말 그 방법 이외에 없다면 하는 수 없지. 지구에 돌아가기를 포기하고 레스프라트에서 살 생각이 아니라면 말이야.”

박상의 대답을 들은 지혜는 조금 안심하다가 이내 푸념했다.

“아아, 사실은 나도 너무 걱정돼. 오르세에 가지 않고도 일이 해결된다면 얼마나 좋을까?”

그 시각, 바다와 우진은 끝없이 긴 복도를 따라 걷고 있었다.

“내일 어떻게 결론이 날까요?”

우진의 질문에 바다는 대답 대신 반문했다.

"우진이 네 생각은 어떤데?"

"전 어떻게 해야 할지 모르겠네요. 지금까지 고생한 걸 생각하면 포기할 수 없다는 생각이 드는데, 오르세에 갈 생각을 하면 겁부터 나거든요. 박창 씨가 기겁을 하며 반대하는 것도 무리는 아니에요."

"그건 나도 마찬가지야. 거기에 가게 될 거라고는 꿈에도 생각해 본 적이 없으니까. 하지만 오르세가 무섭다고 해서 모든 걸 포기할 수는 없어."

우진은 바다의 옆얼굴을 물끄러미 쳐다보다가 뜸을 들이며 말을 꺼냈다.

"바다 형, 이런 말 한다고 화내지 않았으면 좋겠어요."

바다는 무슨 말이냐는 듯 우진을 바라보았다.

"내 생각에는 지구에선 우리가 다 죽은 걸로 알고 있을 것 같아요. 그때 그 자리에 있던 우주선들 중에서 가장 크고 빠른 픽시호가 그렇게 산산조각이 나고, 다른 우주선들도 픽시호와 같은 처지가 되었는데 우리가 살아 있다고 누가 생각이나 하겠어요. 그래서 말인데, 만약에… 만약에 말이에요. 우리가 지구에 돌아갔을 때 소라 씨가 다른 사람이랑 있으면 어떻게 할 거예요?"

벌컥 화부터 내지 않을까 우진이 우려했던 것과는 달리 바다는 눈을 내리깔고 있다가 차분한 태도로 고개를 주억거렸다.

"그럴지도 모르지. 그럴 수도 있다고 생각해."

의외의 반응에 우진은 조금 놀라면서도 대화를 계속할 용기를 얻었다.

"그런데도… 지구에 돌아가고 싶어요?"

"그래, 가고 싶어. 가서 내가 아닌 다른 남자가 그녀의 곁에 있는다고 해도, 소라가 행복하게 잘 지낸다면… 그 모습만이라도 보고 싶어."

우진은 이해가 되지 않는다는 표정이 되었다.

"난 형이 소라 씨를 철석같이 믿고 있는 줄 알았어요. 그런데 그런 생각을 하고 있었어요?"

"난 소라를 믿어. 하지만 그것은 그녀가 나를 진심으로 사랑하고 서로의 믿음을 저버리지 않을 것이라는 의미지, 내가 영원히 그녀를 독점하고 내가 죽고 없는 상황에서까지 그녀 혼자 외롭게 살아야 한다는 아집은 아니야."

"그렇게 생각한다면서 왜 지금까지는 소라 씨가 기다릴 거라고 그렇게 주장한 거예요?"

바다의 얼굴에 쓸쓸한 미소가 스쳐 갔다.

"마지막 욕심까지 버릴 수는 없었던 거지. 내가 돌아갈 때까지 소라가 기다려 준다면, 그래서 다시 만나 전처럼 함께 살 수 있다면 하는 욕심 말이야. 돌아갈 수 없을지도 모른다, 그녀를 다시는 만날 수 없을지도 모른다고 생각하니 그렇게라도 우기지 않으면 버티기가 어려울 것 같았어."

바다는 말끝에 빙긋 웃더니 우진에게 물었다.

"넌 어때? 넌 나와 달라서 이곳에서의 생활에 잘 적응하고 나름대로 즐기는 것도 같던데."

우진은 겸연쩍은 얼굴로 머리를 긁적였다.

"즐긴다기보다는 적응을 잘하는 거죠. 원래부터 어딜 가나 적응은 잘하거든요. 즐거운 일이 전혀 없었다면 거짓말이겠지만요."

"너나 박창 씨 같은 경우는 이 별에 남게 되더라도 별 탈 없이 잘살 수 있을 것 같다."

"잘살지는 모르겠지만 어떻게든 적응해서 살겠죠. 그치만 여기가 아무리 흥미롭다 해도 집에 돌아가는 것만 하겠어요. 부모님과 친구들이 다 지구에 있고 가장 마음 편하게 있을 수 있는 곳인데요."

"넌 누가 제일 보고 싶어?"

"역시 부모님이죠. 그 다음은 친구인 메가톤 녀석이구요."

"메가톤? 별명이야?"

"전에 언제 이야기한 적 있을걸요. 저랑 취미가 제일 잘 맞는 친구인데, 체격은 작은 녀석이 발 냄새가 워낙 강렬하고 독해서 저랑 다른 친구들이 붙여준 별명이라구요."

바다는 고개를 끄덕이며 말했다.

"아, 기억나는군. 원래는 메가톤 발 냄새 보이인데, 줄여서 메가톤이라 부른다고 했었지."

"그 녀석하고, 가끔은 웃기게도 머리채 잡고 싸웠던 그 사장집 딸애도 생각나요. 지금쯤 뭐 하나 몰라."

우진은 열없이 웃었다.

다음날은 모두 늦게 일어났다. 일곱 번째 도크의 우주선에서 시간을 많이 보낸 데다가 오르세에 갈 것인가를 두고 고민하느라 늦게까지 잠을 이루지 못한 사람이 많았기 때문이다. 아침 식사를 한 뒤 무적택배 사람들은 본격적인 논의를 시작했다. 우주선의 워프 기능을 사용하기 위해 필요하다면 오르세까지도 갈 것이냐를 두고 의견을 나눈 결과, 일단 우주선을 레스프라트에 가져가서 워프 기능을 사용할 수 있는 다른 방법이 없는지 찾아보고 정 다른 방법이 없다면 오르세에 잠입할 길을 찾아보기로 했다.

결론을 내린 무적택배 사람들은 즉시 활동에 들어갔다. 우선 새 우주선을 더 살펴보기로 한 그들은 우주선의 통제실에 갔다. 컴퓨터와 기계 설비 이외에 아무런 물품도 없는 것은 어제 봐서 알고 있었지만 의자 하나 없이 휑뎅그렁한 내부 풍경을 보니 새삼 어이가 없어 웃음이 났다.

"이래서 조종을 어떻게 하죠? 의자도 없으니 말이에요."

마리나가 걱정 반 웃음 반 섞어 말했다. 그러자 바다가 말했다.

"다른 곳에 있는 것을 가져다 놓던지, 아니면 무적택배호의 회의실 의자라도 가져다가 써야지요."

"고정이 안 될 텐데. 볼트, 너트 같은 게 안 맞을 것 아니에요."

"철인간에게 붙잡게 하든지 해야죠."

바다는 전혀 문제될 것 없다는 투였다. 그때 박창이 바다와 우진에게 물었다.

"그런데 누가 이걸 조종할 겁니까? 우린 조종사가 둘밖에 없잖아요."

바다가 선선히 자임하고 나섰다.

"제가 하겠습니다. 이렇게까지 큰 함은 아니지만, 대형 우주선을 몰아본 경험이 있으니까 제가 나을 것 같습니다."

"제 생각에도 그렇습니다. 솔직히 전 이렇게 큰 건 제대로 다룰 자신이 없어요."

우진은 기꺼이 동의했다. 나머지 사람들도 고개를 끄덕여 동의의 뜻을 나타내는데 바다가 한 가지 덧붙였다.

"대신 박상 씨가 아담을 데리고 이 우주선에 저와 함께 탑승해 주십시오. 자동 항해 기능이 있긴 하겠지만, 저 혼자서 이 큰 우주선을 완벽하게 컨트롤하기는 어렵습니다. 아담이 보조해 주면 한결 도움이 될 것 같습니다."

"알겠습니다."

박상은 쾌히 수락했다. 어차피 바다 혼자 이 큰 우주선에 타게 할 수는 없으므로 인원을 나눠야 할 터였다. 그는 내친 김에 여기서 정해 버리는 편이 좋겠다 생각하고 일행에게 말했다.

"이 자리에서 무적택배호에 탈 사람과 이 우주선에 탈 사람을 나누도록 합시다. 우선 나와 바다 씨는 이 우주선에 타고, 우진 씨는 무적택배호에, 그리고 박창은 나를 대신해서 무적택배호를 관리해야 하니까 우진 씨와 같이 타는 것으로 하겠습니다."

박상의 말을 듣고 지혜가 마리나, 릴리를 보며 말했다.

"그럼 남은 건 우리 세 사람이군요. 전 무적택배호에 남아서 우진 씨를 도울게요. 마리나 씨와 릴리 씨는 이 우주선에 타세요. 아무리 자동 항해 기능을 사용한데도 바다 씨와 아담에게만 전부 맡기기에는 일이 많을 거예요."

"그러죠."

마리나 자매는 군말없이 받아들였다.

박상 일행은 에브크로즈의 중앙 컴퓨터에 우주선의 발진 준비를 명령해 놓고 그곳에서 각자 할 일을 정해 새로운 일정에 들어갔다. 바다

와 우진은 우주선의 통제실에 남아서 우주선 조종법을 익히기 시작했
고, 지혜는 박상 형제와 아담, 조수 등을 대동하고 남아 있는 두 개의
특별 도크를 보러 갔다. 이것보다 좋은 우주선이 있을 거라고 생각하
는 것은 아니지만 혹시나 하는 마음에 확인해 두기 위해서였다. 하지
만 마리나 자매는 자기들끼리 잠깐 둘러볼 곳이 있다면서 게이브를 데
리고 개별적인 행동에 나섰다.

"마리나 씨랑 릴리 씨는 어디를 간 걸까?"

지혜가 궁금해하자 박창이 픽 웃으며 말했다.

"어디긴 어디겠어? 어제 봤던 무기고겠지."

"무기고?"

"강화슈트랑 무기가 잔뜩 들어 있던 도크 말이야."

"아, 거기? 도무지 모를 일이야. 총 같은 게 뭐 좋다고 그렇게 열심
일까?"

이해할 수 없다는 투로 말하는 지혜를 보고 박창은 어이없다는 표정
이 되어 지혜 몰래 형 박상에게 속닥거렸다.

"저런 걸 두고 똥 묻은 개가 겨 묻은 개 나무란다고 하지, 안 그래?"

박상은 웃음으로 대답을 대신했다.

아담을 길잡이 삼아 남아 있는 두 곳의 특별 도크를 더 찾았지만 여
덟 번째 도크는 비어 있었다. 그러나 아홉 번째 도크에서는 수리 중인
우주선을 한 척 발견했는데, 무척이나 거대해서 어제 발견한 우주선보
다 더 대형이었다. 그러나 아담의 설명에 따르면, 그것은 전투기를 대
량으로 탑재하는 모함으로 기함을 따라 움직이기 때문에 자체적인 워
프 기능은 가지고 있지 않았다. 지혜는 조금 맥 풀려 하기는 했지만 금

방 새로운 우주선에 빠져들었다. 그녀는 수리 중인 우주선에 올라가서 조수에게 내부 모습을 찍게 해가며 안을 둘러보는 데 열심이었다.

"가져갈 것도 아닌데 이렇게 보면 뭐해?"

따라다니기도 지겨워진 박창이 불만을 드러내자 지혜는 야무지게 대꾸했다.

"이런 게 다 공부야. 커서 구조를 살펴보기 좋잖아. 놀다 가면 뭐 해? 하나라도 배워서 가야지."

"누난 그러다가 나중에 대과학자가 되겠수."

박창의 비아냥에도 지혜는 꿈쩍도 하지 않았다. 오히려 거만한 포즈를 재더니 뽐을 냈다.

"진짜로 그럴지도 모르지. 그때가 되면 내가 너희 둘을 잘 챙겨줄게."

박상은 어이가 없는지 웃고 말았고, 박창은 머리를 짤짤 흔들었다.

한편 마리나 자매가 향한 곳은 박창이 짐작한 대로 전날 들렀던 네 번째 도크였다. 그곳에서 보았던 특수 보병의 강화슈트와 총포류에 미련을 떨칠 수 없었던 것이다. 에브크로즈의 중앙 컴퓨터에 그녀들도 기스칼 지상군의 고관으로 등록되어 있어서 출입에는 아무 지장이 없었다. 마음에 드는 총기류를 몇 개 고르고 가능하면 강화슈트도 두어 개쯤 큰 우주선에 실어 가면 어떨까 하는 가벼운 마음으로 도크에 들어간 자매는 뜻밖의 광경을 보았다. 지게차처럼 생긴 로봇들이 그 안을 바삐 오가고 있었던 것이다.

"어? 뭐야? 어떻게 된 거지?"

릴리가 어리둥절해서 멈춰 섰다. 마리나도 영문을 몰라 그녀의 옆에 섰다.

"미사일을 나르는 것 같은데."

그렇게 중얼거린 마리나는 혹시나 싶어서 그녀들을 지나치는 로봇에게 물었다.

"이봐, 지금 뭘 하는 거야? 그것들을 어디로 가져가는 거야?"

로봇은 멈추더니 공손하게 대답했다.

—# ε§ə75487호의 발진 준비를 하고 있습니다.

"발진 준비?"

의아하게 생각하던 마리나는 이내 알겠다는 표정이 되어 다시 물었다.

"그러니까 이것들을 # ε§ə75487호에 싣는다는 말이지?"

—그렇습니다.

마리나와 릴리는 서로의 얼굴을 마주 보았다.

"어떻게 생각해, 릴리?"

"잘됐네. 좋은 기회잖아."

둘은 동시에 생긋 웃고는 그때부터 진작부터 눈독을 들였던 특수 보병의 강화슈트를 비롯해 탐나는 무기들을 전부 골라서 우주선에 싣도록 운반 로봇들에게 주었다. 운반 로봇들은 그녀들의 명령에 순순히 응하여 두 사람이 고르는 족족 운반해 주었다.

"지금 오길 잘했어. 발진 준비가 끝난 뒤에 왔더라면 어쩔 뻔했어?"

"그러게. 릴리, 이 총 어때? 나중에 집에 돌아가서 아빠에게 기념으로 선물하면 좋을 것 같지 않아?"

"그것 좋겠다. 분명히 마음에 들어하실 거야."

"레스프라트에 가면 한번 짬을 내서 테스트해 보자."

마리나 자매는 놀이 공원에 간 아이들처럼 즐거운 시간을 보냈다.

다음날에도 지혜는 마지막 특별 도크에서 찾은 수리 중인 대형함을 조사한다며 그곳에 갔다. 박상과 박창은 꼼꼼한 것 같으면서도 은근히 덤벙거리는 지혜를 혼자 다니게 하는 것이 못내 불안해서 그녀를 따라갔다. 바다와 우진은 새 우주선의 조종법을 익히느라 그곳의 통제실에 남아 있었는데, 마리나와 릴리도 계기의 작동법 일부라도 배우기 위해 그들과 함께 남았다.

그런 상태로 며칠이 더 지났다. 마지막 특별 도크의 대형함에 대한 조사가 어느 정도 끝나자 지혜는 가까운 일반 도크에도 몇 군데쯤 들러보자고 했다. 바다와 우진이 조금이라도 새 우주선의 조종법을 더 익힐 수 있도록 식량 사정이 허락하는 한 에브크로즈에 머물 계획이었기 때문에 아직 여러 날 더 있을 예정이었다. 박상은 지혜의 생각에 동의하고 일반 도크에 대한 정보를 조선소의 중앙 컴퓨터로부터 받아 어떤 곳부터 들를 것인지 지혜와 의논에 들어갔다.

"이런 곳이 있었군. 이곳을 떠나기 전에 여기에는 한번 들러야 하지 않을까?"

박상이 말한 곳은 '임시 시체 안치소'라고 지정된 도크였다. 조선소의 중앙 컴퓨터의 정보에 따르면 본래의 용도는 중형 우주선용 도크지만 조선소와 기지를 비우고 남은 사람들이 떠나기 직전에 임시로 지정해서 죽은 사람들을 둔 곳이라고 했다.

"고대인들이 이곳을 잘 보존해서 이렇게 남겨놓은 덕분에 우리가 크게 도움을 받고 있으니 떠나기 전에 인사를 겸해 한 번쯤은 찾아가서 애도를 표하는 편이 좋을 것 같다."

"시체를 놓았다는데, 도크 안에 시체가 마구 나뒹굴고 있는 것 아냐?"

지혜는 끔찍한 광경이라도 보게 될 것이라 생각해선지 내키지 않아 했다. 박창이 핀잔을 놓았다.

"누나도 참, 홀로코스트도 아니고 설마 시체를 아무렇게나 그냥 놔뒀겠어? 관 같은 데 넣어놨거나 뭔가 조치를 취해놨겠지."

"그, 그렇겠지?"

지혜는 겸연쩍게 중얼거렸다.

"바다 씨와 우진 씨가 아무리 바쁘더라도 이곳에 들를 정도의 시간은 낼 수 있을 테니, 되도록 다 같이 가는 것으로 하자."

박상은 그렇게 결론을 내리고 새 우주선에 있는 네 사람에게 가서 잠시 짬을 내어 임시 시체 안치소에 들르자고 제안했다. 네 사람도 기꺼이 찬성해서 그들은 다 함께 그곳에 갔다.

"으으, 시체들이 많겠지?"

우주선을 찾아다닐 때 일행을 리드하던 적극성은 어디에 가고 지혜는 미리부터 겁을 내며 미적거렸다.

"죽은 사람들을 뭘 겁내? 잡아먹기라도 할까 봐?"

박창이 놀리자 지혜는 눈을 흘겼다.

"죽은 사람이니까 무섭지."

"모르는 말씀. 인간의 천적은 인간이야. 인간이 제일 무서운 거라구."

그런 이야기를 하면서 전기차를 타고 그 도크 근처에 도착한 그들은 도크 하부의 문을 찾았다. 안으로 들어서던 일행은 두어 걸음 들어가다가 걸음을 멈추었다.

"와, 진짜 공동묘지 같네."

박창이 중얼거렸다. 조선소의 규모로 봐서 많은 사람들이 있었을 것이라 짐작하고는 있었지만, 그곳에는 이들이 당초 예상했던 것보다 훨씬 많은 관들로 가득했다. 철인간들용 케이스와는 다르게 생긴 둥그스름한 곡선형의 것들로, 조선소가 무중력 상태가 되었을 때 떠올라서 무질서하게 흐트러지지 않게 하기 위해서인지 벨트로 이어서 도크 내의 작업용 장비들에 연결시켜 고정해 놓은 상태였다. 생각보다 많은 시신들에 놀란 가슴을 진정시키며 그들은 안으로 걸음을 옮겼다.

"저것이 옛날 사람들의 관인가 보지?"

박상이 아담에게 물었다.

―장례용 관은 아닙니다. 본래는 우주나 바다에서 사망한 사람들의 시신을 장례를 치를 수 있는 곳에 도착할 때까지 보관해 두는 장치입니다.

아담의 설명을 듣고 마리나가 고개를 주억거리며 말했다.

"하긴. 레스프라트에서도 보니까 일반적으로 화장을 하지 토장을 하는 경우는 전쟁 같은 비상시를 제외하고는 없는 모양이더군요."

"지구의 우주군 기지나 군함에도 이런 장비가 있습니다."

바다는 옛일을 떠올리는 표정이었다.

박상 등은 근처에 있는 관 가까이 가보았다. 관 뚜껑에는 이름과 생전의 직함이 적혀 있었고, 얼굴이 있는 부분은 투명한 네모 창으로 되어 있어서 얼굴을 확인할 수 있었다. 자연 상태에서 부패하지 않은 때문인지 백골이 되지 못하고 미라처럼 말라붙은 모습이었다. 그런데 이름이 두 개 또는 그 이상 적혀 있는 관들도 여럿 있었다. 그런 관들을 잘 살펴보니 실제로 사체가 두세 사람씩 들어 있었다.

"관이 모자랐었나 보네요."

릴리가 중얼거렸다. 박상은 이해가 간다는 얼굴로 말했다.

"위대한 도시들의 기록을 보면 공통적으로 짧은 시기에 많은 사람들이 죽었다고 되어 있었지요. 이곳도 그랬던 모양입니다."

마라나는 묘한 표정이 되었다.

"이 정도의 사람들이 한꺼번에 죽었을 정도면 대혼란이 왔겠어요."

대체 얼마만큼의 사람들이 죽어 나간 것일까, 그런 생각을 하니 기분이 이상해져서 잠시 아무도 말을 하지 않았다. 그런데 문득 박창이 도크의 벽면으로 다가가더니 박상을 불렀다.

"형, 여기에 뭘 잔뜩 써놨는데. 옛날 사람들이 써놓고 간 모양이야."

그 말을 듣고 다들 그가 있는 곳을 보았다. 시체를 보기 두려워서 다른 사람들과 멀찍이 떨어져 출입구 앞에 붙어 있던 지혜도 이때는 호기심에 이끌려 안으로 들어왔다. 박창의 말처럼 도크의 벽면 가득 스프레이 같은 것을 뿌려 휘갈겨 놓은 글들이 있었다. 수정에게 읽게 해보니 에브크로즈를 떠나기 직전에 사람들이 남긴 메시지였다. 금방 돌아오겠다는 다짐부터 죽은 이들에 대한 애도와 가까운 이를 잃은 슬픔, 마지막까지 최선을 다해준 것에 대한 감사의 글귀들이었다.

"곧 돌아올 수 있을 거라고 생각했었나 봐요."

지혜가 작은 소리로 중얼거렸다.

"그렇겠죠. 설마 다시는 돌아오지 못할 거라고 생각이야 했겠어요?"

마리나의 표정은 숙연해져 있었다.

"이곳을 떠난 사람들은 어디로 갔을까요?"

릴리의 말에 박창이 말했다.

"칼키아처럼 부득이한 경우가 아니면 웬만하면 기스칼 지역으로 갔겠죠. 펠레즈나 디파 같은 곳일 수도 있고 아메트의 어딘가일 수도 있겠죠."

동료와 친구들의 주검을 한데 모아놓고 지상으로 떠나기 직전 서둘러 남긴 것이 분명한 수많은 고대의 메시지를 보고 있으려니 당시의 급박하고 서글픈 사연들이 남의 일 같지만은 않아 기분이 이상해졌다. 생존의 희망을 안고 대지로 내려간 이들 중 누구도 돌아오지 못하고 대지에 자신들의 몸을 묻고 말았으리라는, 이 우울한 결말의 목격자가 이 문명의 후손이 아닌 자신들이라는 사실이 얄궂게 느껴지기도 했다.

"이런 경우, 살아남았다는 것이 과연 행운이었을까?"

박상이 조그맣게 중얼거렸다. 박창이 그 말을 받아 말했다.

"당시에는 그런 걸 생각할 여유도 없었을걸. 우리처럼 말이야. 픽시호가 그렇게 될 때 다른 생각이 났었어? 그곳을 빠져나오느라 정신이 없었지."

마리나는 벽에서 몸을 돌려 관들을 바라보며 궁금해했다.

"이 많은 사람들을 이렇듯 순식간에 제물로 삼고 문명까지도 괴멸로 몰아넣은 그 질병은 대체 어디서 비롯된 것이고 어떻게 끝난 걸까요?"

"어디서 왔는지는 고대 사람들도 알지 못했던 모양이니 우리로선 알 길이 없죠. 하지만 어떻게 끝난 건지는 짐작할 수도 있을 것 같아요.

그 질병에 대해 내성을 가진 세대의 출현이었겠죠. 펠레즈, 디파, 칼키아 등 위대한 도시의 기록 어디에도 치료제나 백신이 나왔다는 이야기는 없었어요."

지혜가 말했다.

그들은 조금 더 그곳을 둘러보다가 애초의 방문 목적대로 죽은 이들을 향해 묵념하고 조의를 표한 뒤 그곳을 나왔다.

새 우주선에 들어간 그들은 우주선 내부를 운행하는 소형 전기차를 타고 통제실을 향했다. 에브크로즈의 중앙 컴퓨터에 발진 준비 명령을 내린 뒤 새로이 들어온 장비였다.

"기함이라 좋긴 좋네요. 이런 것도 있고 말이에요."

릴리가 감탄하자 지혜가 동감했다.

"그러게요. 발진 준비라고 하기에 우주선의 발전기를 가동시키고 항해 프로그램을 제공하는 정도일 줄 알았더니, 제반 준비를 다 갖추는 걸 의미하나 봐요. 평상시 같았으면 식량까지 제공되었을지도 모르는데, 아쉽네요."

"식량은 그렇다 치고, 이왕이면 철인간을 여러 대 넣어주었더라면 진짜 좋았을 텐데 말이에요."

우진이 웃으며 하는 말에 마리나는 의미심장한 미소를 머금었다.

"그랬다면 더 좋았겠지만 지금으로서도 충분히 만족스러운걸요."

통제실에 들어간 그들은 점심 식사 때까지 쉬었다가 오후가 되자 각자의 활동으로 돌아갔다. 마리나 자매와 두 조종사들은 통제실에서 조종법과 계기 다루는 법을 익혔고, 지혜는 박상 형제와 다른 일반 도크를 둘러본다고 나섰다.

마침내 에브크로즈에서의 일정을 끝내고 레스프라트에 돌아가는 날이 왔다. 출발 전에 무적택배 사람들은 새 우주선의 통제실에 모여 회의를 가졌다. 레스프라트로 가기 전에 새 우주선의 이름을 정하기 위해서였다. 그동안 각자 생각한 이름을 말해 보았지만 적당한 것이 없었다. 어떤 것은 너무 촌스러웠고 어떤 것은 너무 멋을 부린 것 같아 모두가 동의하는 안이 좀처럼 나오지 않았다. 한참을 이야기하던 끝에 릴리가 말했다.

"어렵게 생각하지 말고 우리의 희망을 담아서 '귀환' 호라고 짓는 건 어떨까요? 지금 우리에게 제일 절실한 것이잖아요."

"의미는 좋지만, 너무 직설적인 것 아닌가요?"

우진이 고개를 갸웃거리는데, 지혜는 릴리의 제안에 찬성했다.

"제 생각에는 괜찮은 것 같아요. 이곳에 있었던 고대인들의 염원과 우리의 염원이 다 담긴 이름이 되잖아요."

"그러다가 지구에 돌아가서 목적이 달성되면 이름을 바꿔야 하는 것 아닐까?"

박창이 말하자 지혜가 반박했다.

"바꾸긴 왜 바꿔, 그대로 쓰면 되지. 항상 무사히 돌아오겠다는 의미인데, 좀 좋아?"

"그런가? 듣고 보니 그럴싸하네."

박창은 솔깃한 표정이 되었다.

"저도 그 이름이 마음에 듭니다. 의미가 좋군요."

바다도 릴리의 제안에 찬성표를 던졌다. 우진은 굳이 반대했던 것도 아닌 터라 대세에 따르겠다는 입장이었고, 박상과 마리나 자매도 고개를 끄덕여 동의했다.

"좋아요. 이걸로 우주선의 이름이 결정되었네요. '귀환호' 로 해요."

지혜는 기쁘게 선언하고, 우주선의 중앙 컴퓨터 라그로트에게 우주선의 이름이 귀환호가 되었다는 사실을 알렸다. 출발을 결정한 무적택배 사람들은 두 그룹으로 나뉘었다. 귀환호에는 박상과 바다, 마리나 자매와 철인간 아담, 게이브, 삼룡이, 아다다가 남고, 지혜와 우진, 박창은 나머지 철인간과 로봇을 데리고 무적택배호를 타러 갔다. 귀환호는 선체가 커서 프라트에 착륙할 장소가 없을 터였기 때문에 무적택배 사람들이 프라트 주변을 오가면서 본 적이 있는 황무지에 내리기로 했다.

"한 며칠 땅을 딛고 다니다가 다시 무중력 상태로 사오 일 지낼 생각을 하니까 슬슬 걱정이 되는데요."

우진은 쓴웃음을 지으며 말했다.

"그러게요. 겨우 얼굴이 정상으로 돌아왔었는데, 또다시 팅글팅글 부을 것 아네요. 씻지 못해서 냄새도 막 날 거구."

지혜는 얼굴을 만지면서 한숨지었다.

"왜? 전엔 허벅지가 날씬해져서 좋다더니?"

박창이 짓궂게 놀리자 지혜는 눈을 흘겼다.

"그땐 보는 사람이 우리뿐이니까 그렇지, 사람을 보면 얼굴부터 보게 되는데, 그 찐빵 같은 얼굴을 노드 씨랑 로네스 씨가 보면 속으로 얼마나 웃겠어?"

전기차를 타고 한참을 달려 무적택배호가 있는 비행장에 간 세 사람은 실로 며칠 만에 무적택배호에 탔다.

"사람 몇 명이 빠지니 빈자리가 크네요. 레스프라트에 도착할 때까지는 무척 심심하겠어요."

조종석에 앉은 우진이 허전한 마음이 들었던지 그렇게 말하자 지혜가 미소 지으며 대꾸했다.

"무슨 일이 터지는 것보단 심심한 게 낫죠. 요샌 하도 일이 많아서 난 하루빨리 심심해 봤으면 좋겠어요. 새로운 정보를 얻고 수집해도 제대로 연구하고 분석할 틈조차 없잖아요."

"그런데 우진 씨 혼자서 괜찮겠어요?"

박창이 걱정했다.

"자동 항해 장치를 쓰면 되니까 걱정 마십시오. 이쪽 우주에는 다른 우주선들이 없어서 항로 방해도 없고 우주 공간에 떠다니는 부유물만 조심하면 되는데, 그것도 이번에는 귀환호의 에너지 방어막 안에 들어가 있을 거니까 따로 신경 쓸 필요가 없구요."

우진은 걱정없다는 투로 박창을 안심시키면서 계기판을 켜고 우주선의 발진 준비에 들어갔다. 우주선에 이상이 없는지 점검하고 난 그는 박창 등에게 말했다.

"귀환호에 연락하고 곧 출발할 겁니다. 모두 자리에 앉으시고 안전벨트를 매세요."

우진의 주의에 지혜와 박창은 자신의 자리에 앉았다. 우진은 아그리파에게 조선소 측에 발진 허가를 요청하도록 시키고, 자신은 귀환호에 있는 바다에게 연락을 취했다.

"여기는 무적택배호, 우주선은 양호합니다. 현재 발진 준비를 마치고 대기 중입니다."

그러자 모니터가 켜지며 바다의 모습이 보였다. 그는 무적택배호에서 가져다 놓은 의자에 앉아 있었는데 의자를 고정시킬 수가 없어서, 철인간 삼룡이가 뒤에 서서 의자를 붙잡고 있었다.

[이곳은 귀환호, 이쪽도 양호하다. 발진 대기 중이다.]

우진은 바다의 모습에 슬쩍 미소를 띠고 말했다.

"박상 총사령관님, 에브크로즈 조선소 제3비행장에서 무적택배호, 출발하겠습니다."

그러자 모니터의 다른 쪽이 켜지며 박상의 시들한 표정이 나타났다. 박상의 뒤에는 게이브가 있었다.

[우리도 곧 출발합니다. 부탁이니 그냥 이름으로 부르십시오.]

"알겠습니다."

우진은 웃음을 삼키며 대답하고 조종간을 잡았다. 잠시 후 비행장에서 안내 방송이 나오고 유도등이 들어왔다. 무적택배호는 바닥에서 떠올라 유도등을 따라 움직이기 시작했다.

에브크로즈를 나온 무적택배호가 고도를 높이는데 반대편에서 거대한 하얀 우주선이 떠오르는 모습이 보였다. 귀환호가 도크에서 나오는 것이었다.

두 대의 우주선이 에브크로즈를 떠난 직후 조선소와 군 기지는 불을 끄고 무적택배호가 방문하기 이전의 상태로 돌아갔다. 잠든 듯 고요해진 에브크로즈를 내려다보며 두 우주선은 고도를 높였다. 덩치에 걸맞는 파워로 무적택배호보다 빠르게 달 상공으로 떠오른 귀환호는 곧장 에너지 방어막을 펼쳤다. 보다 늦게 올라간 무적택배호는 귀환호의 앞

으로 갔다. 같이 돌아가기 위해 무적택배호의 속도에 맞추기로 했기
때문에 그렇게 한 것이다.

"아, 또다시 두둥실 떠오르네."

박창은 멋대로 떠오르는 자신의 손발을 보며 지겹다는 표정이 되었
다.

"앞으로 또 며칠은 무중력 상태로 지내야겠네요."

우진은 쓴웃음을 지으며 통제실을 둘러보았다.

"그래도 이번엔 4, 5일만 참으면 되니까 그나마 다행이죠. 며칠만
참자구요."

지혜가 의자에 머리를 기대고 말했다. 미리 먹어둔 멀미약이 효과를
발휘해서인지, 아니면 달 기지의 중력이 지상보다는 약한 때문인지 처
음처럼 심한 멀미가 나지는 않아 세 사람은 한결 편하게 지낼 수 있었
다.

너비 들판
제21장

[이제 오래지 않아 레스프라트 상공에 들어가겠군요. 다들 어떠십니까?]

지상으로 내려갈 시간이 가까워오자 귀환호의 박상이 무적택배호에 연락을 해왔다. 우진이 답했다.

"그럭저럭 지내고 있습니다."

그때 뒤에서 박창이 대뜸 큰 소리로 말했다.

"그럭저럭? 우진 씨, 입은 비뚤어져도 말은 똑바로 하랬다고, 다들 보름달처럼 둥글둥글해져서 구리구리한 냄새를 풀풀 풍기고 있잖아요! 그쪽은 어때, 형? 바닥에 발 붙이고 있으니 편안하서?"

[그 점에서는 편하다만 이쪽이라고 만사형통인 건 아니다. 딱딱한 바닥에 며칠째 이불 깔고 자려니 온몸이 쑤신다.]

박상은 시큰둥하게 대꾸했다. 그의 말이 허풍이 아닌 것이 귀환호의 내부에는 아무것도 갖춰져 있지 않아 용변은 요강 대용의 통을 가져다 놓고 사용하고 있었고, 침대도 없어 통제실 안쪽 바닥에 이불을 깔고 자고 있는 판이었다. 박상의 말에 이어 릴리가 농담과 진담을 섞어 하소연했다.

"지금보다는 지상으로 강하할 때가 큰일이에요. 지지대로 쓸 손잡이조차 없어서 어디 벽에라도 가서 기대고 있든지 해야 할 판이에요."

우진은 웃음을 삼키며 물었다.

"바다 형은 어때요? 괜찮겠어요?"

[어떻게든 해봐야지.]

바다는 담담하게 대답했다.

"이번에 내려가면 한 며칠 푹 쉬자구요. 힘내요, 바다 형."

바다에게 격려의 말을 건넨 뒤 우진은 같은 우주선의 두 동료에게 말했다.

"내려가기 전에 한 번 더 물을 마셔두세요. 무중력 상태로 있다가 귀환할 때는 몸의 수분 양을 늘려주는 것이 좋다고 하니까요."

박창과 지혜는 우진의 말에 따라 의자 옆에 두었던 물병을 집어 그곳에 달린 빨대로 물을 마셨다.

드디어 강하 순간이 왔다. 인공위성을 통해 프라트의 위치를 잡은 귀환호와 무적택배호는 귀환호를 선두로 대기권 진입을 준비하기 시작했다. 선체가 큰 귀환호가 앞서 대기권을 돌파하면 무적택배호가 그 뒤를 따를 예정이었다. 대기권을 돌파해서 나올 때보다 강하할 때 우

주선이 받게 되는 압력이 훨씬 더 크기 때문에 무적택배호의 부담을
조금이라도 줄이고자 하는 의도였다.

[무적택배호는 프라트의 언덕 위에 착륙하겠습니다.]

우진이 무적택배호에서 연락해 왔다. 바다는 답신을 보냈다.

"귀환호는 전에 의논한 장소인 프라트 인근의 네비 들판에 착륙하겠
습니다. 착륙 후 이상이 없으면 무적택배호에 연락하고 프라트에 합류
하겠습니다."

[알겠습니다. 박창 씨가 할 말이 있다는군요.]

우진의 말에 이어 모니터에 박창의 얼굴이 나타났다. 박창은 불과
며칠 만에 물에 부은 찐빵처럼 둥글어진 얼굴을 하고서 장난기 어린
말을 쏟아냈다.

[형, 요강 쏟아지지 않게 잘 묶어놔. 새 우주선을 분뇨로 범벅해 놓
지 말고.]

박상은 어이가 없어 무뚝뚝하게 대꾸했다.

"남 걱정하지 말고 그쪽의 분뇨 봉지나 잘 정돈해 놓지 그래?"

[우린 봉지로 묶어놔서 괜찮네요.]

유들유들하게 웃는 박창의 얼굴을 한심스레 쳐다보던 박상은 그의
말을 잘랐다.

"시끄러. 싱거운 소리 그만 하고 끊어. 가뜩이나 조종사들이 정신없
을 때인데."

통신이 끊은 뒤 박상은 입속으로 투덜거리면서도 박창이 말한 요강
을 살피러 화장실로 갔다.

"실없는 녀석 같으니. 누굴 닮아서 저렇게 싱거운 인간이 되었담."

뚜껑을 덮고 끈으로 사방을 묶어서 단단히 고정시켜 놓은 것을 확인한 그는 통제실로 돌아갔다. 통제실에서는 바다와 마리나 자매가 긴장된 자세로 대기권에 들어갈 준비를 하고 있었다.

"박상 씨, 이리로 어서 오세요. 곧 내려갈 모양이에요."

마리나가 손짓해서 박상을 불렀다. 마리나와 릴리는 강하할 때 선체가 앞으로 기울 것을 대비해서 통제실의 한쪽 구석에 이불을 둘둘 말아 쿠션처럼 만들어놓고 있었다. 의자도, 버팀목이 될 손잡이도 없는 처지라 대책없이 서 있다가 이리저리 부딪칠지도 모르기 때문이었다. 그러나 자리를 비울 수 없는 바다의 경우는 게이브와 삼룡이, 두 대의 철인간이 그를 지탱하기 위해 그의 옆에 대기하고 있었다. 게이브는 바다의 등 뒤에서 그의 허리를 감고 있고, 삼룡이는 조종석 앞의 바닥에 몸을 깔고 바다가 앉은 의자의 다리를 붙잡고 있었다.

"으음, 보기에 좀 묘한 장면이네요."

릴리가 조그맣게 킥킥거렸다. 박상은 차마 바다에게 미안해서 맞장구를 치지는 못했으나 심히 우스운 모습인 것은 사실이라 웃음을 속으로 삼켰다. 그러나 바다 본인은 그런 사실에 신경 쓸 겨를 없이 조종에 여념이 없었다.

"가까이에 있는 것을 잡고 몸을 잘 지탱하십시오. 강하합니다!"

바다가 큰 소리로 말했다. 박상과 마리나, 릴리는 잡담을 멈추고 한자리에서 다른 곳으로 굴러가는 일이 없도록 서로를 꽉 붙잡았다. 바다는 무적택배호에 귀환호가 강하를 시작한다고 알리고 긴장된 자세로 자리를 잡았다. 자동 항해 시스템으로 자동 착륙을 하게 되어 있었지만 만일의 사태를 대비해 대기하고 있는 것이었다.

대기권을 돌파한 두 대의 우주선은 지상에 가까워지자 속도를 늦추며 연착륙에 성공했다.

귀환호는 사전에 논의한 대로 수도 프라트에서 한나절 정도 거리에 있는 네비 들판에 착륙했다. 네비 들판은 대륙에서도 손꼽히는 곡창지인 프라트 인근의 다른 지역과는 달리 땅이 유리질화되어 농사를 짓지 못하는 버려진 땅이었다.

한편 무적택배호는 다른 마땅한 장소가 없는 까닭에 레스프라트에 내려온 이래 착륙장처럼 머물러 있던 프라트 옛 왕궁 건물의 무너진 자리에 착륙했다. 제대로 된 착륙 장소가 아니라 사고로 건물을 무너뜨리고 올라앉은 자리에 다시 우주선을 대려니 쉽지 않은 노릇이었지만 우진은 노련하게 그 일을 해냈다.

"잘하셨습니다. 과연 우진 씨예요."

박창의 칭찬에 우진은 길게 심호흡을 하더니 대답했다.

"다른 무엇보다 무사히 다녀와서 기쁘네요."

한편 지혜는 의자 등받이에 머리를 기대고 축 늘어져 있었다. 몸이 무거워서 손가락 하나 까딱할 수 없을 정도였다.

"아이고, 또 몸이 무겁네."

박창과 우진도 같은 증상으로 금방 일어날 엄두를 내지 못했다. 잠시 그런 상태로 있는데 귀환호의 박상에게서 연락이 왔다.

[여기는 귀환호, 네비 들판에 무사히 착륙했습니다. 무적택배호는 어떻습니까?]

우진이 답했다.

"무적택배호도 프라트의 구왕궁 자리에 착륙했습니다. 중력 적응 때문에 다소 곤란을 겪고 있긴 하지만 전원 무사합니다. 그쪽은 다들 무사하신가요?"

[이쪽도 전원 양호합니다. 귀환호의 상황을 정리하는 대로 무적택배호에 돌아가겠습니다.]

통신이 끝나고 한동안 적막한 침묵이 지나갔다. 우진과 박창 등 무적택배호에 있는 세 사람은 앉은 채로 발을 움직거리기도 하고 팔을 조금씩 꼼지락거리기도 하면서 서서히 몸을 풀었다. 얼마가 지났는지도 모르고 멍하니 있는데, 박상으로부터 다시 연락이 왔다. 귀환호에 실어두었던 에어카와 에어바이크를 타고 귀환호에서 돌아온 것이다. 지혜가 힘겹게 몸을 움직여 컴퓨터를 조작해 출입문을 열어주었다.

"모두 괜찮습니까?"

선두로 통제실에 들어선 박상은 시체처럼 늘어진 채 의자에 기대어 있는 세 명을 보고 걱정스레 물었다. 우진이 답했다.

"몸이 무거워서 그렇지 다른 이상은 없습니다. 시간이 지나 적응되면 괜찮아질 겁니다."

"형이랑 그쪽 사람들은 멀쩡해 보이네요."

박창이 바다와 마리나 자매를 보고 말을 건네자 마리나가 빙긋 웃었다.

"비교적 그래요. 귀환호는 다른 건 없어도 중력 시스템은 양호했으니까요. 이곳 지상의 중력보다는 가벼웠던지 약간 뻐근하고 묵직하긴 하지만 그래도 그럭저럭 다닐 만해요."

"무적택배호 바깥에 사람들이 와 있지는 않습니까?"

우진이 물었다.

"여긴 잘 모르겠고, 프라트의 외곽 성벽에는 사람들이 꽤 모여 있더군요."

"거긴 왜요?"

지혜가 의아하게 묻자 바다가 말했다.

"귀환호 때문이겠지요. 워낙 크니까 많은 사람들이 내려오는 걸 보지 않았겠습니까?"

"여기도 노드 씨와 로네스 씨가 금방 올라올 텐데, 어떻게 하겠습니까? 계속 우주선 안에 있을 겁니까?"

박상이 우진 등에게 물었다. 지혜는 만사가 귀찮다는 듯 나른한 음성으로 대답했다.

"지금은 몸 상태도 이렇고 난 당분간 안 나갈래. 더 쉬다가 좀 나아지면 몸이라도 씻고 그 뒤에 생각할래."

얼마 뒤 노드, 로네스 등과 파디아를 위시한 사제들이 언덕을 올라왔다. 그것을 보고 마리나 자매가 말했다.

"박창 씨랑 지혜 씨, 우진 씨는 여기서 쉬고 계세요. 우리가 나가서 인사하고 올게요."

마리나 자매는 박상, 바다와 함께 밖으로 나갔다. 네 사람이 나가자 밖에 와 있던 사람들은 일제히 고개를 조아렸다. 박상 등은 그들과 인사를 나누고 나오지 않은 세 사람에 대해 간략히 전했다.

"덕분에 잘 다녀왔습니다. 다른 사람들은 지금 저 안에서 뒷정리를 하면서 쉬고 있는 중인데 아마 내일부터는 전처럼 활동할 겁니다."

"무사히 다녀오셨다니 다행입니다."

네 사람만 모습을 보인 것에 약간 놀라 있던 파디아는 그제야 안도의 미소를 지었다.

"이렇게 다시 뵙게 되어 무척 기쁩니다."

노드는 상기된 표정으로 인사하더니 잠시 망설이는 표정으로 있다가 물었다.

"여러분께서 하늘에서 내려오실 때 저 배 이외에 다른 거대한 하얀 배가 있는 것 같았는데, 그것은 어떻게 된 것입니까?"

"그것은 우리가 먼 곳에서 가지고 온 것으로, 후에 우리가 돌아갈 때 사용할 우주선입니다. 자세한 이야기는 나중에 할 테니, 지금은 그렇게만 알고 계십시오."

박상의 대답에 노드와 로네스는 더욱 궁금한 표정이 되었지만 더 묻지는 않았다. 노드가 말했다.

"알겠습니다. 여러분께서 사용하시던 곳을 치우고 쉴 수 있게 준비해 놓았습니다. 저희는 이곳에 계속 대기하고 있을 테니 필요한 것이 있으시면 언제든 말씀하십시오."

"그렇게 하겠습니다."

박상 등은 노드에게 대답하고 무적택배호에 돌아왔다. 지혜는 아직도 통제실의 의자에 기대어 있었고, 박창과 우진은 힘들다면서도 샤워실에 가고 없었다. 무적택배호에 타고 있던 사람들보다는 나았지만, 바다나 박상 등도 몸이 무겁고 피곤했기 때문에 모두 그날을 포함해서 며칠은 푹 쉬기로 했다.

프라트에 돌아온 지 닷새째 오전. 베르테스와 클로페 왕비가 무적택배 사람들에게 인사를 하러 올라왔다. 다녀온 뒤 며칠 동안 방에서 거의 나오지 않고 쉬고 있던 무적택배 사람들이 전날부터 평소의 생활로 돌아갔다는 노드의 보고에 따른 것이었다. 무적택배 사람들은 구왕궁 왼쪽 건물의 응접실에서 베르테스 부처를 맞이했다.

노드와 로네스의 안내를 받아 나란히 들어오는 베르테스와 클로페의 모습은 꽤 자연스러워서 두 사람이 부부라는 실감을 자아냈다. 베르테스는 다른 때와 별반 차이가 없었고, 클로페 역시 차분한 모습이었다. 자리에 앉기 전 고개를 숙여 인사하는 베르테스 부부에게 무적택배 사람들도 서둘러 고개를 숙였다.

"나흘 전에 도착하셨다는 말씀을 들었습니다. 더 일찍 인사를 와야 마땅한 일이었으나 피로 때문에 쉬고 계신다기에 인사를 미루었습니다. 가셨던 일은 잘되셨는지요?"

베르테스가 건네는 인사에 늘 그렇듯이 박상이 일행을 대표하여 대답했다.

"예, 폐하께서 여러 모로 도와주신 덕분에 무사히 잘 끝냈습니다."

의례적인 인사가 두어 마디 오간 뒤 박상은 인근의 네비 들판에 착륙해 있는 귀환호에 대한 이야기를 꺼냈다. 박상은 그 배를 자신들이 왔던 곳으로 돌아가기 위해 우주에서 가져왔다고 설명했다. 당연한 일이겠지만 베르테스는 이미 귀환호에 대해 보고를 들어 알고 있었다.

"그 거대한 하얀 배에 대해서는 저도 여러 사람에게 들었습니다. 대단히 큰 배라고 하더군요."

"예. 크기 때문에라도 프라트에 둘 수 없어서 부득이하게 네비 들판에 착륙했습니다."

"그 배를 타고 돌아간다는 말씀이십니까?"

"그럴 예정입니다만, 그전에 준비해야 할 일이 몇 가지 남아 있어서 곧 돌아가지는 못할 것 같습니다. 사실 그것과 관련해서 폐하께 부탁드릴 일도 있구요."

"무슨 일인지 말씀만 하십시오."

"감사합니다. 상세한 사항은 나중에 노드 씨와 로네스 씨에게 전하겠지만, 현재 그 하얀 배는 내부에 의자와 테이블 등의 가구와 비품이 없어 사용에 불편을 겪고 있습니다. 그래서 가구와 물품을 몇 가지 넣었으면 합니다."

우주선에 그런 물건이 없다는 것이 의외로 느껴졌던 듯 베르테스의 얼굴에 잠시 의아한 기색이 스쳤지만, 그는 이유를 묻거나 하지 않고 흔쾌히 답했다.

"알겠습니다. 외븐 경과 델라제 경이 불편없이 조치해 드릴 것입니다."

"감사합니다."

귀환호에 대한 이야기가 끝나자 잠깐 대화가 끊기면서 침묵이 흘렀다. 무슨 말이라도 해서 이 어색함을 없애야겠다는 생각에 박상이 아무 말이나 하려는 찰나, 마리나가 클로페에게 말을 걸었다.

"클로페 전하는 이렇게 따로 뵙는 것이 처음이네요. 레스프라트의 생활에는 많이 익숙해지셨는지요?"

"예, 덕분에 아주 잘 지내고 있습니다."

클로페는 수줍어하거나 주저하지 않고 누군가가 말을 건네주기를 기다렸다는 듯이 밝게 대답했다. 앳되고 고운 얼굴만큼이나 맑고 낭랑

한 음성이었다. 클로페의 활달한 태도에 용기를 얻은 박창도 대화에 가담했다.

"낯선 곳에서 생활하게 되면 보통 음식 적응이 쉽지 않은데, 식사는 잘하고 계십니까?"

언제 어디서나 먹는 일에 중대한 의미를 부여하는 박창의 입장에서는 당연한 질문이었으나 박상과 지혜는 내심 그의 엉뚱함을 탓하며 살짝 째려보았다. 하지만 클로페는 그 질문에도 기꺼이 답했다.

"음식에는 전혀 불편이 없습니다. 오히려 종류가 다양하고 맛있는 것들이 많아 즐겁게 지내고 있습니다. 피스벵 설탕은 그리어에서도 먹고 있었지만, 프라트에 오니 지금까지 맛보지 못한 것들이 많았습니다. 특히 치즈 케이크, 크림 케이크, 슈크림, 푸딩, 캔디, 봉봉… 이런 것들은 아무리 먹어도 질릴 것 같지 않습니다."

자신이 좋아하는 먹거리를 열심히 나열하는 클로페의 모습은 일국의 왕비라기보다 천진한 소녀처럼 느껴졌다. 클로페는 생각보다 밝고 활발한 성격이어서 무적택배 사람들에게 예의를 차리면서도 자연스럽게 행동했다. 그동안 박상 일행을 여러 차례 만나온 베르테스보다 오히려 편안해 보일 정도였다.

이야기를 좀 더 나누다가 베르테스 부처가 인사를 마치고 나간 뒤 박상 일행은 노드와 로네스에게 잠시 같이 가볼 곳이 있으니 준비하고 오라 하고, 두 사람이 국왕 부부를 배웅하고 돌아오기를 기다렸다.

"클로페님은 참 곱게 자란 사람 같네요."

마리나가 클로페에 대해 호감을 보였다.

"맞아. 우리랑은 정반대지?"

릴리는 마라나의 말에 동감을 표하며 키득거렸다. 우진이 고개를 끄덕이며 말했다.

"결혼식 때도 두 사람이 잘 어울린다고 생각했었는데, 사이가 좋아 보이니 다행이네요."

"사이가 나쁠 이유가 어디 있겠어요. 저렇게 귀엽고 예쁜 신부인데, 내가 신랑이면 업고 다니겠다."

박창은 은근히 부러워했다. 지혜가 심술스레 웃으면서 말했다.

"예쁘고 고상한 아가씨가 미쳤다고 너하고 결혼하겠어? 세상에 일등 신랑감들이 얼마나 많은데, 그중에서 고르고 고르지 말이야."

"남 걱정 하지 말고 누나는 자기 일이나 신경 쓰서."

박창이 하는 말에 지혜는 지지 않고 삐죽거렸다.

"내가 뭐 어때서? 내가 생긴 게 빠져? 머리가 나빠? 먹여 살려야 할 부양 가족이 딸려 있기를 해?"

"성격이 더럽잖아."

"뭐야?"

지혜가 자리를 박차고 일어나 박창에게 다가서려는데, 노드와 로네스가 마침 돌아왔다. 지혜는 두 사람을 봐서 성질을 죽여야 했다.

"두 분은 가셨습니까?"

박상이 묻자 로네스가 대답했다.

"예, 마차를 타고 내려가셨습니다."

"그럼 우리도 가봅시다."

박상이 앞장서고 무적택배 사람들은 노드와 로네스를 동행하여 지휘차를 탔다. 두 사람을 귀환호에 데리고 가서 직접 보여주고 구체적으로 어떤 것들이 필요한지 알게 할 필요가 있을 것 같아서였다.

네비 들판에 가까이 갔을 때 지혜가 모니터 한곳을 보고 놀라서 말했다.

"저기 좀 봐요! 저 사람들이 저기서 뭐 하는 거죠?"

별 생각 없이 그쪽을 본 박상 등은 깜짝 놀랐다. 어디서 몰려들었는지 꽤나 많은 사람들이 네비 들판에 모여 있었다.

"우리 우주선을 구경하는 것 같지 않아요?"

박창이 말했다. 그의 말처럼 사람들은 귀환호의 주변에서 서성이고 있었다.

한편 노드, 로네스는 구경꾼들보다도 들판에 올라앉은 거대한 우주선을 보고 경악해 있었다. 여러 사람들에게서 귀환호가 강하할 당시의 이야기를 들어 대략 알고는 있었지만, 눈앞에 보이는 우주선은 두 사람의 짐작을 훨씬 넘어서는 거대한 규모였다.

"크단 이야기는 들었지만, 저렇게 클 줄이야!"

노드는 믿기 어렵다는 표정으로 웅얼거렸다. 로네스도 실감이 나지 않는지 노드에게 속삭였다.

"저렇게 거대한 것이 하늘을 날다니, 상상이 되지 않아."

"그러게 말이야."

둘이 놀라움을 감추지 못하고 소곤거리는 동안 무적택배 사람들은 귀환호의 중앙 컴퓨터 라그로트에게 연락을 취하고 우주선 한쪽의 도크를 열게 하여 그 안으로 들어갔다. 얼떨떨한 상태로 지휘차에서 내려 박상 일행을 따라 통제실로 들어간 두 사람은 라그로트의 홀로그램을 보자마자 황급히 고개를 조아렸다.

"저건 사람이 아니니 인사할 필요 없어요."

지혜의 말에 슬그머니 고개를 든 노드와 로네스는 신기한 눈길로 라그로트를 흘끔흘끔 쳐다보았다. 무적택배호나 지휘차의 통제실 등을 보아온 터라 이런 유의 현대식 장비에 비교적 익숙해져 있는 그들이었지만 이곳은 또 느낌이 달랐다.

"이곳이 이 우주선의 통제실입니다. 여기서 우주선을 조종하고 제반 사항을 통제하죠."

박상이 설명했다.

"예."

두 사람은 멍하니 고개를 저었다.

"한번 천천히 둘러보세요."

지혜가 말했다. 노드와 로네스는 조심스럽게 내부를 둘러보았다. 대강 전체를 보았다 싶자 지혜는 두 사람에게 물었다.

"뭔가 느껴지는 바가 없어요?"

노드는 골똘한 표정으로 눈을 깜빡이다가 자신없이 말했다.

"몹시 크군요. 화면도 굉장히 크고, 많구요."

"그것 말고는요?"

지혜가 다시 물었다. 노드는 잘 모르겠던지 애매한 표정을 지었다. 그때 로네스가 말했다.

"안에 의자가 없는 것 같습니다만."

"맞아요. 바로 그거예요. 더 둘러보면 알겠지만 의자 말고도 없는 것이 한두 가지가 아니에요."

지혜는 한숨을 섞어가며 말했다. 노드는 그제야 그것을 깨닫고 머리를 긁적였다. 두 사람은 무적택배 사람들을 따라 통제실 외의 다른 곳을 둘러보고 아무것도 없는 황량함에 또 한 번 놀랐다.

"정말로 내부가 비어 있군요."

노드는 차라리 신기하다는 반응을 보였다. 지혜는 프린트해 둔 우주선의 내부도를 두 사람에게 내주었다. 라그로트로부터 받은 자료로 우주선이 예정대로 완성되는 경우 배치되었을 가구 및 비품 배치가 담겨 있었다.

"우주선 전체에 다 넣을 필요는 없고, 통제실과 그 뒤쪽에 있는 회의실, 주방, 화장실과 샤워실, 그리고 이 그림에 표시해 놓은 몇 개 방에만 가구와 물품을 넣어주시면 돼요."

지혜는 내부도를 뒤적이며 설명했다. 귀환호 전체에 다 넣으려 하면 일이 너무 많아질 것 같아서 통제실과 무적택배 사람들이 사용할 일부 공간만 부탁한 것이다.

"단, 의자와 테이블 등 모든 가구를 바닥에 고정시켜야 합니다. 지휘차에서처럼요. 가구를 놓을 곳에는 보통 이렇게 고정시키는 데 사용하는 구멍이 있습니다."

박상은 노드에게 말하고 바닥에 나 있는 나사 구멍을 보게 했다.

"나사는 구왕궁의 작업실에서 만들 수 있으니 걱정하지 마세요."

지혜가 말하자 노드는 알겠다는 얼굴이었다.

"예, 알겠습니다."

대답 직후 노드는 한 가지 덧붙였다.

"괜찮으시다면 가구와 비품을 만들 장인들을 여기로 데려와서 한번 보게 했으면 합니다. 직접 보고 실측을 해야 이곳에 적합한 크기와 디자인을 결정하고, 고정시킬 것까지 생각해서 만들 수 있을 테니까요.”

박상 등은 그의 말이 일리가 있다 생각하고 그렇게 하기로 했다.

해질녘이 되어서 무적택배 사람들을 따라 프라트에 돌아온 노드와 로네스는 베르테스의 부름을 받고 왕궁으로 내려갔다. 베르테스는 집무실에서 그들을 기다리고 있었다.

“부르셨습니까?”

집무실에 들어서면서 인사를 하자 베르테스는 책상에서 일어나 테이블로 자리를 옮기며 두 사람에게도 자리를 권했다.

“앉으시오.”

노드와 로네스는 베르테스가 앉고 나서 착석했다.

“오늘 나와 왕비가 인사를 드린 뒤에 신의 사도 여러분과 어디를 다녀오셨다고 들었소만, 신의 사도께서 말씀하신 그 큰 배와 관계된 일이오?”

“예, 그 우주선에 다녀왔습니다. 이것을 참고하라고 주셨습니다.”

노드는 지혜에게 받은 도면을 베르테스가 볼 수 있게 테이블에 올려놓았다. 베르테스는 도면들을 매우 흥미롭게 뒤적였다. 귀환호의 내부 구조가 그의 흥미를 끈 것이었다.

“대단히 큰 배던데 내부의 도면이 이것뿐이오?”

몇 장으로 끝나 버린 도면에 베르테스가 의아함을 드러냈다.

“우주선 전체로 따지면 훨씬 많아지겠지만 신의 사도 여러분이 주로 사용하는 몇 개 공간만 하면 된다고 하시며 이렇게 주셨습니다.”

“할 일을 줄여주려고 그러신 모양이군. 그러나 그분들이 그간 우리 레스프라트에 베풀어주신 것들을 생각하면 이 정도로는 부족할 것이오. 신의 사도들께 말씀드려서 그 배 전체의 도면을 받아 전체적으로 필요한 것들을 갖추어 드리도록 하시오."

"예, 그렇게 하겠습니다."

"그리고 시종장에게 일러놓을 터이니 이 도면들을 왕실 자료실에 옮겨놓도록 하고 도면이 외부로 새어 나가는 일이 없도록 각별히 주의하시오."

"알겠습니다."

"피곤할 텐데 이만 가보시오."

"예."

두 사람은 베르테스에게 인사하고 집무실을 나왔다.

"그 큰 배에 이것저것 갖추려면 일이 많겠는데, 당분간 많이 바빠지겠네."

로네스가 말했다.

"계획을 잘 짜서 추진하면 그렇지도 않을 거야. 솜씨있는 장인들은 많으니까, 여러 사람에게 분산해서 작업을 하면 되지."

노드는 자신감을 보였다.

"그래, 넌 그런 일은 잘하니까."

로네스는 신뢰의 눈빛으로 그를 바라보다가 말했다.

"그런데 갑자기 하늘에서 그런 걸 가지고 오신 걸 보면 그분들이 돌아갈 날이 상당히 가까워진 것 아닐까? 그분들 자신도 그걸 타고 돌아가실 거라 말하고 있고 말이야."

"…그럴지도 모르지."

노드도 그런 생각을 하고 있었던지 수긍하는 모습이었다.

"벌써부터 서운해지네."

로네스는 쓸쓸한 얼굴이 되었다. 노드도 비슷한 심경이었다. 그러나 그는 애써 밝은 태도로 로네스를 달랬다.

"어쩌겠어. 만남이 있으면 헤어짐도 있는 법이지. 언젠가 떠날 것이라는 건 진작부터 알고 있던 사실이잖아. 어쩌면 이번 일이 우리가 해드릴 수 있는 마지막 보답일지도 모르니까 최선을 다해서 잘해보자."

로네스는 짧은 한숨을 쉬고 이내 빙긋 미소 지었다.

"그래, 네 말이 맞아. 하는 데까지 열심히 해보자."

두 사람은 도면을 소중히 안고 왕궁을 나갔다.

다음날 박상 일행은 지휘차를 타고 디파로 갔다. 지식의 관에 있는 우주도를 귀환호에 복사하여 오르세에 가지 않고 귀환호의 워프 기능을 사용할 방법을 찾기 위해서였다.

노드는 귀환호의 내부도를 참고하여 물품 목록을 작성하기 위해 프라트에 남아 있었고, 로네스가 무적택배 사람들과 동행했다.

디파 사람들은 도시 상공에 나타난 지휘차를 보고도 전처럼 놀라는 일 없이 익숙하게 받아들였다.

성주관 앞에 지휘차를 세운 무적택배 사람들은 디파의 성주가 되어 있는 디르크 모스와 그의 아들 샤트 등과 인사를 나누고 곧장 지식의 관으로 갔다. 그곳에서 우주도를 카피한 뒤 귀환호의 워프 기능을 펠레즈 총사령관의 권한만으로 사용할 수 없는지 모색해 보았지만 그런 방법은 찾을 수 없었다. 꼭 될 것이라고 기대했던 것은 아니지만 역시 실망스러운 결과였다.

박상 일행은 지식의 관 내부 회의실에 모여 오르세에 가는 문제를 진지하게 의논해 볼 수밖에 없었다. 가능하면 오르세에 가지 않는 방향으로 하는 것이 모두의 바람이었지만 뾰족한 방안이 없는 것이 문제였다.

"정 피할 수 없다면 어쩔 수 없잖아요. 미룬다고 해결될 일도 아니니 결정을 내리고 행동에 나서기로 합시다."

지혜는 오르세에 가는 쪽으로 마음을 굳힌 듯 일행의 결단을 촉구했다. 박상 등은 떠름한 표정으로 가타부타 말을 않고 가만히 있었다. 마리나의 말이 옳은 것은 잘 알고 있었지만 여전히 아메트에 대한 두려움이 그들의 마음을 짓누르고 있었다.

얼마 뒤 마리나가 입을 열었다.

"좋아요. 갈 수밖에 없다면 가야지요. 그런데 오르세에서 구체적으로 무엇을 찾아 어떤 일을 해야 하는지는 정해놓고 가야 하지 않겠어요? 무작정 가서 헤매기에는 우리에게 너무 위험한 곳이니까요."

마리나는 일행의 얼굴을 둘러보며 말을 계속했다.

"오르세에 가는 것에 반대하는 분은 지금 말씀해 주세요. 나중에 다른 이야기가 나오면 곤란하니 이 참에 결정을 내리기로 하죠."

누구도 내키지 않는 심정이었으나 반대하는 사람은 없었다. 귀환호를 이용하려는 이상 선택의 여지가 없다는 생각이 들었던 것이다.

"그럼 모두 찬성하는 걸로 알고 있겠어요."

지혜는 동료들의 침묵을 동의의 뜻으로 받아들이고 아담에게 물었다.

"아담, 오르세에는 비상시를 위한 비밀 시설이 없었어? 펠레즈의 지하 벙커 같은 것 말이야."

—국가의 비상시를 대비한 비상 정부 청사 틸라다가 있습니다.

"틸라다? 거기엔 어떤 것이 있는데?"

—비상 지휘 본부와 회의 시설, 통신·발전 시설 및 대통령과 요인들을 위한 거주 공간 등이 있습니다.

그때 박창이 끼어들었다.

"그럼 너 같은 철인간은 어때? 남겨져 있을 가능성이 있어?"

—국가의 수반을 보좌하고 경호하는 철인간이 있습니다만, 어떻게 처리했는지는 모르겠습니다.

"너도 참, 지금 철인간 같은 게 문제야?"

박창에게 한마디 던진 지혜는 다시 아담에게 고개를 돌렸다.

"틸라다의 위치를 알 수 있어?"

—지휘차에 입력되어 있습니다.

뜻밖에도 아담에게서 시원한 대답이 나왔다. 지혜는 희색이 만면해서 일행에게 말했다.

"잘됐네요. 위치를 안다면 펠레즈 때보다는 훨씬 쉽게 갈 수 있겠어요."

그러자 릴리가 걱정스러운 어투로 말했다.

"들키지 않게 접근한다면 그렇겠죠. 하지만 과연 거기까지 아메트 사람들에게 들키지 않고 갈 수 있겠어요?"

그러자 바다가 말했다.

"전에 로네스 씨가 정리해 줬던 위대한 도시들에 대한 정보에서 보면 오르세에는 펠레즈처럼 광대한 지하 공간이 있다고 되어 있었습니다. 지하에 들어가서 그 안으로만 다니면 사람들의 눈에 띄지 않게 오르세를 다닐 수도 있다고 봅니다."

"어떻게요?"

솔깃해진 지혜가 물었다.

"현재 우리가 이용하고 있는 펠레즈의 지휘차를 타고 가는 겁니다. 지휘차는 펠레즈의 지하 공간을 다닐 수 있게끔 길게 전차 모양을 취하는 것도 가능하지 않습니까? 인공위성으로 오르세와 인근 지역을 샅샅이 조사하여 지하로 들어갈 수 있는 방법을 찾아보고 밤을 틈타서 들어가는 겁니다."

바다는 오르세에 가는 문제를 전부터 생각하고 있었던 모양인지 막힘없이 대답했다. 그의 의견은 꽤 타당해 보여서 릴리도 이의를 달지 않았다. 그런데 이번에는 우진이 다른 문제를 우려했다.

"그런데 거기까지 가더라도 그 시설 안에 들어갈 수 있을지가 걱정인데요. 이곳 사람들이 말하는 대파멸 이후 재건 과정에서 오르세와 펠레즈가 단절했다고 하지 않습니까. 과연 펠레즈 총사령관의 방문을 그쪽에서 받아줄까요?"

마리나나 지혜도 거기까지는 생각지 못했던 까닭에 얼른 대답하지 못했다. 그런데 아담이 말했다.

─그렇지는 않을 것이라고 판단됩니다. 우리 측에 남아 있는 기록에 따르면 레즈니 시오르님께서 펠레즈의 세 번째 지도자가 되신 직후 펠레즈와 오르세는 서로의 존재를 인정하고 미래를 향해 건설적인 관계

를 구축하기로 약속한 바가 있습니다.

"양측이 화해를 했었다는 말이야?"

박상이 물었다.

—화해라는 단어가 명시되지는 않았습니다만, 추후 두 도시의 시설이 가동을 중단하고 보존 상태에 들어갔을 때 장래에 어느 쪽이 먼저 개발되든 문명의 미래를 위해 협력하자는 동의가 있었습니다.

지혜는 아담의 말이 끝날 때까지 기다리지 못하고 출입 여부부터 확인했다.

"화해든 동의든 어쨌든 좋아. 중요한 건 우리가 틸라다에 들어갈 수 있는지야. 오르세에 가면 들어갈 수 있어?"

—그렇습니다.

아담의 분명한 대답에 사람들은 한시름 놓았다. 그때 박창이 다른 문제를 꺼냈다.

"그런데 틸라다라는 곳이 잘 남아 있어서 제대로 가동되면 좋겠지만, 만약 천재지변이나 불의의 사고로 손상되어서 정상적으로 가동되지 않는 경우는 어떻게 합니까?"

그러자 지혜는 뭐가 문제냐는 듯 냉큼 말했다.

"그런 경우는 강제로 열고 들어가면 되지. 위치를 모르는 것도 아니잖아. 가동이 되지 않는다면 방어 시설도 작동하지 않을 테니까 위험한 일도 없을 테고."

"들어가는 게 문제가 아니고, 그런 경우에도 우리가 필요로 하는 걸 얻을 수 있느냐를 따져야지."

"완전히 파괴되어서 아무것도 남아 있지 않은 상태만 아니라면 어떻게 될 거야. 아무튼 가봐야 알 일이니까 너무 앞서 가지 마. 앉아서 걱정만 하면 뭐 할 거야?"

지혜의 핀잔에 박창은 머쓱해서 입을 다물었다.

"오르세에 가는 건 노드 씨와 로네스 씨에게 비밀로 해야겠지요?"

릴리가 말했다. 지혜는 두말하면 잔소리라는 태도였다.

"당연하죠. 그 두 사람이 알면 우리가 오르세에 가는 걸 두고 볼 리가 없잖아요."

박상은 결론을 내렸다.

"이렇게 된 이상, 이제부터라도 오르세에 대해 본격적으로 정보를 모아야겠습니다. 일단 여기서 오르세의 옛 지도와 지하도, 그 외에 관련 정보를 찾아서 프라트에 돌아갑시다."

그때부터 무적택배 사람들은 지식의 관에서 오르세에 대한 정보를 검색하고 귀환호에 가져갈 자료들도 복사했다.

디파에서 볼일을 마치고 프라트에 돌아온 박상 일행은 인공위성으로 오르세와 그 인근 지역을 스캔하는 한편, 파디아에게 현재의 오르세 시가지가 담긴 지도를 구해달라고 부탁했다. 노드와 로네스가 알지 못하도록 해야 했기 때문에 그들에게 부탁하지 못하고 그나마 비밀을 지키기에는 파디아가 나을 것 같았기 때문이다.

파디아는 부탁을 받은 이틀 뒤 오후 박상 형제가 있는 구왕궁의 주방으로 왔다. 그 시각에 박상은 대개 특공대원들에게 카포에라를 지도하기 위해 나가고 없었고, 박창만 있을 때가 많았다. 파디아는 박창과 밖으로 나가서 오르세의 지도를 건네주었다.

"말씀하신 대로 오르세의 시가지와 주요 시설이 표시된 지도입니다."

"고맙습니다. 구하기 어려울 줄 알았는데 생각보다 빨리 가져오셨군요."

박창은 고맙게 지도를 받았다. 박창의 감사에 파디아는 고개를 살짝 숙였다. 그런데 그녀의 표정은 왠지 석연치 않았다.

"결례가 되지 않는다면 한 가지 여쭈어봐도 되겠습니까?"

박창은 솔직히 질문을 받기 싫었다. 혹시 파디아가 눈치 챈 것이 아닌지 하는 생각이 들어서였다. 그러나 매몰차게 안 된다고 말하지는 못했다. 파디아는 박창의 얼굴을 똑바로 쳐다보면서 물었다.

"오르세의 지도가 필요하신 이유를 가르쳐 주실 수는 없는지요?"

"그, 그냥 참고로 쓰려고… 그럽니다."

매끄럽게 둘러대려고 했는데 생각처럼 말이 나와주지 않았다.

"혹여 오르세에 가려는 것은 아니시겠지요?"

정곡을 찌르는 질문에 박창은 뜨끔해지고 말았다.

"그럴… 리가 있습니까? 우리가 뭣 때문에 거길 가겠습니까?"

얼른 잡아뗐지만 파디아는 전혀 그 말을 믿어주는 눈치가 아니었다. 어떻게 해야 하나 망설이던 박창은 차라리 이실직고하자는 편을 택했다. 거짓말로 얼버무리고 넘어갔다가 파디아의 짐작이 다른 사람들에게도 알려질까 걱정이 되어서였다.

"사실대로 말씀드리겠습니다. 대신 절대로 다른 사람에게는 알리지 말고 비밀을 지켜주셔야 합니다."

박창은 그 대목에서 입을 다물고 파디아가 약속할 때까지 기다렸다.

파디아는 잠시 주저하다가 하는 수 없이 약속했다.

"알겠습니다."

"절대로 비밀을 지켜주실 거지요?"

박상은 한 번의 대답으로 만족하지 않고 재차 다짐을 받았다. 파디아는 박창의 그런 태도에서 이미 결과를 짐작해 버린 듯했다. 파디아는 체념 어린 얼굴로 답했다.

"예."

그제야 박창은 사실을 털어놓았다.

"오래 있을 건 아니고, 잠깐, 아주 잠깐만 거기 다녀올 일이 있습니다."

"오르세가 얼마나 위험한지 모르십니까? 왜 거길 가신다는 겁니까?"

예상대로 파디아는 반대했다. 박창은 착잡하게 말했다.

"압니다. 하지만 어쩔 수가 없습니다. 우리라고 가고 싶어서 가는 건 아닙니다. 가지 않으면 안 될 일이 있기 때문에 부득이하게 정한 일입니다. 그리고 대놓고 가겠다는 것도 아니고, 그곳 사람들의 눈에 띄지 않게 다닐 방법을 찾고 있습니다. 몰래 갔다가 얼른 올 겁니다."

"칼키아에서처럼 변장을 하고 다니실 겁니까?"

파디아는 도저히 미덥지 않다는 반응이었다.

"아닙니다. 아예 거기 사람들에게 보이지 않게 다닐 겁니다."

이 말에 파디아는 무슨 말인지 모르겠다는 표정이 되었다. 박창은 가급적 그녀가 알기 쉽게 설명했다.

"펠레즈에 무진장 넓은 지하 공간이 있다는 건 파디아님도 거길 가봤으니 아실 겁니다. 오르세에도 그런 곳이 있는데, 우린 지하로 들어가서 그 안에서만 다닐 예정입니다. 지상에는 올라가지 않을 거니까 그리 걱정하실 것 없습니다."

"그럴… 수도 있습니까?"

파디아는 반신반의하는 기색이었다. 박창은 힘주어 말했다.

"그럼요. 우리도 다 알아보고 나서는 겁니다."

"그럼 이 지도는?"

"이거요? 이건 우리가 가지고 있는 옛날 지도와 비교해서 우리가 다니는 지점을 파악하기 위해 필요한 겁니다. 아무리 지하로만 다닌다고 해도 그때그때의 위치는 대략적으로 알고 있어야 하지 않겠습니까?"

박창의 설명을 들으면서 파디아는 조금 마음을 놓는 기색이었다. 박창은 마지막으로 파디아에게 비밀 엄수를 다짐했다.

"지금 이 일을 알고 있는 건 우리와 파디아님뿐입니다. 힘들더라도 비밀을 꼭 지켜주셨으면 합니다. 여기 사람들이 알게 되더라도 결국 우리는 오르세에 갈 것이고, 일이 복잡하고 번거로워질 따름입니다. 그렇게 해주실 거지요?"

박창의 집요한 다짐에 파디아는 응할 수밖에 없었다.

"…알겠습니다."

"고맙습니다. 파디아님을 믿고 있겠습니다."

박창은 그제야 굳었던 표정을 풀고 빙긋 웃었다.

"그런데 언제쯤 출발할 예정이십니까?"

"알아봐야 할 것들도 있고 준비도 해야 하니까, 금방 가지는 못할 것 같습니다."

"가기 전에 말씀해 주십시오. 여러분의 안전을 기도하겠습니다."

"알겠습니다. 그렇게 하겠습니다. 전 이걸 지휘차에 가져다 놓고 올 테니 안에서 기다리고 계십시오."

박창은 파디아를 주방 앞까지 데려다 주고 자신은 지도를 가지고 지휘차로 갔다.

그날 저녁 식사를 마친 뒤 무적택배 사람들은 파디아에게서 받은 현재의 오르세 시가지가 담긴 지도와 지식의 관에서 가져온 오르세의 지하도를 바탕으로 해서 오르세의 지상과 지하를 맞추고, 지휘차에 입력되어 있는 틸라다의 위치를 입력해 그 위의 지상에 현재 어떤 것이 있는지 알아보았다. 지하로만 다닐 예정이기는 했지만 만전을 기하려는 의도에서였다.

결과는 매우 뜻밖이었다. 틸라다가 위치한 지점의 지상에 있는 건물은 바로 아메트의 왕궁이었다. 설마 하는 마음에 다시 시도했으나 두 번, 세 번 해봐도 결과는 마찬가지였다.

"아메트의 왕궁 바로 밑에 있다니, 뜻밖인데요."

우진이 불안스레 중얼거렸다.

"그러게요. 이건 완전히 호랑이 굴로 들어가는 격이잖아."

박창이 내뱉는 말에 다른 사람들은 씁쓸한 얼굴로 잠자코 있었다. 조금 뒤 바다가 조심스럽게 낙관론을 펼쳤다.

"아메트의 왕궁 밑에 있다고 해서 아메트에서 그 사실을 알고 있다거나 연결되어 있으리라는 보장은 없지 않습니까?"

그러나 마리나의 생각은 달랐다.

"그 반대의 경우도 있죠. 저렇게 정확하게 위치가 들어맞는 건 절대로 우연이 아닐 거예요."

지혜는 아담에게 물었다.

"아담, 고대에도 대통령 관저가 틸라다의 위에 있었는지 알아봐."

―예.

잠시 후 나온 아담의 대답은 마리나의 짐작을 뒷받침해 주는 것이었다.

―아닙니다. 기스칼의 대통령 관저 레키에르 궁은 현재 아메트의 왕궁과 위치가 전혀 다릅니다.

"오르세를 재건할 때 지금의 위치에 왕궁을 지었다는 이야기로군요."

우진이 중얼거렸다.

"틸라다와 아메트 왕궁이 연결되어 있을까요?"

릴리의 우려 섞인 추측에 누구도 당장 뭐라고 말을 하지 못했다. 한동안 곤혹스러운 침묵이 지나갔다.

"이제 어떻게 하죠?"

마리나가 일행의 얼굴을 둘러보며 물었다. 바다는 대답 대신 그녀에게 반문했다.

"마리나 씨의 생각은 어떻습니까?"

마리나는 애매한 표정으로 눈을 내리깔고 있다가 답했다.

"다른 방법이 없어서 가기로 한 거잖아요. 그 점에선 지금이라고 달라진 건 없죠."

바다는 고개를 끄덕였다.

"제 생각도 그렇습니다."

"마리나가 간다면 저도 가야죠."

릴리도 마리나의 생각에 찬성했다. 다른 사람들은 마음이 갈팡질팡하는 듯 쉽게 말을 꺼내지 못했다. 박상이 우려를 표명했다.

"옳은 말씀이긴 하지만, 너무 위험한 상황 아닙니까? 만에 하나 틸라다와 아메트 왕궁이 연결되어 있다면 어떻게 되겠습니까? 자칫하면 폭탄을 안고 불구덩이에 뛰어드는 꼴이 될 수도 있습니다."

그러자 바다가 말했다.

"저는 꼭 그렇다고 생각하지 않습니다. 펠레즈나 디파, 칼키아의 시설을 보면 오랜 세월 보존하기 위해 보존 처리를 하고 공기까지 뺀 후 사람들의 출입을 막는 조치를 필수적으로 해놓았습니다. 틸라다라는 곳도 그 중요성으로 볼 때 당연히 그렇게 하지 않았겠습니까? 그렇다면 아메트 사람들이 설령 왕궁 밑에 무엇이 있는지 알고 있다 해도 드나들지는 못했을 겁니다. 칼키아만 해도 열쇠니 키워드를 남겼지만 결국은 어느 정도 과학 문명이 발전해야 열 수 있게끔 조치해 놓지 않았습니까? 틸라다의 열쇠가 아메트에 있다 해도 아무렇게나 열지 못하게 되어 있을 겁니다."

자분자분 이어지는 바다의 차분한 논리에 나머지 동료들은 조금씩 설득되는 분위기였다. 위험하다는 생각에 본능적으로 잠시 움츠러들기는 했으나, 마리나가 말했듯이 오르세에 가는 것 이외에 다른 방법은 없었고 상황이 어떻든 결국 가야 할 것이라는 생각은 박상 등의 마음 밑바닥에도 있었다. 바다의 설득은 얼마간 마음의 안정과 위로를 보태어 그런 생각을 공고하게 해주었다.

"그래요. 까짓 거 한 번 죽지 두 번 죽겠습니까? 이왕에 가기로 결정한 거, 갑시다. 자꾸 생각하면 심란해지기만 할 뿐이니까 다시는 가네 마네 말 안 하겠습니다.”

박창이 마음을 굳히고 단호하게 말했다. 우진과 지혜, 박상도 잠자코 고개를 끄덕여 동의를 나타냈다. 마리나가 말했다.

“그럼 다들 의견이 일치한 걸로 하고, 더 이상 이 문제로 머리 썩히지 말기로 하죠. 그럴 시간이 있으면 안전을 위한 대비책에 집중하는 게 나을 겁니다. 준비는 아무리 해도 부족할 것이 없으니까 이번 조사에는 우리가 가지고 있는 것을 최대한 전부 활용하기로 합시다. 귀환호에 에브크로즈의 도크에서 봤던 특수 보병용 강화슈트와 전투 로봇들이 일부 실린 것은 여러분도 아시죠? 이번에 그것도 활용할 것을 건의합니다.”

“강화슈트요? 몇 대나 있는데요?”

우진이 관심을 보였다.

“함 내 전투 전용은 70대이고, 외부 작전용은 15대예요. 그때 도크에서 처음에 우리가 본 건 외부 작전용이더군요. 기함이니까 웬만하면 그럴 일이 없겠지만 특정한 목적이 있을 때 외부에서 작전을 펼치는 데 쓰는 건가 봐요. 전용 수송 전투선이 세 대 있어서 다섯 대, 즉 한 팀이 한 대씩 그걸 타고 이동하는 식이더군요.”

“함 내 전투용보다는 외부 작전용이 무장이 더 좋겠군요.”

“맞아요. 외부 작전용이 화력이 훨씬 강하죠.”

두 사람의 이야기를 듣고 있던 지혜는 강화슈트가 어쨌다는 것인지 잘 이해가 되지 않아 마리나에게 질문했다.

“그걸 어떻게 활용하자는 거죠? 지휘차에 싣고 가자는 건가요?”

"지휘차에 싣기에는 적당하지 않아요. 지휘차는 그런 용도도 아니구요. 수송 전투선을 오르세 상공에 대기하게 해서 만일의 경우에 대비하자는 거죠. 아무리 조심해서 다닌다 해도 운이 나쁘면 어떤 일이 일어날지도 모르는 거고, 우리에게도 비장의 카드가 하나쯤 있어야 하지 않겠어요?"

"하지만 강화슈트는 사람이 입고 있어야 가동할 것 아닙니까?"

바다가 물었다.

"강화슈트 말고 그 지휘를 받는 전투 로봇을 이용하는 거죠. 라그로트에게 문의해서 알아봤는데, 사람이 강화슈트를 입고 함께 움직이면서 지휘하는 것이 통상적인 사용법이긴 하지만 인간의 지휘가 없어도 전투가 가능하다고 하더군요. 안 그러면 비상시 무용지물이 될 테니까요."

이번에는 지혜가 물었다.

"그래도 누군가가 멀리서라도 명령을 내리면서 통제해야 하지 않을까요?"

마리나는 아담에게 시선을 돌리고 의미심장한 미소를 지었다.

"아담이 있잖아요. 아담이 지휘차와 연동해서 컨트롤하면 되죠."

무적택배 사람들은 아담을 쳐다보았다. 일전에 뷜리텐에서 게이브를 비롯한 철인간을 지휘하던 모습을 봐서는 충분히 가능한 이야기로 여겨졌다.

"얼마나 도움이 될지는 몰라도 무엇이든 대비책이 있는 것은 나쁘지 않겠네요."

지혜는 먼저 고개를 끄덕였다. 다른 사람들도 비슷한 생각이었다.

모두가 동의하자 마리나가 말했다.

"그럼 그렇게 알고 이제부터 릴리와 틈나는 대로 강화슈트를 입고 연습할게요. 다루는 법을 알아둬서 손해 볼 건 없으니까요."

그러자 박창이 재빨리 끼어들었다.

"저도 같이 하겠습니다. 마리나 씨 말처럼 배워서 손해 볼 일은 없죠."

그 생각에 대해서도 반대 의견은 없었다.

"어차피 바다 씨와 우진 씨도 귀환호의 조종을 더 연습해야 하고 또 우주선 내부에 가구와 비품을 넣어야 하니까 당분간은 귀환호와 프라트를 왔다 갔다 하면서 일을 진행하기로 하죠."

지혜가 말했다.

오르세에 가기로 결론을 내린 무적택배 사람들은 다음날부터 본격적인 준비에 들어가 프라트와 귀환호가 있는 네비 들판을 오가면서 시간을 보냈다. 박상은 일행의 식사를 준비하고 노드, 로네스 등과의 연락을 맡을 겸해서 프라트의 구왕궁에 있을 때가 많았지만, 나머지 사람들은 아침에 귀환호에 가서 저녁때 돌아오곤 했다.

며칠 뒤 노드는 귀환호에 필요한 물품 목록을 꼼꼼하게 작성하여 왔다. 박상은 노드와 로네스를 에어카에 태우고 네비 들판으로 향했다. 차 뒷좌석에 앉아 바깥 풍경을 바라보던 노드는 귀환호에 다가갔을 즈음 아래를 내려다보고 놀라서 로네스에게 물었다.

"저기 저 사람들은 뭐야, 로네스? 저기서 뭐 하는 거지?"

귀환호에서 멀찍이 떨어진 곳에 여러 무리의 사람들이 진을 치고 있었다.

"구경꾼들인 모양이야. 저 배가 여기 온 이래로 매일 저렇게 사람들이 모인다고 들었어."

로네스가 작은 소리로 대답했다. 노드는 차창에 얼굴을 박고 더욱 자세히 사람들을 살폈다. 변변한 그늘도 없는 황무지다 보니 따갑게 내리쬐는 햇빛을 막으려고 우산을 펼치고 있는 사람도 있었고, 개중에는 아예 텐트처럼 생긴 장막을 치고 있는 이들도 있었다. 귀환호가 네비 들판에 착륙한 이래, 인적없는 쓸쓸한 황무지였던 그곳은 매일 이처럼 여러 곳에서 몰려드는 사람들로 북적이고 있었다.

"나 같아도 구경 왔을지도 모른다 싶기도 하지만, 저러고 있으면 힘들지 않으려나? 여긴 덥고 주위에 아무것도 없는데 말이야."

노드는 머리를 긁적였다. 그때 로네스가 노드의 옆구리를 살짝 치고 차창 반대편을 보라고 눈짓했다. 귀환호에서 가까운 황야에 무엇인가 커다란 형체가 세 개 있는 것이 보였다.

"저건 뭐지? 철인간은 아닌 것 같은데?"

놀란 노드가 로네스에게 물었지만, 로네스 자신도 모르는 물체라 대답할 수가 없었다. 궁금한 마음에 내려다보는 두 사람의 눈에 비친 그 이상한 물체는 사람과 비슷한 구조로 생겼지만 사람 같지는 않은 거인이었다. 그런데 그 거인들의 움직임은 어딘지 이상했다. 행동이 굼뜰 뿐더러 자꾸 넘어지고 엎어지는 것이었다.

쿠쿵, 쿵, 콰앙.

두어 걸음 걷는가 싶다가 주저앉고 엉덩방아를 찧는 모습은 걸음마를 배우는 아기들 같아 우습기도 하고 불안해 보이기도 했다.

"박상님, 저것들은 뭡니까? 철인간의 한 종류입니까?"

궁금증을 이기지 못한 노드는 앞 자리의 박상에게 물었다.

"철인간은 아니고, 안에 사람이 들어가서 움직이는 겁니다."

"사람이 저 안에 들어간다구요?"

노드는 이해가 잘 되지 않는지 눈을 끔뻑였다. 박상은 재빨리 설명을 덧붙였다.

"그러니까 갑옷처럼 입는 거라고 생각하면 될 겁니다."

그 말을 듣고서야 두 사람은 개념을 이해하는 듯했다.

"그럼 고대에는 사람들이 저것을 입고 전쟁을 한 것입니까?"

로네스가 물었다. 박상은 어떻게 설명해야 할지 잠시 망설이다가 에둘러서 말했다. 병기인 것은 사실이지만 곧이곧대로 말하기가 어쩐지 껄끄러운 기분이 들어서였다.

"모두가 그런 것은 아닙니다. 전쟁에 사용하는 병기는 매우 다양하니까요. 그리고 저것도 꼭 전쟁용만은 아니고 다른 용도로도 사용하기도 했구요."

에어카가 귀환호에 접근하여 도크 안으로 들어가자 노드와 로네스는 아쉬워하는 기색이 역력했다. 그러나 내부를 운행하는 전기차를 타고 통제실에 가니 마침 통제실의 사람들도 모니터를 통해 마리나 자매와 박창의 연습 모습을 지켜보는 중이었다. 세 사람은 여전히 어색한 몸짓으로 엎치락뒤치락하고 있었다. 박상과 노드, 로네스는 통제실에 있는 사람들과 간단히 눈인사를 하고 모니터를 바라보았다.

"저러다 다치는 것 아닌지 모르겠네."

보기에 딱하던지 지혜는 혀를 끌끌 찼다. 우진은 걱정이 되어 통신으로 연락을 취했다.

"세 분, 괜찮으세요?"

[괜찮아요. 처음이라 균형 잡기가 좀 힘든 것뿐이에요.]

마리나의 목소리는 여전히 씩씩했다.

"며칠간 열심히 매뉴얼을 보더니, 매뉴얼이 별로 도움이 안 되나 보죠?"

지혜가 말을 건네자 박창이 퉁명스레 대꾸했다.

[나참, 그러는 누나는 운전 교본만 보고 바로 면허 땄어? 눈으로 매뉴얼을 읽어본다고 어떻게 바로 다룰 수 있겠어?]

세 사람은 바닥을 짚고 균형을 잡으려 애쓰면서 조심조심 일어났다. 마리나와 릴리가 입은 것은 박창의 것보다 머리 하나 이상 컸고 외양도 더 육중해 보였다. 그에 비해 박창 쪽은 더 날렵하고 재빠른 인상을 주었다. 박창이 입고 있는 강화슈트는 백병전용이라 대형 화기 대신 빔 라이플과 대형 검 정도가 무장의 전부였다. 반면 원거리 지원을 겸한 범용을 택한 마리나 자매의 경우는 여러 개의 대형 화기를 갖추고 있었다.

쿵, 쿠웅, 쿵, 쿵, 쿠콰쾅.

걸음을 옮기던 세 사람은 미처 두어 걸음 걷지도 못하고 또 넘어졌다. 마리나와 릴리는 서로를 붙잡아주려다가 아예 뒤로 함께 넘어가 버렸다.

"익숙해지려면 시간이 좀 걸리겠는데요."

우진이 작은 소리로 말하면서 웃었다. 박상과 바다도 그 말에 공감하며 박창과 마리나 자매에게 들리지 않게 소리 죽여 웃음을 삼키고 있었다.

　노드와 로네스에게는 이 모든 것이 그저 놀랍고 경이적인 광경이었다. 박상의 설명을 들어 개념은 대충 이해가 되었지만 그럼에도 저 거인들이 자신들이 알고 지내온 사람들이라고는 잘 실감나지 않았다.

　“그런데 저 세 분은 저걸 입고 뭘 하시려는 겁니까?”

　노드는 아무래도 용도가 궁금했던지 다시 박상에게 물었다. 박상은 생각나는 대로 둘러댔다.

　“우주선을 지키는 역할을 합니다.”

　“아까 갑옷처럼 입는 것이라고 하셨는데, 저런 거인은 전부 사람이 안에 들어 있는 겁니까?”

　“아니오. 두 종류가 있는데, 하나는 사람이 입는 것이지만 그렇지 않은 것도 있습니다.”

　귀환호나 강화슈트 등의 것은 본디 이곳 사람들의 유산인만큼 몰라도 된다는 식으로 배제하는 것은 도리가 아니라는 생각이 들었지만, 어디까지 어떻게 설명을 해야 할지도 잘 가늠이 되지 않다 보니 박상의 말은 자연히 애매해졌다.

　노드와 로네스는 도무지 모르겠다는 표정이었다. 지혜가 부연 설명을 해주었다.

　“저런 것에는 크게 두 종류가 있어요. 하나는 지금 저 세 사람이 착용한 것처럼 사람이 옷처럼 입고 움직이는 종류예요. 인간의 신체가 확장된 것이라고 볼 수 있죠. 다른 한 가지는 철인간처럼 완전히 기계로 이루어진 건데, 사람의 명령을 받아 움직이구요.”

　“아아～”

두 사람은 제대로 알아듣기나 하고 그러는 것인지 의미 불명의 감탄사를 내뱉었다. 너무 깊이 들어가도 이해하기 어려울 것 같아 지혜는 그쯤에서 알아들었기를 바라며 입을 다물었다.

얼마 동안 세 사람의 연습 모습을 지켜보던 박상 등은 얼마 뒤부터 노드가 작성한 목록을 들고 귀환호의 통제실과 가까운 곳의 주방, 침실 등을 다니면서 검토해 보았다. 결과는 꽤 만족스러워서 노드의 목록대로 가구와 물품이 들어오면 우주선에서 장기간 지내더라도 전혀 불편함이 없을 것 같았다.

"좋군요. 애 많이 쓰셨습니다. 이대로 진행하시면 되겠습니다. 가구와 비품을 만들 사람들이 결정되면 지휘차를 준비할 테니 알려주십시오."

박상은 노드의 수고를 치하했다.

며칠이 지나 노드와 로네스가 장인들의 선발을 끝내자 박상과 우진, 바다는 그들을 지휘차에 태우고 귀환호로 갔다.

그 무렵, 네비 들판에는 이전보다 더 많은 사람들이 모여 있었다. 날마다 들판에서 벌어지는 마리나 자매와 박창의 연습 모습이 사람들을 더욱 끌어 모은 것이다.

"전보다 거인들이 늘었군요?!"

지휘차의 모니터에 비치는 모습을 보고 로네스가 놀라며 박상에게 물었다. 귀환호의 앞에 나와 있는 특수 보병은 열다섯 대나 되었다.

"전에 지혜가 설명한 것처럼 사람이 안에 들어 있지 않은 것이 있어서 그렇습니다."

박상이 대답했다. 그 말을 들은 노드와 로네스는 열다섯 대 중에서 어느 것이 마라나, 릴리, 박창일까 생각하며 모니터를 주목했지만 생긴 것으로는 구분을 할 수가 없었다.

"여기서 잠시 구경하다가 들어갈까요?"

우진이 사람들에게 제안했다. 그 자신이 보고 싶어서였지만, 노드와 로네스는 기꺼이 그의 말에 응했다. 그들을 따라온 장인들은 놀라고 얼떨떨해서 모니터를 응시하고 있었다.

며칠간의 연습이 효과를 발휘했던지 세 사람은 강화슈트에 꽤 익숙해져서 제법 자연스러운 움직임을 보여주고 있었다. 그들은 각자에게 딸린 네 대의 로봇을 이끌고 여러 가지 포메이션을 펼치면서 열심히 움직였다.

한참을 구경하다가 그들이 연습을 마치고 귀환호로 들어가는 것을 보고 박상 등도 지휘차를 움직여 귀환호로 들어갔다. 노드와 로네스가 데리고 온 사람들은 20여 명이 넘었는데, 지휘차만 해도 놀라서 어쩔 줄을 모르고 있다가 훨씬 거대한 우주선의 내부에까지 들어서게 되자 긴장으로 잔뜩 움츠러들어 있었다. 일단 통제실로 그들을 안내하고 어떤 일을 하게 될 것인지 간략히 설명했지만, 사람들은 알았다는 의미로 고개만 슬쩍 저을 뿐 여전히 뻣뻣하게 굳어서 가만히 숨죽이고 있었다.

"음료라도 내어올 테니 잠깐 기다리고 계십시오."

박상은 사람들에게 말하고 마침 강화슈트를 벗고 통제실에 들어서는 박창을 데리고 가까운 주방으로 갔다. 그곳은 함장과 고급 장교들을 위해 식사를 준비하는 곳으로, 전체 주방과는 다른 별도의 곳이었는데, 임시로 가져다 놓은 작은 테이블과 본래부터 설치되어 있는 대형 냉장고 이외에는 그릇을 씻을 싱크대도 수도꼭지도 없이 썰렁했다.

"그나마 주방에 냉장고는 들어 있어서 다행이야."

박창이 냉장고에서 얼음을 꺼내며 말했다.

"냉각 시스템은 기본 시스템 중 하나니까 그런가 보지."

박상은 무적택배호의 주방에서 가져온 수동 빙수기를 테이블에 놓았다.

"그릇은 충분하겠어?"

박창이 묻자 박상은 테이블 위에 포개져 있는 그릇들을 얼추 세어보고 고개를 끄덕였다.

"네 말에 따라 빙수를 내가기는 한다만 사람들의 입에 맞을지 모르겠다."

박상이 중얼거리는 말에 박창은 자신있게 장담했다.

"여기 사람들 입맛은 형도 어느 정도 알잖아. 날씨도 후텁지근하니까 좋아할 거야."

박창은 빙수기에 얼음을 넣고 손잡이를 돌려서 갈았고, 박상은 갈아진 얼음을 그릇에 나누어 남고 그 위에 과일 시럽과 잘게 썬 젤리, 우유를 듬뿍 끼얹었다. 그렇게 만들어진 빙수는 그럴싸한 모양새를 갖추고 보기에도 시원한 느낌이 들었다.

"팥이 있으면 팥빙수를 만들 수 있었을 텐데, 아깝다. 콩 비슷한 건 있는데 팥은 대체할 게 없단 말이야."

박창이 아쉬워하며 입맛을 다셨다.

"없는 걸 이야기하면 뭐 하겠냐, 있는 걸로 만족해야지."

박상이 말했다. 형제는 작은 운반대에 빙수 그릇을 가득히 얹어 통제실로 돌아갔다. 그들이 들어갔을 때까지도 레스프라트 사람들은 엉거주춤한 자세로 통제실 한쪽에 모여 있는 상태였다.

"시원한 것이라도 들면서 긴장을 푸시죠."

박상 형제는 노드, 로네스부터 시작해서 사람들에게 빙수를 권했다. 사람들은 황송해하면서 받아 들었다. 빙수가 입에 맞지 않는 사람이 있을지도 모른다는 생각에 과일 주스도 가지고 왔지만 사람들은 보숭보숭한 하얀 얼음이 담긴 빙수를 대단히 신기해하며 너도나도 그것을 택했다. 그러나 생전 처음 보는 음식인지라 어떻게 먹는 것인지 몰라 들고만 있다가 무적택배 사람들이 스푼으로 떠먹는 것을 보고 따라서 먹기 시작했다.

"아, 시원해. 기분이 상쾌해지네요."

릴리는 즐거워했다. 지혜도 기분 좋게 맞장구쳤다.

"그러게요. 이렇게 먹는 것도 별미네요. 팥빙수였으면 더 좋았겠지만 이것도 좋은걸요."

레스프라트 사람들의 반응도 매우 좋아서 신기한 맛에 아이처럼 열중해서 열심히 먹었다. 젤리 한 조각, 빙수 한 방울 남기지 않고 맛나게 먹고 난 사람들의 얼굴은 처음보다 한결 부드러워지고 긴장도 많이 풀려 있었다. 얼마 뒤 그들은 노드와 로네스의 안내를 받아 우주선의 여기저기를 다니면서 실측 작업에 들어갔다. 사람들이 흩어지는 모습을 보고 있던 지혜가 통역기를 끄더니 일행에게 말했다.

"귀환호의 내부는 이걸로 해결이 되겠고, 본격적으로 거기 갈 준비를 시작하는 게 좋겠어요."

통제실 안에서 실측 작업을 하고 있는 레스프라트 사람들을 의식해서 오르세라는 지명을 사용하지 않았지만, 일행은 그녀의 이야기를 바로 알아들었다.

"지휘차를 타고 들어갈 만한 곳이 있겠어요?"

릴리가 걱정스러운 기색으로 물었다.

"인공위성으로 스캔해 보고 있는데 전에 바다 씨가 말한 것처럼 펠레즈와 비슷한 점이 많아요. 대단히 넓은 지하 공간이 있다는 것도 그렇고, 도시 외곽에 못 쓰게 된 땅이 빙 둘러 있다는 점도 비슷해요. 지하 공간이 외곽의 황무지 지역까지 뻗어 있으니까 그런 곳에서 적당한 곳을 찾아내야죠."

지혜의 설명을 듣고 우진이 말했다.

"그러면 식량과 생필품 같은 걸 준비하기 시작해야겠군요."

"노드 씨에게 말해서 준비하도록 하죠. 넉넉잡아 30일 정도로 생각하고 준비하면 되지 않을까 싶어요."

"노드 씨에게 맡기는 건 좋지만, 경호하는 사람들까지 준비시키지 않겠습니까?"

바다의 염려에 지혜는 어깨를 살짝 으쓱하더니 말했다.

"미리부터 우리끼리만 간다고 하면 설명이 번거로워질 테니, 일단 별말없이 있다가 출발 직전에 알리고 전격적으로 출발해야죠. 보름치를 준비해 달라고 하면 우리 입장에선 한 달치 이상이 되겠죠."

무적택배 사람들은 일주일 뒤에 오르세에 출발하기로 결정하고 준비에 들어갔다.

오르세
■ 제22장

오르세로 출발하는 날이 닥쳐왔다. 그곳 사람들이 눈치 채지 못하게 몰래 지하에 들어가기 위해 충분히 어두워진 뒤 떠날 예정이어서 무적 택배 사람들은 낮에 준비를 마치고도 날이 저물기를 기다리고 있었다. 그동안 오르세를 인공위성으로 조사하고, 고대의 지하도와 주요 시설에 대한 정보를 수집했지만 마음속의 불안을 깨끗이 떨쳐 버릴 수는 없었다. 그러나 미루면 미룰수록 실행이 어려울 것 같아 준비가 되자 결행하기로 한 것이었다.

박상 등은 사전에 의논한 대로 출발하기 직전에 노드와 로네스를 불러서 자신들끼리 다녀올 곳이 있어 이삼십 일간 프라트를 떠나 있을 것이라고 통보했다. 하루의 일과가 끝나고 쉬는 시간에 갑자기 불려와 이런 이야기를 들은 두 사람은 크게 놀라고 당황했다.

"어디에 가시기에 그러십니까?"

노드는 어안이 벙벙해서 물었다. 그의 당혹스러운 반응을 보니 미안한 마음은 들었지만 박상은 그것을 모르는 척 사무적으로 대답했다.

"그건 가르쳐 드릴 수 없습니다. 비밀을 지켜야 하는 곳이라 그러는 것이니 이해해 주십시오."

"여러분만 가시면 위험하지 않겠습니까?"

"위험한 곳에 가는 것이 아니니 걱정 마십시오."

로네스의 염려에도 박상은 거짓말로 둘러댔다. 노드와 로네스는 못내 불안해하며 어떻게든 설득하려고 했지만 결국 어쩔 도리없이 받아들였다. 두 사람은 설마 하니 박상 일행이 오르세에 갈 것이라고는 꿈에도 생각지 못하고 따라 나와 지휘차를 타는 그들을 배웅했다.

지휘차에 올라탄 무적택배 사람들은 우선 오르세 일대의 날씨부터 재차 점검했다. 그들의 목적지는 부근에 인가가 없는 황무지였지만 그래도 누군가 볼지도 모른다 싶어 일기를 미리 알아보고 그에 따라 출발일을 정한 것이기 때문에 날씨는 중요했다.

─오르세 일대에는 구름이 많이 끼어 있고, 약하게 비가 내리고 있습니다.

아담의 확인을 듣고 박상 등은 그나마 다행이라 생각하며 서로를 보았다.

"갑시다."

박상이 말했다. 이왕 갈 것 미적거려서 좋을 일은 없었다. 프라트의 밤하늘은 맑고 잔잔해서 달빛에 시가지의 모습이 뚜렷하게 보였다. 밤이 이슥한 시간이라 도심의 일부 지역과 제철소와 대장간 등을 제외하고는 고요한 침묵이 도시 전체를 뒤덮고 있었다.

북서쪽으로 방향을 잡고 인공위성의 유도를 받으며 날아가던 지휘차는 아메트의 국경에 접어들자 모든 외부등을 끄고 은밀히 진행했다. 안에서 나누는 대화가 바깥으로 새어 나갈 리도 없는데, 모두 긴장하여 입을 꼭 다물고 있었다. 한참 동안 이어진 침묵은 우진의 목소리로 깨어졌다.

"오르세입니다."

그 말을 듣는 순간 심장이 철렁 내려앉는 느낌이 들었다. 오르세 일대의 하늘에는 짙게 구름이 끼어 있고 비까지 부슬부슬 내려 도시의 모습이 잘 보이지는 않았다.

무적택배 사람들이 정한 침투 지점은 오르세의 서쪽 외곽 황무지에 뚫려 있는 커다란 구멍이었다. 구멍 아래는 오르세까지 연결된 드넓은 지하 공간으로, 먼 과거에는 전차가 다녔던 곳이었다. 구멍이 뚫린 곳은 주변의 다른 곳보다 움푹 꺼져 있는 지형이었다. 제법 큰 구멍이었지만 구멍가 쪽에 삐죽삐죽 튀어나온 것들이 많았고 그 아래의 바닥에는 흙이며 돌, 잡동사니들이 수북하게 쌓여 있어서 그대로는 들어갈 수 없었다.

"아무래도 바닥부터 정리를 해야겠는데요."

우진이 박상을 돌아보고 말했다.

"새벽이 오기 전에 치우고 들어갈 수 있겠습니까?"

박상이 걱정스레 묻는 말에 바다가 대답했다.

"해봐야지요."

그러자 마리나가 제안했다.

"철인간들과 조수만으로는 어려울지도 모르니 특수 보병용 전투 로봇을 사용합시다. 저랑 릴리도 작업에 나설게요."

"저도 가겠습니다."

박창도 자원하고 나섰다. 어떻게든 빨리 이 상황을 정리하고 지하에 들어가야 한다는 생각에 박상은 마리나의 제안을 받아들였다. 얼마 뒤 공중에 대기시켜 놓았던 특수 보병용 수송 전투선이 내려왔다. 마리나 자매와 박창은 수송 전투선으로 옮겨 타서 강화슈트를 입은 다음 각각에게 딸린 전투 로봇들을 지휘해서 작업에 나섰다. 지휘차에서는 백치 삼총사와 게이브, 조수가 내려가서 작업을 도왔다. 마리나 등은 강화 슈트에 장착된 장비를 동원해 구멍의 튀어나온 부분을 잘라내 구멍을 넓히는 한편 바닥에 쌓인 것들을 부지런히 치웠다. 인적이 드문 곳이지만 적진 한가운데라는 데서 오는 불안 때문에 다들 몹시 서두르고 있었다.

작업이 끝나자 수송 전투선은 다시 상공 높은 곳으로 올라갔고, 지휘차는 길게 모습을 바꾸고 지하로 들어갔다. 거의 동틀 녘이 다 된 시각이었지만 흐린 날씨 탓에 주위는 아직 어두웠다. 그러나 무적택배 사람들은 행여 누군가의 눈에 띌세라 조바심을 치며 지휘차의 속도를 높였다.

오르세의 지하에 들어와서 다닌 지 사흘째. 기약없이 돌아다녀야 했던 펠레즈 때와는 달리 이번에는 오르세의 지하도며 과거의 지도와 현재의 지도, 인공위성으로 스캔한 시가지의 모습 등 만반의 준비를 갖추고 들어왔지만 진행이 순탄하지만은 않았다. 펠레즈의 지하에서처럼 매몰되거나 파손되어 진행할 수 없는 구역이 꽤 많아서 다른 길을 찾아 돌아가야 하는 경우가 비일비재했다.

오르세의 비밀 시설 틸라다의 위치에 가까워지자 아담은 핫라인으로 펠레즈의 총사령관이 협조를 요청하기 위해 틸라다를 방문했음을 알리고 출입 허가를 요청했다. 얼마 뒤 바다가 큰 소리로 말했다.

"답신이 왔습니다!"

그의 말과 동시에 지휘차의 중앙 모니터에 기스칼 문자로 답신 메시지가 나타나며 음성이 울렸다.

[기스칼 비상 정부 청사 틸라다입니다. 펠레즈의 박상 총사령관님의 방문 요청에 대한 답변입니다. 박상 총사령관님의 방문을 환영하며 틸라다 출입을 위해 무장 해제 프로그램을 전송받아 설치할 것을 요청하는 바입니다. 프로그램 설치가 완료되면 출입 통로가 열립니다. 또한 방문을 끝내고 안전 거리를 벗어나면 무장 해제 프로그램은 자동적으로 제거됩니다.]

안내 방송을 들은 지혜는 미심쩍은 표정으로 아담에게 물었다.

"무장 해제 프로그램이 뭐야?"

―지휘차의 공격 및 경계 기능을 일시적으로 제한하여 작동하지 못하게 하는 특별 프로그램입니다.

아담의 대답에 지혜의 눈이 동그래졌다.

"뭐야? 그럼 저 안에 들어가서 무슨 일이 생겨도 지휘차로는 대응할 수 없다는 거 아냐?"

박상 등도 불안한 마음이 들었다. 손발을 묶고 적진에 들어가는 것 같은 기분이 들었던 것이다. 박창이 배경에 의혹을 제기했다.

"우릴 무장 해제시키려는 걸 보니 혹시 아메트에서 우리가 오는 걸 알고 함정을 판 것 아닐까요?"

그러나 우진은 반대 의견을 냈다.

"그럴 리가 없습니다. 아메트가 오르세의 시설을 이용할 수 있다면 어떻게든 이용을 했지, 조용히 있을 리가 없지 않습니까? 또 인공위성으로 오르세를 조사했을 때도 그런 흔적은 없었구요."

박상은 아담에게 질문했다.

"아담, 무장 해제 프로그램이란 것이 원래부터 있는 과정이야?"

―그렇습니다. 무장 해제 프로그램을 설치하는 것은 틸라다에 들어가기 전에 거쳐야 하는 필수적인 과정입니다.

그 대답을 듣자 조금 마음이 놓이기는 했지만 그렇다고 무장 해제 프로그램을 곧이곧대로 받아들이기에는 심리적인 저항감이 앞섰다. 박상은 결정에 앞서 동료들과 그 문제를 놓고 의논해 보았다. 대체로 불안하다는 반응이었으나 아메트에서 틸라다를 찾아내 이용하고 있다는 징후가 있는 것도 아니고, 안에 들어가지 않고서는 목적을 이룰 수 없다는 점이 작용해 무장 해제 프로그램을 설치하고 들어가는 쪽으로 결론이 내려졌다.

박상은 아담에게 무장 해제 프로그램을 전송받아 설치하도록 지시했다. 아담이 박상의 명령을 이행하자 지휘차의 중앙 모니터에 전송 화면이 뜨더니 곧 종료했다.

[무장 해제 프로그램의 설치를 완료했습니다. 비상 터널의 출입구를 열겠습니다.]

틸라다 측으로부터 메시지가 온 뒤 지휘차 앞에 있는 터널의 벽면 한쪽이 움직이더니 그 안쪽으로 비밀 통로가 생겨났다. 지휘차는 그곳으로 들어갔다. 비밀 통로는 비스듬히 아래를 향하고 있었다. 얼마 후 터널이 끝나고 육중하게 생긴 금속제 문이 나타났다. 그러나 그 문이 곧장 열리지는 않았다. 기지의 보존 상태를 풀고 환경 조정을 실시하고 있다는 것이었다. 보존 상태라는 것의 의미를 생각해 볼 때, 그것은 안으로 사람이 출입할 수 없었다는 의미기도 했다. 박상 일행은 조금 전보다 한결 편안한 마음으로 기다렸다.

[환경 조정이 끝났습니다.]

틸라다로부터 다시 메시지가 오고, 삼중으로 된 두꺼운 금속제 문이 열렸다. 문의 안쪽에는 옆으로 넓은 직사각형의 광장이 있었다. 광장을 끼고 출입구의 맞은편에는 커다란 건물이 세 개 있었는데, 가운데 건물이 가장 컸으며 정면에 나 있는 크고 훌륭한 출입문으로 보아 중심 건물이라는 느낌이 들었다.

양편의 건물은 중앙의 건물보다 작았으며 쌍둥이처럼 똑같은 생김새를 하고 있었다. 세 건물 모두 천장까지 이어져 있었고, 뒷면 역시 광장 벽면에 그대로 연결되어 있었다. 지휘차는 중앙의 건물 앞에 가서 멈추었다.

지휘차가 멈춘 뒤에도 무적택배 사람들은 바로 내리지 않고 한동안 모니터에 비치는 주위 상황을 주시했다. 사람이 없을 것이라 확신하면서도 선뜻 행동을 개시하기는 꺼림칙했던 것이다. 얼마 동안 사방을 경계하던 그들은 안전하다는 판단이 서자 게이브를 비롯한 철인간들을 앞서 내리게 하고 그 뒤를 따랐다.

"어디부터 가보죠?"

세 개의 건물을 보고 릴리가 중얼거리는데 지혜가 말했다.

"가운데 건물이 메인 같지 않아요?"

아담도 지혜의 말을 뒷받침했다.

―가운데 건물이 비상 정부 청사이고, 가 쪽의 두 개 건물은 방어군 관련 시설입니다.

"더 볼 것도 없겠네요. 저기부터 가보죠."

지혜는 일행에게 말하고 중앙의 건물을 향해 걸음을 옮겼다. 아담은 정문에 다가가 계기판에 접속하여 열었다. 건물 내부는 광장에서 보고 짐작했던 것보다 훨씬 넓고 규모가 컸다. 광장에서 보이는 부분이 전부가 아닌 것이 분명했다. 정문으로 들어가자 넓은 로비가 있고 그 주변에는 여러 개의 소규모 회의실과 휴게실로 짐작되는 방들이, 안쪽에는 대형 회의실이 있었다. 고급 호텔을 연상시키는 구조였으나 금속제로 만든 탄탄한 복도 곳곳에는 격벽이 장치되어 있고 방어 장치도 많아 기밀 시설임을 느끼게 했다.

"아담, 여기는 지하 몇 층쯤 되지?"

우진이 아담에게 물었다.

―틸라다의 지하 4층입니다.

"전체는 몇 층인데?"

―지하 1층에서 5층까지 있고, 지하 5층 아래에는 발전 시설이 있습니다.

이번에는 지혜가 아담에게 물었다.

"종합 통제실은?"

―지하 3층에 있습니다.

지혜는 일행에게 제안했다.

"종합 통제실이나 대통령 집무실 같은 곳부터 가보죠. 뭔가 남아 있다면 그런 곳에 있지 않겠어요?"

그 말이 옳다고 생각한 무적택배 사람들은 엘리베이터를 찾았다. 그러나 여러 대 있는 엘리베이터는 어느 것 하나 작동하지 않았다.

"아담, 왜 엘리베이터가 안 되는 거지?"

박상이 물었다.

─틸라다가 정상적으로 가동되는 상태가 아니기 때문입니다.

"정상 가동되는 것이 아니라고?"

─최고 책임자가 정해지지 않은 공백 상태이기 때문에 현재 일부 기능만이 작동되고 있습니다.

아담의 설명에 박상은 미간을 찌푸리며 투덜거렸다.

"도무지 무슨 말인지 모르겠군."

"누군가가 최고 책임자가 되어야만 전체 기능을 사용할 수 있다는 의미가 아닐까요?"

우진의 짐작에 지혜는 고개를 주억거렸다.

"그럴 수도 있겠네요."

"잘하면 형은 여기서 대통령이 될 수도 있겠네. 와, 어마어마한 출세인걸."

박창이 과장된 제스처를 취하면서 박상을 놀렸다. 박상은 감흥없는 얼굴로 대꾸했다.

"출세는 무슨, 아무 쓸모도 없구만."

그러자 지혜가 묘한 미소를 머금고 말했다.

“왜 쓸모가 없어? 네가 대통령이 되어야 귀환호의 워프 기능을 사용할 수 있을 것 아냐.”

“그건 나 말고 다른 사람이 되어도 똑같아.”

박상은 대수롭지 않다는 태도였다.

“아무려면 어떻겠습니까? 어서 계단을 찾아서 통제실이든 집무실이든 가봐야 하지 않겠습니까?”

바다가 냉철한 태도로 일행의 목적을 일깨웠다. 지혜와 박상 등은 머쓱해하며 입을 다물었다. 그들은 아담에게 틸라다의 내부 구조에 대한 정보를 얻게 하고 계단을 올라가 통제실을 찾았다. 그러나 종합 통제실에 도착한 무적택배 사람들은 또다시 낭패감을 맛보았다. 통제실의 문이 열리지 않았던 것이다. 엘리베이터가 가동되지 않는 것과 같은 이유였다. 혹시나 하는 마음에 그 위층인 지하 2층의 대통령 집무실을 찾아갔지만 그곳도 마찬가지였다.

“아니, 이 안에 들어가지 않고 어떻게 틸라다의 새로운 최고 책임자가 된다는 거야?”

갑갑한 나머지 지혜는 누구에게랄 것도 없이 왈칵 성질을 냈다. 박상이 아담에게 명했다.

“아담, 틸라다의 새로운 최고 책임자로 등록하기 위해서는 어떻게 해야 하는지 여기 중앙 컴퓨터에게 알아봐.”

―알겠습니다.

잠시 후 아담이 대답했다.

―틸라다의 중앙 컴퓨터 아케르의 답변에 따르면 틸라다의 새로운 최고 책임자가 되기 위해서는 기스칼 대통령의 보좌 철인간인 라에르 또

는 기스칼 대통령의 전용기인 일라미트를 통해 등록해야 한다고 합니다.

"보좌 철인간이면 아담 같은 건가 보네요."

지혜가 일행에게 말하는데 박창이 키득대면서 토를 달았다.

"하지만 여기 있는 건 아담처럼 누더기 상태는 아니겠지."

박상은 박창의 우스갯소리에도 아랑곳없이 아담에게 계속 물었다.

"그것들은 어디에 있지?"

─문의해 보겠습니다.

아담의 문의 결과 철인간 라에르는 틸라다의 지하 1층에, 일라미트는 오르세 외곽에 있는 별개의 비밀 도크에 있다는 것이었다.

"지하 1층이면 여기서 한 층 위네요. 올라가 보죠. 그걸 통해 등록하라면서 설마 거기까지 문이 잠겨 있지는 않겠죠."

걸음을 옮기려는 지혜를 우진이 만류했다.

"잠깐만요. 가기 전에 한 가지 확인부터 하지요."

"확인하다니, 뭘요?"

지혜는 의아하게 물었다.

"프라트에서도 확인했듯이 틸라다는 아메트의 왕궁 바로 아래에 있지 않습니까? 단순한 우연이 아니라 의도된 것이라면 틸라다와 아메트의 왕궁에 연결 지점이 있을 가능성이 큽니다. 칼키아의 의사당처럼 말입니다. 그걸 알아보고 움직이는 편이 좋겠다는 겁니다."

우진의 설명을 듣고 보니 타당한 지적이라는 생각이 들었다. 박상은 아담에게 명했다.

"아담, 철인간 라에르가 있는 곳이 외부, 특히 지상으로부터 차단되어 있는지 알아봐."

아니나 다를까, 아담의 대답은 그들을 멈칫하게 만들었다.

—철인간 라에르의 보존실은 지하 공간을 사이에 두고 지상과 연결되어 있다고 합니다.

"지상과 연결되어 있다면, 아메트의 왕궁과 연결되어 있는 거야?"

지혜가 불안해하며 물었다.

—아메트의 왕궁이 아니라 기스칼의 새 대통령 관저와 연결되어 있습니다.

"기스칼의 새 대통령 관저라고? 여긴 아메트고 아메트는 왕국인데, 무슨 대통령?"

지혜는 도무지 모르겠다는 얼굴로 고개를 갸웃거렸다. 그러자 우진이 말했다.

"지금의 아메트는 왕국이지만 고대 기스칼은 원래 대통령제 국가가 아닙니까? 재건 당시에는 군주제가 아니라 대통령제를 그대로 고수했었나 보지요, 칼리케아처럼요."

"아무튼 중요한 건 그 방이 왕궁과 연결되어 있다는 거잖아요. 우리가 거기에 가도 되겠습니까?"

박창이 동료들에게 물었다. 아무도 대꾸하지 못했다.

"으음, 아무래도 거긴 좀 그렇네요."

릴리가 곤혹스러운 표정으로 말했다. 마라나도 같은 표정을 짓고 있었다. 아메트의 왕궁에 연결되어 있다는 사실만으로도 무적택배 사람들에게는 크나큰 위험이 느껴졌다.

"제 생각도 그렇습니다. 거기 갔다가 아메트의 왕이라도 떡하니 마주치면 어떻게 하겠어요?"

박창이 말했다. 지혜는 어색하게 웃었다.

"설마… 건물 전체가 보존 상태로 있었는데 어떻게 사람이 드나들 었겠어?"

"그래도 모르지, 왕궁과 연결이 되어 있으니까."

박창의 말대로 일 것이라고는 생각지 않았지만 걱정이 되기는 다른 사람들도 똑같았다. 특히 아메트의 국왕 카우드에 대해 여러 가지 흉 흉한 소문을 들어온 터라 불안은 더해졌다. 피를 나눈 형제를 한 명도 남김없이 죽이고 왕위에 오른 무서운 인물이라는 것부터 아버지 크라 그보다 더한 냉혈한이라는 평까지 그에 대한 이야기는 좋지 않은 정도 를 넘어서서 무시무시한 것 일색이었다.

"만에 하나 우리가 그 사람에게 걸린다면 문자 그대로 뼈도 못 추릴 겁니다. 난 반댑니다. 여기 말고 일라미트라는 비행기가 있는 곳을 찾 아갑시다."

박창은 강한 어조로 주장했다. 나머지 사람들은 쉽게 결정을 내리지 못하고 망설이고 있었다. 곧 지혜가 주저하면서 말했다.

"거길 찾아갈 수 있다면 그래도 되겠지. 안 그래요?"

박상도 군이 위험을 무릅쓸 필요는 없다는 생각이 들었다. 그는 아 담에게 일라미트의 위치를 알아보도록 했다. 다행히 틸라다의 중앙 컴 퓨터 아케르로부터 긍정적인 답변이 왔다. 위치를 제공하겠다는 아케 르의 대답에 무적택배 사람들은 더 망설일 것 없이 일라미트가 있는 비밀 도크를 찾아가기로 했다. 계단을 따라 아래로 내려가던 중 지혜 가 일행에게 말했다.

"잠깐 화장실에 들렀다가 가요. 여길 들어와서 계속 긴장하고 다녀서 그런지 배가 살살 아프네요."

그래서 그들은 지하 3층에서 화장실을 찾았다. 그러나 시설이 정상 가동되지 않는 상태라 물이 나오지 않았다. 지혜는 이를 악물고 나왔다.

"급하면 그냥 볼일을 보지 그랬어?"

박창이 걱정하며 말하자 지혜는 짜증을 냈다.

"어떻게 그런 더러운 짓을 해? 우리가 나가고 나면 또 언제 시설이 개방될지 모르는데, 내 흔적을 이런 식으로 남기긴 싫어."

그녀는 배를 잡고 종종걸음으로 일행을 앞서 뛰어갔다.

―안지혜님, 일행과 떨어져서 가지 마십시오. 위험할지 모릅니다.

아담이 경고했지만 지혜는 그런 말에 신경 쓸 상태가 아니었다. 구르다시피 계단을 달려 내려간 그녀는 지하 4층에 다다르자 현관 로비를 가로질러 문을 박차고 뛰쳐나갔다.

"저러다가 화장실에 가기도 전에 일 저지르는 거 아닌지 모르겠네."

박창이 혀를 끌끌 찼다.

로비를 지나 건물의 정문으로 다가가는데 아담이 갑자기 걸음을 멈추더니 일행을 제지했다.

―멈추십시오. 바깥에 사람들이 있습니다.

"뭐?"

모두 깜짝 놀랐다. 무적택배 사람들 이외의 다른 사람들이 있을 수 없는 상황이었다. 만일 있다면 적일 수밖에 없었다.

"어쩌지? 지혜 누나가 나갔는데."

박창이 당황해서 말했다. 박상은 잠시 생각하다가 일행에게 말했다.

"철인간 중의 하나를 내보내서 상황을 보고 오게 합시다."

곧 철인간 아다다를 밖으로 내보냈다. 박상을 비롯한 사람들은 정문에서 보이지 않게 문 양 옆의 벽에 붙어서 있었다. 밖으로 나갔던 아다다는 얼마 뒤 돌아와 상황을 보고했다.

"밖에는 수십 명의 무장한 병사들이 있습니다. 안지혜님은 다섯 명의 병사에게 잡혀 있습니다. 병사들의 통솔자는 자신들이 안지혜님을 보호하고 있으며, 아메트 국왕의 명령으로 여러분을 모시러 왔다고 말했습니다. 그 남자에 따르면 아메트의 국왕 폐하는 여러분을 손님으로서 정중히 청하고자 하며 절대로 여러분을 해치지 않도록 명령했다고 합니다. 그리고 자신도 가능한 한 여러분을 정중히 모실 수 있기를 희망한다고 전하라 했습니다."

아다다의 보고를 들은 박상 등은 얼굴이 흙빛이 되어 서로 마주 보았다.

"어쩌죠? 지혜 씨를 인질로 잡고 있는데요."

우진이 말했다. 박상은 뭐라고도 대답할 수가 없어 잠자코 있었다. 마리나는 아담에게 물었다.

"아담, 지휘차의 무기를 사용해서 공격할 수 없어?"

—죄송합니다. 무장 해제 프로그램을 설치한 이상 이곳에서의 전투는 불가능합니다. 대신 지휘차를 무선으로 움직이는 것은 가능합니다.

"무장 해제 프로그램이 아니라도 지휘차의 사용은 안 됩니다. 그랬다간 지혜가 희생될 것이 뻔합니다."

박상은 무력 사용에 반대했다.

"그럼 어쩌죠? 저들의 말이 우리를 속이려는 기만이 아니라는 보장도 없는데, 무조건 믿고 항복할 수는 없잖아요?"

마리나는 답답해하며 말했다.

"아무튼 동료의 목숨을 간단하게 포기할 수는 없습니다."

박상은 단호하게 말하고 일행의 얼굴을 둘러보았다.

"제가 아담을 데리고 나가보겠습니다. 해치지 않겠다는 저들의 말이 사실이라면, 지금은 항복해서 목숨을 도모하고 나중에 탈출 기회를 노리기로 합시다. 만일 사실이 아니라 판단되면… 그때는 아담이 다른 철인간에게 연락하고 지휘차를 문 앞에 보낼 테니 전투 태세를 갖추고 나와서 지휘차를 타십시오."

"하지만 그러면 사장님이 위험해지지 않습니까?"

우진이 걱정했지만 박상은 담담하게 말했다.

"그 정도는 감수해야지요."

그러자 박창이 말했다.

"나도 같이 갈게. 혼자보단 둘이 나을 거 아냐?"

그러나 박상은 머리를 흔들었다.

"안 돼. 넌 여기 있다가 만일의 경우 나를 대신해서 사람들을 책임지고 대피시켜."

박창에게 말한 다음 박상은 아그리파에게 고개를 돌리고 명령했다.

"아그리파, 비상 사태가 발생하면 전처럼 사람 등 뒤에 붙어서 보호해 달라고 청하지 말고 넌 무조건 지휘차로 뛰어가. 그게 너의 소중한 데이터를 지키는 가장 좋은 방법이니까."

─알겠습니다.

아그리파는 순순히 답했다. 박상이 나가려고 하는데 마리나가 그를 불러 세웠다.

"잠깐만요, 아담 하나로는 불안하니까 게이브도 데리고 가세요. 게이브는 전투용이니까 만약의 사태 때 조금이라도 도움이 될 거예요. 그리고 상황이 안 좋다 싶으면 철인간들 뒤로 몸을 피하면서 바로 우리에게 연락하시구요."

"알겠습니다."

박상은 아담과 게이브를 앞세워 정문으로 나갔다. 문을 열기 전 아담과 게이브가 충격총을 뽑아 들고 밖으로 나가니 아다다가 보고한 대로 족히 6, 70명은 될 듯한 사람들이 칼과 활 등의 무기를 들고 대기하고 있었다. 그들이 들고 있는 무기는 놀랍게도 메도쿰으로 만든 것들이었다. 백금을 방불케 하는 맑은 은빛은 기존의 철과는 확연히 다른 것이어서 한눈에도 알아볼 수 있었다.

'메도쿰으로 만든 무기가 저렇게 많이? 메도쿰 무기는 철인간들에게도 위협적인데……'

박상은 낭패감을 느끼며 지혜를 찾았다. 지혜는 다섯 명의 병사에게 둘러싸인 채 박상이 나온 중앙 건물의 왼편에 있는 건물 가까이에서 잡혀 있었다. 지혜를 쳐다보며 정문에서 몇 걸음 떼는데, 아담이 작은 소리로 박상에게 말했다.

"박상님, 여기에서 멈추는 것이 좋겠습니다."

박상은 아담의 말을 따랐다. 아담과 게이브, 두 철인간은 박상의 양편에 서서 여차하면 자신들의 몸으로 그를 막을 수 있게끔 자세를 잡았다. 아메트의 군인들 중 한 명이 앞으로 나서더니 박상에게 말을 건넸다.

"반갑습니다. 저희는 카우드 폐하의 명을 받고 여러분을 모시러 왔습니다. 카우드 폐하께서는 가능하면 물리적 충돌 없이 여러분을 안전하고 정중하게 모시도록 명하셨습니다. 여러분께서 협조해 주신다면 절대로 안전을 보장할 것을 카우드 폐하의 이름에 걸고 약속드리는 바입니다."

병사들의 통솔자로 보이는 그 남자는 다소 마른 몸매에 날렵한 인상으로 전문적인 군인의 느낌이 강했다. 전문가가 아닌 박상의 눈에도 남자를 비롯해 이곳에 있는 병사들이 일반 병사가 아닌 것은 알 수 있었다. 박상은 다시 지혜에게 시선을 돌렸다. 지혜는 잔뜩 겁에 질려 금방이라도 울음을 터뜨릴 것 같은 얼굴을 하고 있었다.

"당신들의 말을 어떻게 믿을 수 있겠습니까?"

"카우드 폐하의 이름을 걸고 약속드렸습니다. 그 이상 어떻게 말씀 드리면 믿으시겠습니까?"

남자의 태도는 진지하고 공손했다. 박상은 어떻게 대답해야 할지 몰라서 잠깐 주저하다가 말했다.

"그럼 우리에게 어떻게 하라는 말입니까?"

"한 분씩 나오셔서 저희에게 무기를 내어주시면 됩니다. 그 일이 끝나면 즉시 카우드 폐하께 안내하겠습니다."

"우리를 포함해 철인간들의 안전도 보장하는 것입니까?"

항복했다가 탈출을 시도할 경우 아담을 위시한 로봇의 도움 없이는 어려울 터였기에 박상은 그것을 확인했다. 남자는 주저없이 대답했다.

"그 점은 전혀 염려하지 마십시오. 고대 문명의 소중한 유산인 철인간들을 파손하는 것은 저희도 원하지 않습니다."

남자의 말이 거짓으로 느껴지지는 않았다. 하지만 박상 혼자서 판단을 내릴 일은 아니라는 생각이 들었다.

"알겠습니다. 동료들과 의논해 볼 테니 시간을 좀 주십시오."

"기다리고 있겠습니다."

박상은 동료들이 기다리고 있는 곳으로 돌아가서 남자의 말을 전하고 병사들의 숫자와 그들이 가진 메도쿰 무기에 대해서도 말했다. 마리나와 바다 등은 고민스러운 표정이 되었다. 릴리가 난감해하며 중얼거렸다.

"숫자가 그렇게 많고 메도쿰 무기까지 가졌다면 상황이 더욱 어렵네요. 메도쿰으로 만든 무기는 철인간들을 다치게 할 수도 있구요."

"일반 병사는 아닌 것이 확실합니다."

박상의 말에 우진도 수긍했다.

"그거야 당연히 정예 중의 정예를 보냈겠죠."

마리나는 착잡한 얼굴로 팔짱을 끼고 말했다.

"그 남자의 말을 믿는다 쳐도 아메트의 왕을 믿을 수 있느냐가 문제네요. 막말로 우리를 데려다가 공개 처형이라도 시킬지 어떻게 알겠어요?"

"하지만 그렇다고 지혜 누나를 저대로 죽게 둘 수는 없지 않습니까? 그리고 지금 나가서 싸우면서 지휘차를 탄다 해도, 저렇게 숫자가 많고 사방에서 활을 겨누고 있다면 우리도 무사하지만은 못할 겁니다."

박창은 지혜를 두고 갈 수 없다는 입장이었다. 바다도 무겁게 입을 열었다.

"여기까지 어렵게 함께해 왔습니다. 지혜 씨가 없었다면 해결하지 못했을 일도 많았구요. 이제 와서 우리만 살자고 지혜 씨를 포기할 수는 없다고 생각합니다."

그 말에는 마리나 자매와 우진도 조용히 고개를 끄덕였다. 그래서 무적택배 사람들은 아메트 군인들의 요구에 응해 일단 항복하되, 만에 하나 적들이 약속을 어길 경우에는 아담이 지휘차와 철인간들을 지휘해서 어떻게든 상황을 타개한다는 원칙을 세웠다. 그리고 밖에 있는 사람들에게 그들의 제안을 받아들이겠다고 말했다. 박상부터 문을 나가자 대기하고 있던 아메트의 병사가 다가와서 박상의 몸을 수색하고 무기를 치웠다. 병사가 박상이 머리에 끼고 있는 헤드폰을 어떻게 해야 할지 망설이는 것을 본 박상은 재빨리 말했다.

"이것은 무기가 아니고 언어를 통역해 주는 기계입니다. 이것이 없으면 의사 전달이 제대로 되지 않습니다. 다른 사람들의 것도 마찬가지니 이 기계는 손대면 안 됩니다."

적 지휘관은 박상의 말을 받아들여 통역기는 내버려 두도록 해주었다. 한편 박상의 옆에 있는 아담도 충격총과 지휘봉을 압수당했다. 병사들이 박상을 정문에서 떨어진 곳으로 데리고 가려 하자 아담은 박상을 따라나섰다. 그러자 지휘관인 남자가 박상에게 말했다.

"안전상 철인간은 여러분과 떨어진 곳에 모여 있어야 합니다."

아담은 딱딱한 태도로 박상에게 말했다.

―저의 임무는 박상 총사령관님을 경호하는 것입니다. 특히 총사령관님의 안전을 보장할 수 없는 이런 상황에서는 일정 거리 이상 떨어져 있을 수 없습니다.

억지로 떼어놓았다간 명령 외의 행동도 불사할 자세였다. 박상은 서

둘러 남자에게 양해를 구했다.

"다른 철인간과는 달리 이 철인간은 내게서 떨어질 수 없게 되어 있습니다. 그것을 막으면 독자적으로 어떤 행동에 나설지 모릅니다. 그때는 나도 제어할 수 없습니다."

남자는 일순 망설이다가 병사들에게 명했다.

"그 철인간은 그대로 둬라, 대신 철저히 경계하고."

박상은 안도하며 병사들의 유도에 따라 왼편 건물 쪽으로 걸어갔다. 지혜와 거리가 가까워지자 박상은 지혜가 눈치 채지 못하게 슬쩍 그녀의 몸 아래쪽을 살폈다. 설사 때문에 뛰쳐나갔던 것이 생각나서였다. 아니나 다를까, 지혜의 바지에 누런 물이 든 것이 보였다.

'설상가상이군.'

박상은 다른 곳으로 시선을 돌리며 속으로 한숨을 내쉬었다.

박상의 다음에 나온 박창과 나머지 사람들도 같은 과정을 거쳐 무기를 빼앗겼다. 다만 마리나 자매의 경우는 다른 사람들보다 검색이 더욱 철저해서 구석구석 검사하여 단검이며 칼을 모조리 압수당했다. 그런 작업이 끝나자 남자는 무적택배 사람들에게 말했다.

"협조해 주셔서 감사합니다. 이제부터 카우드 폐하께로 모시겠습니다. 도중에 불미스러운 일이 발생하지 않도록 계속 협조해 주시기 바랍니다."

그리고 무적택배 사람 한 명당 네다섯 명의 병사가 빈틈없이 에워싼 채 그들을 왼편 건물 안으로 데리고 들어갔다. 그들은 박상 일행이 들어간 중앙 건물이 아닌 왼편 건물을 통해 아래로 내려온 모양이었다.

아메트 병사들은 지혜, 바다, 우진 등을 앞에 두고 박상 형제를 가운데에 마리나 자매는 일행의 가장 뒤에 두었다. 그리고 게이브와 아그리파, 백치 삼총사, 수정, 조수 등의 로봇은 박상 일행에게서 멀찍이 떨어진 곳에서 따라가게 했다. 그 모습으로 보아 무적택배 사람들에 대한 사전 정보를 가지고 있는 것처럼 보였다.

건물은 중앙 건물처럼 지하 5층으로 이루어져 있고, 최상층인 지하 1층에서 지상으로 이어지는 좁고 긴 계단이 있었다. 그 계단이 끝난 곳은 아메트 왕궁의 지하층과 연결되어 있었다. 병사들에게 휩싸여 차례차례 어떤 방으로 안내된 무적택배 사람들은 그곳에서 자신들을 기다리고 있는 중년 남자를 보았다. 남자는 앉아 있던 의자에서 몸을 일으키며 여유로운 미소를 머금고 인사를 건넸다.

"처음 뵙겠습니다. 아메트의 국왕 레자 카우드입니다. 진작부터 여러분을 한 번 뵙고 싶었는데, 뜻밖에도 왕궁에서 이렇게 뵙게 되는군요."

박상 등은 그의 이름을 듣자마자 뻣뻣하게 굳어버리고 말았다. 최악의 상상이 현실로 이루어진 것이다. 머리 속이 텅 빈 것처럼 횅해져서 인사를 받아야겠다는 생각조차 들지 않았다.

박상은 천천히 고개를 돌려 아메트의 병사들에게 둘러싸여 있는 동료들을 바라보았다. 다들 파랗게 질려 있는 모습이었다. 카우드는 정중한 태도로 말을 계속했다.

"긴장하시는 것도 무리는 아닙니다. 하지만 안심하십시오. 아메트는 여러분을 환영하며 결코 해칠 뜻이 없습니다. 여러분은 나의 손님으로서 이곳에 머물게 되실 것입니다. 단, 여러분께서 무단으로 이곳을 벗어나려 하신다면 그때는 우리로서도 어쩔 수가 없겠지만 말입니다.”

카우드의 목소리에는 무거운 위엄과 단호함이 깃들어 있었다. 그러나 해치지 않겠다는 그의 말에서는 진심이 느껴졌고 적대적인 태도도 아니었다.

“지금은 많이 놀라신 듯하니 자세한 인사는 후에 다시 하기로 하지요. 우선은 쉬고 계십시오. 병사들이 돌봐 드릴 터이니 불편한 점이 있으면 말씀하십시오.”

말을 마친 카우드는 살짝 한 손을 들었다. 그러자 병사들은 박상 일행을 다른 곳으로 데리고 갔다. 계단을 또 오르는 것으로 보아 위로 데려가려는 것 같았다. 박상의 앞쪽에 가던 박창이 통역기를 끄고 박상에게 말했다.

“형, 이제 어떻게 해?”

박상도 통역기를 끈 뒤 대답했다.

“상황을 좀 더 지켜보자. 섣불리 행동했다간 동료들이 위험해.”

박상 등을 붙잡고 있는 병사들은 알아들을 수 없는 이들의 대화에 신경이 쓰이는지 날카로운 눈빛을 했으나 직접적으로 제지하지는 않았다. 두 개 층을 더 올라가서 한동안 길고 복잡한 길을 따라 걷다 보니 여러 개의 방이 있는 긴 복도가 나왔다. 아메트 병사들은 무적택배 사람들을 한 사람씩 다른 방으로 들어가게 했다. 박상의 뒤를 따라오던 아담이 박상에 뒤이어 방에 들어가려 하자 병사들이 제지했다. 그러자 아담은 단호하게 병사들을 밀어내고 우격다짐으로 방으로 들어왔다.

“아까도 말씀드렸지만 그 철인간은 내 옆에 있는 것이 임무기 때문에 그것이 불가능해지면 나도 제어할 수 없습니다.”

박상이 재빨리 말했다. 아담이 자체적으로 판단해서 문제라도 일으킬까 봐 걱정이 되었던 것이다. 병사들은 잠시 주저하다가 아담의 존재를 묵인했다.

그곳은 꽤 넓고 호화로운 방이었다. 한쪽에는 커튼이 드리워진 침대가 있고 침대의 발치에는 소파처럼 생긴 긴 의자가, 다른 쪽에는 거울과 화장대, 서랍장 등이 있었고, 방의 가운데에는 응접실에 흔히 놓이는 고급스러운 테이블과 의자들이 있었다. 바닥에 깔린 양탄자며 거울, 가구 등 모두 무척 고급스러운 것들로 높은 신분의 사람이 사용하는 공간임에 분명했다.

"감옥은 아닌 것 같군."

혼잣말로 중얼거린 박상은 휘적휘적 걸어가서 침대에 걸터앉았다. 아담은 박상의 곁에서 한시도 떨어지지 않겠다는 듯 옆에 와서 섰다. 그를 보니 조금이나마 마음의 위안이 되면서도 다른 동료들은 어떻게 있을지, 특히 설사에 옷까지 버린 지혜가 걱정되었다. 박상은 병사들이 방 안에 없는 것을 확인하고 조심스럽게 동료들에게 통신을 시도했다.

"박상입니다. 모두 제 목소리가 들립니까?"

[네, 들립니다.]

마리나를 시작으로 해서 다들 작은 소리로 대답해 왔다. 지혜의 목소리도 들렸는데, 아까 그 일 때문인지 기운이 없어 보였다. 괜찮냐고 묻고도 싶었지만 다른 사람들 때문에 지혜가 창피해할까 봐 그럴 수 없었다.

[이제 어떻게 하죠?]

우진이 속삭이자 박창이 말했다.

[어떡하긴요. 탈출해야죠. 오늘은 안 죽인대도 언제 마음이 바뀔지 어떻게 압니까?]

[그건 그런데 어떻게 탈출하느냐가 문제죠. 이렇게 따로따로 잡혀 있어서야 기회를 잡을 수가 없잖아요. 보아하니 방 바같에서 병사들이 지키고 있는 것 같은데요.]

우진의 음성에는 불안이 묻어 있었다. 그때 마리나가 말했다.

[탈출하는 건 좋지만, 신중해야 해요. 제대로 된 계획 없이 무작정 움직이다가는 정말 위험한 일을 당할 수 있어요. 적도 문제지만 자칫 아군에게 당할 수도 있으니까요.]

[그게 무슨 말입니까?]

박창이 의아해 물었다.

[아담 말이에요. 아담은 펠레즈의 총사령관을 보좌하고 경호하는 것을 임무로 하고 있는 로봇이에요. 비상시 그가 제일로 우선하는 것은 총사령관의 안전이에요. 즉, 아담이나 아담의 지휘를 받는 철인간들이 우리를 지켜준다는 보장이 전혀 없을뿐더러, 우리가 총사령관의 안전에 방해가 된다고 판단할 시는 어떤 행동을 취할지 모른다는 얘기예요.]

마리나의 설명에 박창과 다른 사람들은 놀란 모양인지 잠시 말이 없었다.

[설마… 그렇기야 하겠어요?]

박창이 미심쩍은 듯이 말하자 마리나는 냉철하게 받았다.

[그렇게 말씀하실 일이 아니에요. 그런 경우 제일 위험한 사람은 바

로 박창 씨예요. 저와 릴리, 지혜 씨 등은 그나마 요인에 해당되는 지위를 가지고 있지만, 박창 씨는 취사병이니까요.]

[헉! 그런…….]

마리나의 지적을 듣고 박창은 말문이 막혔다. 릴리가 웃음기 섞인 목소리로 덧붙였다.

[그런 의미에선 바다 씨도 조금 위험하네요. 우진 씨는 육군대장인데, 바다 씨는 그냥 우주군 파일럿이잖아요.]

바다는 박창과는 달리 대꾸하지 않았다. 마리나가 다시 말했다.

[어쨌든 아메트의 왕이 우리를 바로 죽일 생각은 없는 것 같으니까 섣불리 움직여서 위험을 자초하지 말고 계획을 짜서 행동하기로 해요.]

박상은 마리나의 말이 옳다고 생각하고 동의했다.

"알겠습니다. 마리나 씨의 말에 따릅시다."

다른 사람들도 반대하지 않았다.

"그런데 보나마나 아메트의 국왕이 우리의 정체를 꽤나 궁금해할 텐데 뭐라고 말하는 것이 좋겠습니까?"

박상은 미리 입을 맞추어놓는 것이 좋겠다는 생각에 동료들의 의견을 구했다. 우진이 말했다.

[곧이곧대로 말할 필요는 없겠지요.]

[그러면 뭐라고 합니까? 미테르교에서 말하는 신의 사도라고는 생각지 않을 게 뻔하지 않습니까?]

박창이 물었다.

[물론 그렇게 믿고 있지는 않겠지요. 하지만 그게 아니라도 우리를 이 별의 고대인으로 보는 시각도 있지 않습니까. 차라리 그렇게

생각하게 내버려 두는 편이 나을 겁니다. 어디서 왔는지도 모르는 외계인보다는 고대인이라고 하는 편이 우리 입장엔 더 낫지 않겠습니까?]

[그게 통할까요? 우린 피부색도 다르고 말도 다른데요.]

릴리가 걱정했다.

[그건 알아서 해석하게 둡시다. 거짓말하기가 뭣하다면 레스프라트에서 그랬던 것처럼 자세하게 말하지 말고 그냥 우주에서 왔다고만 하면 되죠. 그럼 거짓말은 아닌 셈이니까요.]

"그 정도로 넘어가겠습니까? 자세하게 캐물으면 어떻게 합니까?"

박상은 아무래도 걱정스러웠다.

[어떻게든 둘러대야죠. 우주 기지에 냉동되어 있었다든지, 특별한 약을 먹고 잠들어 있었다든지, 뭐, 그런 식으로요. 어찌 됐든 외계인이라는 말은 안 하는 게 낫다고 봅니다. 고대인이라면 그나마 지금 사람들의 선조에 해당되니까 최소한의 존경심이나 이해라도 있겠지만, 자신들과 아무 상관 없는 외계인이라고 하면 우리를 어떻게 할지 알 게 뭡니까?]

우진은 강한 어조로 주장했다.

[그건 우진 씨의 말이 맞는 것 같네요.]

마리나가 우진의 주장에 동조했다. 다른 사람들도 침묵으로 동의를 나타냈다. 박창이 말했다.

[좋습니다. 그런데 오르세에 왜 왔느냐고 물으면 어쩌죠? 위대한 도시의 시설들을 점검하고 다니는 거라고 해야 합니까? 아니면 우리가 여길 떠나는 데 필요한 정보를 얻으러 왔다고 해야 하겠습니까?]

이번에도 우진이 먼저 안을 내놓았다.

[지금 그 말씀 그대로 하면 되겠는데요. 점검도 하고 필요한 정보도 얻을 겸 왔다, 그러면 대답이 될 것 같은데요.]

[그걸로 납득해 줄까요?]

박창은 영 미덥지 않아 했다.

[설마 진실을 말하라고 고문을 한다든지 그러기야 하겠습니까?]

우진은 농담으로 해본 말이었으나 박상 등은 일제히 흠칫했다.

[정말 고문이라도 하면 어쩌죠?]

릴리가 심각해져서 걱정하는데, 박창이 지혜를 두고 농담했다.

[그러게요. 지혜 누나를 고문하면 특히 큰일인데 말이에요. 지혜 누나는 아픈 걸 죽기보다 못 참는 사람이라 한 대만 쳐도 죄다 불어버릴 게 뻔하거든요.]

그때까지 입도 벙긋 하지 않고 잠자코 있던 지혜도 이때만큼은 못 참겠던지 나지막한 목소리로 쏘아붙였다.

[창이, 너, 쓸데없는 말 좀 하지 마.]

박창은 지혜의 반응에 아랑곳없이 킬킬 웃었다.

[헤헷, 하도 조용해서 무슨 일이라도 있나 걱정했더니 살아 있었네.]

그때 우진이 다시 말했다.

[우리를 모아놓고 물어볼지 한 사람씩 데려다가 개별적으로 물을지는 모르지만, 서로 말이 다르면 안 되니까 지금 나눈 이야기를 잊지 말고 잘 기억해 둡시다. 그리고…….]

말하던 도중 우진의 음성이 끊겼다. 박상은 불안한 마음에 소리 죽여 그에게 물었다.

"왜 그래요, 우진 씨?"

다른 사람들도 우진에게 말을 걸었지만 우진은 대답하지 않았다. 그 이유는 금방 알 수 있었다. 박상이 있는 방에 노크 소리가 들리더니 병사들이 들어섰다. 아담은 박상의 옆에 붙어 서서 경계 자세를 취했다. 들어온 이들 중 한 명이 박상에게 말했다.

"알려 드릴 일이 있어 들어온 것뿐이니 놀라지 마십시오. 국왕 폐하를 만나시기 전에 몸을 씻어야 하기 때문에 물을 데워 왔습니다."

그가 옆으로 비켜서자 뒤에서 병사 두 명이 바퀴가 달린 큰 나무통 두 개를 밀고 방으로 들어왔다. 그들은 방 안쪽에 있는 문을 열고 들어가더니 통을 두고 나왔다. 몸은 왜 씻으라고 하는지 궁금했지만 물어볼 용기가 나지 않아 박상은 잠자코 있었다.

"씻으시지요."

씻는 것까지 확인하려는 것인지 아메트 사람들은 나가지 않고 있었다.

박상은 하는 수 없이 그들이 물통을 놓고 나온 안쪽 방으로 가보았다. 그곳은 욕실과 그 앞에 있는 작은 전실로 되어 있었다. 욕실의 한쪽에는 사람이 들어앉아 있을 수 있는 네모난 나무 욕조가 있었는데, 그 안에는 김이 오르는 따뜻한 물이 담겨 있었다. 조금 전 가져왔던 통에서 부은 모양이었다. 병사들이 놓고 간 두 개의 나무통은 뚜껑이 덮여 있었는데 한쪽에는 더운물이, 다른 한쪽에는 찬물이 남아 있었다. 기호에 따라 더 타서 쓰라는 의미인 것 같았다.

"이태리 타월만 있으면 딱이겠군."

자기가 말해 놓고도 스스로 재미없는 농담이라 생각하며 박상은 전실로 나와 옷을 벗어 그곳의 바구니에 넣고 욕실에 들어갔다. 목욕 따위 할 기분이 전혀 아니었지만 씻으라니 씻을 수밖에 없었다.

"그나마 지혜에겐 다행이군. 갈아입을 옷이라도 주면 다행이련만."

박상은 욕조에 들어가지 않고 바가지로 물을 떠서 대충 샤워만 하고 금방 나왔다. 욕실을 나오던 박상은 전실에 아담과 나란히 서 있는 아메트의 병사를 보고 깜짝 놀랐다. 타월로 밑을 가리고 나온 것이 그나마 다행이었다. 병사가 무엇이라 말을 하는데 통역기를 벗은 상태라 알아들을 수가 없었다. 박상은 얼른 전실의 화장대에 벗어놓았던 통역기를 다시 부착하고 병사에게 물었다.

"잘 듣지 못했는데, 방금 전에 뭐라고 했습니까?"

병사는 다시 말했다.

"옷을 갈아입으셔야 하는데 여기 이 철인간께서 옷을 가져가도록 허락하지 않아서 기다리고 있었습니다."

그리고 보니 병사의 손에는 이곳의 옷이 들려 있었다.

"꼭 그래야 합니까?"

"만일의 경우에 대비한 조치입니다. 따라주십시오."

병사는 물러서지 않을 태세였다. 박상은 하는 수 없이 병사가 내어주는 옷을 입었다. 이제 그의 몸에 남은 본래의 소지품은 통역기밖에 없었다.

'이래서는 마리나 씨와 릴리 씨도 완전히 무장 해제되었겠는걸.'

이런 것까지 카우드 왕이 지시했는지는 알 수 없지만 아무튼 매우 용의주도한 사람이라는 생각이 들었다.

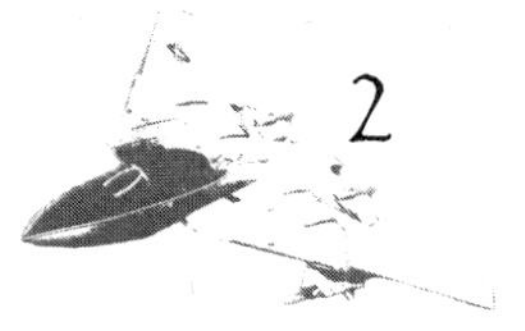

2

　박상 일행이 전원 얼굴을 마주한 것은 그날 저녁 카우드와 동석한 식사 자리에서였다. 긴 직사각형 테이블이 있는 방으로 안내된 박상 등은 병사들이 지정해 주는 자리에 앉았다. 아담을 제외한 철인간과 조수 등의 로봇은 방 한쪽에 모여 서 있었다. 병사들은 철인간들을 특히 경계하여 일정 거리 이상 박상 일행에게 다가서는 것을 용납하지 않았다.

　짐작대로 옷을 갈아입어야 했던 것은 박상만이 아니어서 여기 올 때 입고 있던 복장을 한 사람은 없었다. 특히 마리나 자매는 의도적인 것인지 몰라도 소매가 넓고 자락이 긴 상의에다 치렁치렁 늘어지는 긴 치마를 입고 있었다. 게다가 박상 등이 앉은 의자 뒤에는 무장한 병사들이 배치되어 있어 함부로 손가락 하나 까딱할 수 없는 분위기였다.

무적택배 사람들은 서로 눈인사만 주고받았을 뿐 가만히 있었다. 그 상태로 잠시 있으려니 카우드가 수행원들과 함께 들어섰다. 박상 일행은 어떻게 할까 잠깐 망설이다가 의자에서 일어났다. 카우드는 박상 등과 조금 떨어진 위치의 상석에 앉으면서 말했다.

"앉으십시오. 낮 동안 불편은 없으셨는지 모르겠습니다."

아무도 대답하지 않았다. 대답할 수 없었다는 편이 옳았다. 카우드는 입을 꼭 다물고 눈치만 살피고 있는 무적택배 사람들의 얼굴을 찬찬히 살펴보았다. 그의 시선이 느껴지자 박상 등은 한층 긴장하여 저절로 몸이 굳어졌다.

"아직도 두려우십니까?"

카우드의 음성에는 어쩐지 약간의 웃음기가 묻어 있는 것처럼 느껴졌다. 그러나 차마 고개를 돌려 그의 표정을 확인할 용기는 나지 않았다.

"차차 익숙해지실 겁니다. 시장할 텐데 식사부터 하시지요."

그의 말이 있고 곧 음식이 들어왔다. 시종들은 차례차례 요리를 들고 들어와 식탁에 차려놓고 각각의 앞에 술잔을 놓고 술을 따라놓았다.

"바하르라는 술인데 아메트 북부 지역의 특산입니다. 부드럽고 산뜻한 맛이 특징이지요. 순하게 느껴지기 때문에 처음 맛보는 사람은 단숨에 다 마시는 경우가 많습니다만, 제대로 즐기려면 식사를 하면서 조금씩 천천히 드시는 편이 좋습니다. 취하기 위해 마시는 여타 술과는 달리 바하르는 요리과 함께 즐기는 술입니다. 산뜻하면서도 뒤끝이 없어 입 안의 잡냄새와 끝 맛을 지워주고 음식의 맛을 한층 즐길 수 있게 해줍니다."

술에 대해 찬찬히 설명한 카우드는 잔을 집어 들고 무적택배 사람들에게 권했다.

"식전에 가볍게 한 모금하시지요. 바로 삼키지 마시고 입 안에서 굴리면서 천천히 향을 음미하는 것이 요령입니다."

박상 일행은 머뭇머뭇 잔을 집어 들었다. 그런데 지혜가 박상에게 뭔가 열심히 신호를 보냈다. 소리없는 벙긋거리는 폼이 수정을 말하는 것 같았다.

'음식을 검사해야 한다는 말이군.'

무슨 말인지 알아듣기는 했는데 박상으로서는 선뜻 입이 열리지 않았다. 음식을 조사한다고 하면 카우드가 어떻게 받아들일지 염려되었다. 하지만 어렵다고 해서 다른 동료에게 미룰 수도 없는 노릇이었다. 박상은 어렵사리 입을 뗐다.

"저어, 폐하. 죄송합니다만, 저희가 음식에 민감한 편이어서 새로운 것을 먹을 때는 철인간이 검사를 해야 합니다."

다행히 카우드는 불쾌한 기색 없이 선뜻 수락했다.

"그렇게 하십시오."

"감사합니다."

박상은 속으로 안도하며 수정을 불렀다. 뒤에 서 있던 수정은 테이블에 다가와서 간이 검사기로 음식을 검사했다. 카우드는 흥미로운 시선으로 수정을 바라보았다.

"그 철인간은 대단히 특이하게 생겼군요. 고대의 기록과 역사관에서도 그렇게 생긴 철인간은 본 적이 없습니다."

"특별히 주문 제작된 것이라서 그렇습니다."

박상이 둘러대는 말을 납득한 것인지 카우드는 더 깊이 묻지 않았다. 술과 음식에는 별 이상이 없었다. 수정이 검사를 마치고 물러서자 카우드는 식사를 권했다.

"이제 안심하고 드실 수 있겠군요. 드십시오."

무적택배 사람들은 카우드의 권유에 따라 잔을 집어 들었다. 바하르는 그윽한 느낌의 옅은 갈색을 띠고 있었으며 오래된 숲 같은 싱그러운 향이 났다. 솔직히 술이나 음식의 맛을 즐길 여유는 없었지만 그럼에도 카우드가 바하르에 대해 그처럼 장황하게 설명하는 것도 무리는 아니란 생각이 들었다.

바하르를 한 모금 마신 뒤에는 본격적으로 식사가 시작되었다. 뜻밖에도 아메트의 요리에는 피스벵 설탕이 폭넓게 쓰이고 있었고, 여기 사람들이 아르데 소스라고 부르는 고추 맛이 나는 소스까지 사용하고 있었다.

불안은 여전히 남아 있었지만 카우드가 자신들을 죽일 것 같지는 않다는 생각이 들자 박상 등은 조금씩 마음의 여유를 되찾고 카우드를 살펴보기 시작했다. 카우드는 40대 초반쯤으로 보였으며 큰 키에 군살 없이 탄탄한 체격을 하고 있었다. 수염은 없었고, 남성적인 얼굴에는 함부로 범접할 수 없는 위엄과 당당한 기품이 담겨 있어 군왕의 품격까지 느껴졌다.

'생각과는 많이 다른데.'

박상은 의외의 느낌에 적지 않게 놀라고 있었다. 소문으로 듣고 상상했던 것과는 많이 다른 사람이라는 생각이 들었다.

식사 내내 카우드는 피스벵 설탕과 아르데 소스, 술 등에 대한 화제를 올리며 대화를 유도했다. 무적택배 사람들이 어디서 왔는지, 어떤 존재인지 같은 질문은 하지 않았다. 박상 일행은 카우드가 기분 상하지 않도록 신경 쓰면서 조심스럽게 대응했다. 식사가 끝날 무렵 카우드는 박상과 다른 동료들의 얼굴을 둘러보며 말했다.

"여러분께서 나와 아메트에 대해 어떤 생각을 가지고 있었을지는 능히 짐작이 갑니다. 그중 어떤 것은 사실과 부합되겠지만, 많은 부분은 왜곡되고 과장된 측면이 없지 않을 것입니다. 비록 여러분이 원해서 이곳에 온 것은 아니지만, 나는 여러분을 나의 손님으로서 정중히 맞이할 것이며, 서로에 대한 오해와 불신을 씻어낼 기회를 가지기를 희망합니다. 당분간은 불미스러운 사태가 일어나지 않도록 주의와 경계를 할 수밖에 없어 유감입니다만, 빠른 시일 내에 서로를 신뢰할 수 있게 되기를 바랍니다."

박상 등은 뭐라고도 말할 수가 없어 잠자코 듣기만 했다.

식사가 끝난 뒤 무적택배 사람들은 각자의 방으로 안내되어 돌아갔다. 그러나 박상만은 따로 카우드에게 불려갔다. 박상은 도살장에라도 끌려가는 심정으로 병사를 따라갔다. 그나마 아담이 뒤따르고 있다는 것이 위안이 되었다. 근위병들은 그를 어떤 방 앞으로 안내하더니 문을 노크하고 박상이 들어가도록 열어주었다. 그곳은 서재인 듯했는데, 카우드와 몇 명의 사람이 있었다. 근위병들은 박상과 아담을 안으로 들어가게 하고 밖에서 문을 닫았다. 박상은 안으로 성큼 들어설 생각을 못하고 문 앞에 서 있었다. 문을 닫는 소리가 천둥 소리만큼이나 크게 들렸다.

"그렇게 서 있지 말고 이리로 오십시오."

카우드가 방 한쪽에 있는 테이블을 가리키며 박상을 불렀다. 박상은 내키지 않는 걸음을 옮겨 그쪽으로 갔다. 카우드 뒤에 서 있던 남자 한 명이 앞으로 나와 박상이 앉도록 의자를 빼주었다.

"앉으십시오."

카우드는 박상에게 자리를 권하고 자신은 맞은편에 앉았다.

"오래 걸리지는 않을 테니 걱정 마십시오. 잠시 이야기를 나누고자 오시도록 한 것뿐입니다."

카우드는 부드러운 어조로 말했다. 박상은 조용히 의자에 앉았다. 카우드와 같이 있는 남자들은 그의 신변을 경호하는 이들인 모양으로 카우드의 뒤에 서 있었다.

"성함이 박상이라고 들은 것 같은데, 맞습니까?"

카우드가 물었다.

"그렇습니다."

"펠레즈의 총사령관이라는 직함을 가지고 계시더군요."

"본래부터 그런 건 아니고 여기 머무는 동안에만 그렇습니다."

박상은 어쩐지 분위기가 경찰서에서 취조당하는 것 같다고 느끼며 대답했다. 그때 문을 노크하는 소리가 들리고 시종이 쟁반을 가지고 들어와 찻잔과 작은 항아리, 쿠키 접시를 내려놓고 갔다.

"차라도 드시면서 이야기를 합시다."

카우드는 박상에게 차를 권하고 작은 항아리에서 피스벵 설탕을 떠내어 자신의 차에 넣었다. 티스푼으로 듬뿍 두 스푼을 넣는 것을 보고 박상은 순간적으로 생각했다.

‘저렇게 넣으면 무척 달 텐데.’

그러다가 그는 일순 자괴감을 느꼈다.

‘이런 때 한가하게 그런 생각이나 하다니……’

자신이 꼭 동생 박창이 된 것 같은 기분이 들었다. 박상은 반 스푼 정도 설탕을 넣고 차를 마셨다. 차 맛은 레스프라트에서 먹는 것과 비슷했다. 카우드는 달다는 느낌도 들지 않는지 설탕을 두 스푼이나 넣은 차를 아무렇지도 않은 얼굴로 마셨다. 차를 마시면서 카우드는 말을 계속했다.

“레스프라트, 특히 미테르교에서는 여러분을 신의 사도라고 이야기하더군요. 하지만 미테르교의 신자가 아닌 많은 사람들은 당신들이 고대인이 아닐까 생각하고 있습니다. 나 개인적으로도 궁금해서 묻는 것인데, 실은 어떻습니까? 당신들은 어디에서 왔습니까?”

따지거나 캐묻는 말투는 아니었다. 자신의 말처럼 카우드는 정말로 진실을 알고 싶어하는 것 같았다. 박상은 아까 방에 있을 때 동료들과 나누었던 대화를 상기하고 그에 따라 대답했다.

“…우리는 우주에서 왔습니다. 하지만 어떤 초월적이거나 신비한 존재가 아니고 인간입니다. 이것은 미테르교의 대신관과 레스프라트의 왕에게도 밝힌 사실입니다.”

애매하게 둘러댄 박상의 대답에 카우드는 재미있다는 얼굴로 빙긋 웃었다.

“하긴 미테르교에서도 신의 사도라 표현하고 있지만 인간이 아니라고 주장한 적은 없군요.”

박상은 긍정도 부정도 하지 않았다. 카우드는 몸을 앞으로 기울여 박상의 얼굴을 빤히 쳐다보며 물었다.

"여러분이 프라트에 온 이래 여러 위대한 도시들을 둘러보고 있다는 것은 알고 있었습니다. 레스프라트뿐 아니라 칼리케아와 바다 건너 뷜리텐까지 다녀오셨더군요. 하지만 오르세에까지 오신 것은 뜻밖입니다. 오르세에는 어떤 볼일이 있어 오신 겁니까?"

박상의 눈을 정면으로 응시하는 카우드의 검은 눈동자는 거짓을 용납하지 않겠다는 듯 진지하게 빛나고 있었다. 아메트의 병사들에게 잡힐 때부터 그랬지만 자신들에 대한 상세한 정보를 가지고 있다는 느낌이 더욱 강해졌다. 박상은 내심 긴장했지만 동요하지 않기로 마음을 굳게 먹었다. 지금 이 순간에 자신과 동료들의 생존이 걸려 있을지도 모르는 일이었다.

"우리에 대해 잘 알고 계신 것 같은데, 얼마 전에 우주에서 커다란 배를 가지고 왔다는 것도 이미 알고 계시겠군요."

"아, 그 하얀 배 말씀이군요."

역시 카우드는 귀환호에 대해서도 알고 있었다. 하지만 박상이 그 이야기부터 꺼낼 것이라고는 그도 미처 예상치 못했던 듯했다.

"그 배는 우리가 우주로 돌아가기 위해 가지고 온 것입니다. 우리가 여기 온 것은 이곳에 있는 고대의 유산을 점검하고 우리가 우주에 돌아가기 위해 필요한 것을 한 가지를 복사해 가기 위해서입니다."

"필요한 것?"

카우드의 눈이 의미심장한 빛을 띠었다.

"물건이나 그런 것은 아니고 우리가 우주에서 가져온 우주선을 타고 떠나는 데 필요한 정보를 복사해서 넣는 것뿐입니다."

"잘 이해가 되지 않는군요. 당신이 말하는 정보라는 것이 어떤 것이기에 그 크다는 우주선을 움직인다는 겁니까?"

어떻게 설명해야 자신들의 진짜 목적을 숨기면서 아메트의 왕을 납득시킬 수 있을 것인지 걱정하며 박상은 머리 속으로 적당한 말을 열심히 골라냈다.

"아니오. 우주선이 움직이는 것과는 상관이 없습니다. 그러니까 그건 펠레즈와 오르세의 옛 인연과 관계된 일종의 절차 같은 것으로 생각하시면 될 겁니다."

"펠레즈와 오르세의 옛 인연이라……."

카우드는 생각에 잠긴 표정으로 중얼거렸다. 그의 그런 태도는 펠레즈와 오르세의 옛일에 대해 뭔가 아는 것처럼 보이기도 했다. 박상은 조마조마한 심정으로 앉아 있었다. 카우드는 자세를 바꾸어 몸을 뒤로 젖혀 의자에 기대면서 말했다.

"당신들이 누구인지, 어디에서 왔는지에 대해 여러 가지 추측과 주장들이 난무하고 있습니다. 그중 많은 이들이 당신들을 남겨진 고대인일 것이라 보고 있고 그것이 가장 타당하다 여겨지지만, 우리의 입장에서 궁금한 것은 어째서 당신들이 레스프라트에 와서 그 나라를 돕고 있는가 하는 점입니다. 당신도 당연히 아시겠지만 아메트와 레스프라트는 같은 뿌리를 가진 나라입니다. 다른 점보다도 닮은 점이 더 많은 사이이지요. 비록 그것이 악연으로 이어지는 경우가 많기는 했지만 말입니다."

"처음부터 그러려고 했던 것은 아닙니다. 어쩌다 보니 인연이 그렇게 되어서……."

박상은 말끝을 흐렸다. 사실이 그렇기도 했지만 적절히 갖다 붙일
이유가 떠오르지 않았다. 그러자 카우드가 말했다.

"물론 여러분이 아메트에 대해 나쁜 인상을 가질 만한 일이 없었던
것은 아니지요. 돌아가신 선왕께서는 그리 좋은 군주는 아니셨습니다.
군사적인 측면에서는 강하고 결단력있는 지휘관이자 뛰어난 전술가였
지만 인간적으로는 결함이 많은 분이셨지요. 그분의 통치력은 레스프
라트를 병합하는 단계까지는 성공적이었으나 그것을 유지하고 다지는
데는 철저하게 실패하셨습니다. 선왕은 항상 자신의 능력을 과신하고
있었고 또한 권력에 지나치게 탐닉한 나머지 절제하지 못하셨습니다.
레스프라트에 대한 가혹한 수탈과 탄압은 그분의 명백한 실책이었습니
다."

카우드의 솔직 담백한 태도에 박상은 도리어 당황하고 말았다. 그가
자신의 아버지에 대해 이런 식으로 말할 줄은 전혀 짐작도 못한 일이
었다. 카우드는 진지한 얼굴로 다짐하듯 말했다.

"하지만 나는 선왕과 다릅니다. 그분의 과오를 잘 알고 있고, 거기서
배운 바가 많습니다. 선왕의 잘못으로 아메트 전체를 판단하지 않으시
기 바랍니다."

어째서 내게 이런 말을 하는 것일까, 박상은 점점 이상한 기분이 되
었다. 카우드는 그런 박상의 기분을 헤아리기라도 한 것처럼 말했다.

"왜 이런 이야기를 하는지 궁금하게 여기고 계시겠지요?"

박상이 움찔해서 가만히 있자 카우드는 부드럽게 미소 지었다.

"단도직입적으로 말씀드리겠습니다. 말씀드렸듯이 우리 아메트와
레스프라트는 하나의 뿌리에서 뻗어 나온 가지와도 같습니다. 엄밀히

말하면 고대의 수도가 위치한 아메트가 본줄기에 해당되겠지요. 여러분이 고대의 유산을 관리·점검하기 위해 남은 고대인이라면, 특별히 레스프라트만을 편들고 돌볼 이유는 없을 터입니다. 프라트에 내려온 이래 여러분이 해온 일들이 결과적으로 아메트에 적대적인 것이었다고 하나, 나는 그것을 꼭 의도적인 것으로 생각하고 싶지는 않습니다. 이런 형태로 모시게 되어 유감이기는 하지만, 이것을 좋은 기회로 삼아 서로에 대한 오해를 벗고 좋은 관계를 맺었으면 하는 것이 나의 바람입니다."

박상은 뭐라고 대답해야 할까 망설였다. 그러자고 맞장구치자니 뻔한 거짓말이 될 것 같고, 그렇다고 싫다고 단번에 거절할 수도 없는 노릇이었다. 카우드는 굳이 대답을 요구하지 않았다.

"당장 대답하실 필요는 없습니다. 생각하고 판단할 시간이 필요할 테니까요. 다만 성급한 판단으로 나의 호의를 짓밟는 일은 없기를 바랍니다. 나는 시간을 갖고 당신들과 대화를 나눌 생각입니다만, 아메트의 모든 이들이 그런 나의 생각에 동의하지는 않고 있습니다. 당신들의 그릇된 행동으로 인해 불상사가 발생한다면 그때는 나도 어쩔 수가 없게 됩니다."

그의 말투는 나긋하고 부드러웠으나 말끝에 박상의 눈을 응시하는 카우드의 눈빛은 건조하고 차갑게 번득이고 있었다. 그 시선을 마주한 순간 목덜미부터 차가운 기운이 흘러내리며 가벼운 오한이 일었다. 카우드는 이내 온화한 미소를 지으며 박상에게서 눈길을 거두고 자신의 찻잔을 집었다.

"차가 다 식겠습니다. 드시지요."

“아, 예.”

박상은 조금 멍한 기분으로 차를 마셨다. 그 어떤 협박의 말보다도 카우드의 눈빛은 강렬한 메시지를 전달하고 있었다. 조용히 차를 홀짝이고 있는데 방문을 노크하는 소리가 들리고 어떤 남자가 들어와 인사하고는 카우드에게 다가가 그의 귀에 대고 나지막이 뭔가를 속삭였다. 카우드는 알았다는 의미로 살짝 고개를 젓더니 박상에게 말했다.

“갑작스러운 일을 겪어 아직 많이 혼란스럽고 피곤하실 겁니다. 나머지 이야기는 다음에 또 나누기로 합시다. 앞으로 시간은 충분히 있으니까요.”

“예.”

조금이라도 빨리 이 자리를 벗어나고픈 마음으로 가득한 박상에게는 듣던 중 반가운 말이었다. 박상은 카우드가 일어나자 따라 일어났다.

방을 나와 걸어가는데 등과 허리가 뻐근해졌다. 내내 긴장하고 앉아 있어서 그런 것 같았다.

‘이 짓도 못해먹을 노릇이군.’

박상은 속으로 한숨을 쉬면서 자신이 있던 방으로 돌아갔다.

박상과 아담을 내보낸 뒤 카우드는 조금 전에 들어온 남자와 서재를 나왔다. 그가 향한 곳은 소규모 회의실이었다. 그곳에는 이미 네 명의 사람이 모여 그를 기다리고 있었다. 사람들은 카우드가 들어서자 일제히 자리에서 일어나 그를 맞이했다.

“다들 빠짐없이 모였군.”

카우드는 짓궂은 미소를 흘렸다. 그러자 상석에 앉아 있던 여인이 말했다.

"사안이 사안이니만큼 당연한 일 아니겠습니까?"

그 여인은 카우드의 부인인 니에데 왕비였다. 30대 후반인 니에데는 도도하고 당당한 기품이 서린 귀부인이었다. 카우드는 대답 대신 소리 없는 미소를 머금고 니에데의 옆에 가서 앉았다. 카우드와 니에데가 착석하자 다른 사람들도 앉았다.

"폐하, 그자들을 아주 극진히 대접하고 계시는 것 같군요."

니에데는 불만스러운 어조로 말을 꺼냈다.

"그럼 어떻게 해야겠소? 당장 광장에 끌어내어 목이라도 매달아야 겠소?"

카우드는 가볍게 응수했다. 불쾌한 듯 니에데의 눈썹이 치켜 올라갔다.

"그들은 아메트의 적입니다. 그들이 지금까지 아메트에 끼친 피해를 생각해 보십시오. 레스프라트의 태수관을 덮쳐 태수와 주요 인사들을 죽이고, 프라트 들판에서는 아메트의 병사 10만 명이 학살당하는 결과를 불러왔을 뿐 아니라 위대한 도시 디파까지 빼앗아가지 않았습니까? 그것으로도 모자라 레스프라트에 피스벵 설탕이며 메도쿰이라는 고대 금속의 기술을 전수해 주고, 얼마 전에는 멀리 뷜리텐까지 가서 막대한 재보를 안겨다 주었으니, 그야말로 한두 가지가 아니지 않습니까?"

"그 점은 왕비의 말이 옳소."

카우드도 니에데의 말에 순순히 인정했다. 니에데는 더욱 단호한 표정으로 말을 이었다.

　“그런데 폐하께서는 그런 자들을 국빈을 맞아들이듯 극진히 대접하고 계시니, 이 사실을 아메트의 국민들이 알면 무엇이라 하겠습니까?”

　니에데의 힐문에도 카우드의 느긋한 태도는 달라지지 않았다.

　“왕비의 말씀은 일견 일리가 있소. 그간 우리 아메트가 당한 피해를 생각하면 당연히 왕비의 말씀처럼 처리해야 할 것이오. 하지만 좀 더 넓게 생각해 봅시다. 그들을 죽임으로써 얻게 되는 것도 있겠지만 잃게 될 것도 분명히 있소. 냉정하게 손해 득실을 따져서 아메트의 국익에 보탬이 되는 방향으로 처리하는 것이 최선이 아니겠소?”

　“잃게 될 것이라니요?”

　니에데는 이해가 되지 않는다는 표정이었다.

　“그렇지 않아도 나에게는 잔혹한 피의 이미지가 각인되어 있소. 선왕께서 돌아가신 뒤 발생한 혼란을 수습하는 과정에서 일어난 부득이했던 일이라고는 하나 대내외적으로 나는 형제의 피를 손에 묻히고 왕이 된 자로 불리고 있소.”

　“그런 것쯤은 각오하고 있던 일이 아닙니까? 누가 승자가 되었다 해도 그 같은 평가에서 자유로울 수가 없는 상황이었습니다.”

　“알고 있소. 그러나 거기에 굳이 또 다른 오명을 덧붙일 필요는 없지 않겠소? 많은 사람들은 그들을 고대의 선조들이 남긴 문명의 유산을 점검하기 위해 남은 고대인이라 믿고 있소. 실제로 그들은 위대한 도시들을 돌며 그곳에 있는 고대의 유산을 점검해 왔소. 그들이 아메트에 심대한 피해를 끼친 것은 사실이나, 고대인이라는 기준에서 보면 그들의 존재는 현재의 국가를 넘어서는 의미를 가지고 있소. 그들을 죽이는 것은 레스프라트에 대한 징벌과 선전 효과는 있겠지만, 고대의 어른을 처단했다는 야만적인 행위로 비난받을 소지가 크오. 이는 역사적으로도 나의 오점 중 하나로 남을 것이오."

카우드의 차분한 설명을 듣고도 니에데의 강경한 태도는 달라지지 않았다.

"역사는 지나간 시간의 기록일 따름입니다. 역사에서 아무리 고매하고 훌륭하게 남는다 한들 그것이 현실의 패배를 승리로 바꾸어주지는 못합니다. 살아 있을 때 승리를 누리지 못한다면 역사의 평가 따위가 무슨 의미가 있다는 말씀입니까?"

"그대의 말처럼 현실의 승리도 물론 중요하오. 하지만 역사가 존재하기에 인간이 인간일 수 있다는 말도 있소. 역사에 남을 업적을 남기지는 못할망정 오점만을 더할 필요는 없다고 생각하오."

그렇게 말하는 카우드의 표정은 어딘지 착잡하고 무거웠다. 카우드는 승리를 앞에 두고 주저하는 타입의 사람이 아니었다. 피비린내나는 형제 간의 왕위 다툼에서 승리하기 위해 그는 많은 피를 보았고 그것을 두려워하지 않았다. 그러나 그러면서도 카우드는 언제나 역사를 의식하고 있었다. 그것을 잘 알고 있는 니에데는 태도를 누그러뜨리고 보다 부드럽게 말했다.

"하지만 그들이 고대인이라는 근거가 어디에 있습니까? 그들은 피부색도 다르고 이름도 다르지 않습니까?"

"그들이 고대인이 아니면 대체 누구라는 말이오? 철인간과 고대의 기계를 가지고 다니면서 고대의 유산을 점검하고, 고대의 기술을 전수하는 일을 하는 이들이 고대인이 아니고 누구겠소?"

"하지만 천 년 전의 사람들이 어떻게 지금 나타날 수가 있다는 말입니까?"

그때 앉아 있는 사람들 중 한 명이 입을 열었다.

"실례가 아니라면, 제가 한말씀 드릴까 합니다."

니에데의 오빠이자 알리카 지역의 태수인 비레트 이티엔이었다. 이티엔은 카우드와 비슷한 연배로 동생인 니에데를 많이 닮았지만 학구적인 면모가 두드러지는 인물이었다.

"그러시오."

카우드가 쾌히 말했다. 이티엔은 살짝 고개를 까닥이고 말했다.

"방금 니에데 전하께서 지적하신 점에 대해서는 몇 가지 설이 있습니다. 우선 고대의 대파멸의 시기에 우주에서 거주하던 사람들이 대부분 지상으로 내려왔으나 일부의 사람들이 우주에 남아서 계속 생존해왔다는 설이 있습니다. 그러나 이것은 당시의 상황에 대해 전해오는 내용을 생각할 때 가능성이 희박합니다. 우주에 사람들이 남아 문명을 유지하고 있었다면 지금까지 지상과 아무런 접촉 없이 있었을 리가 없다는 것이 그 근거입니다. 그 다음에 가장 유력한 설은 레스프라트에 온 그들이 어떤 특정한 목적을 위해 고대인들이 남긴 사람들이라는 것입니다. 이 경우는 그들을 죽지 않은 상태로 잠들게 하는 어떤 장치가 있었을 것이라 여겨집니다. 하지만 그것은 고대에서도 보편적인 방법은 아니었을 겁니다. 그랬다면 그 파멸적인 질병으로 죽기 전에 그런 장치를 이용해 잠드는 방법을 취한 사람들이 많았을 것입니다. 그러나 위대한 도시 어디에서도 그런 예는 아직 없는 것으로 보아 당시에도 그것은 실험적이고 위험이 수반되는 방법이었을 것입니다. 레스프라트에 온 그들의 피부색이 특이하게 다른 것은 그런 방법에 따른 후유

중일 가능성이 큽니다."

"대단히 구체적인 추측이군요. 그런 추측은 어디에서 나온 것입니까?"

니에데는 감탄과 어이없음이 뒤섞인 반응을 보였다. 이티엔은 차분하게 대답했다.

"제가 지어낸 이야기가 아닙니다. 레스프라트에 그들이 온 이래 많은 사람들, 특히 고대 문명에 대해 연구하는 학자들은 그들의 행적에 지대한 관심을 가지고 지켜보고 있습니다. 제가 말씀드린 내용도 그런 사람들에게서 들은 것입니다."

"좋습니다. 그들이 고대인이라 인정한다고 합시다. 그렇다고 그들이 지금까지 해온 일들이 없는 일이 되거나 의미가 달라지지는 않습니다. 그들은 아메트의 적입니다. 오라버님은 그렇게 생각지 않으십니까?"

이티엔은 거기에도 침착하게 답했다.

"그들을 단순히 적으로만 규정하여 처벌한다면 레스프라트에 대한 당장의 선전 효과는 누릴 수 있을지 몰라도 고대 문명의 전달자를 죽였다는 오명을 피할 길이 없을 것입니다. 보다 장기적인 견지에서 어떻게 하는 것이 아메트의 국익으로 이어질 것인지 숙고할 필요가 있다고 봅니다."

"그들을 살려두는 것이 아메트에게 이익이 된다는 말씀이십니까?"

니에데는 이해할 수 없다는 태도였다. 그러자 또 다른 참석자인 재무대신 레키에르가 신중한 자세로 의견을 개진했다.

"현실적인 이익 관계는 분명히 있습니다. 재정 기반이 허약했던 레스프라트가 누구도 예상치 못했던 빠른 시일에 안정을 찾을 수 있던 데는 피스벵 설탕과 메도쿰의 생산·판매에 따른 상업적 이익이 절대적이었습니다. 그 두 가지 상품은 앞으로도 두고두고 레스프라트의 재정에 든든한 버팀목이 되어줄 것이라 예상됩니다. 그 방법을 레스프라트에 가르쳐 준 것은 그 고대인들입니다. 다른 문제는 차치하고 그것만으로도 결코 무시할 수 없는 이득입니다."

"그런 계산으로 그들을 살려두자는 말씀입니까?"

니에데가 힐문하자 카우드가 레키에르를 대신해 말했다.

"그것만이 아니라는 것은 이미 설명하지 않았소."

"그들은 명백히 레스프라트를 위하고 아메트를 적대시해 왔습니다. 그들이 순순히 우리에게 그런 방법들을 내어놓겠습니까?"

니에데는 답답해하며 말했다. 카우드는 태연하게 응수했다.

"우리가 하기 나름이라고 생각하오. 물론 레스프라트에서 그간 맺어 온 관계도 있어, 완전히 우리 편이 되어줄 것이라 기대하기는 어렵소. 그러나 아메트와 레스프라트가 본디 하나의 나라였다는 것을 감안하면 타협의 여지는 있다고 생각하오."

카우드에 이어 이티엔도 거들고 나섰다.

"폐하의 말씀에 동감하는 바입니다. 그들이 레스프라트를 편든 것은 그들 자신이 펠레즈 측의 사람이기 때문이라는 추측이 있습니다. 저는 그것이 타당하다고 보고 있습니다. 그들이 지상에 와서 가장 먼저 들른 위대한 도시가 바로 펠레즈입니다. 그들은 그곳에 잠들어 있던 마지막 지도자의 유해를 지상으로 가져와 장례 치르도록 했고, 레스프라트의 왕에게 그의 문장을 주었습니다. 다음으로 간 곳이 고대 이후부터 펠레즈와 밀접한 관계에 있던 디파였구요. 펠레즈 재건 세력에서 문명의 유산을 돌보기 위해 남긴 사람들이라면, 심정적으로 펠레즈가 위치해 있는 레스프라트를 자신들의 직계 후손이라 여겼을 것이고, 지상에 내려올 당시 레스프라트 사람들이 처해 있는 입장을 보고 아메트에 분노했을 수도 있습니다. 하지만 아메트와 레스프라트는 고대에 하나의 국가였고 아메트는 수도가 있는 본토였습니다. 우리에게 완전히 마음을 돌릴 수는 없다 해도 철천지원수가 아닌 이상 타협의 가능성은 분명히 있습니다. 그들을 죽이게 되면 얻는 것보다 잃는 것이 더 많습니다. 레스프라트에 대해 선전 효과를 본다고 하나 오히려 그들 국민의 분노로 이어져서 감정만 격앙시킬 우려가 큽니다. 반면 카우드 폐하께는 고대의 유산을 돌보러 온 고대인들을 죽였다는 오명에 더해, 그들에게서 얻을 수 있었을 국익을 돌보지 않았다는 비난이 있을 수 있습니다.”

카우드와 재무대신 레키에르에 이어 오빠인 이티엔까지 카우드에게 적극 찬동하고 나서자 니에데는 갑갑한 한숨을 쉬고 아까부터 묵묵히 있는 두 참석자에게 시선을 돌렸다.

“재상과 근위대장께서는 어떻게 생각하십니까?”

니에데의 질문에 재상 이켈은 다소 느리다 싶은 말투로 대답했다.

“폐하와 니에데 전하의 말씀이 모두 일리가 있는 것이어서 뭐라고 잘라 말씀드리기가 쉽지 않습니다. 신중하게 접근해야 할 문제라고 생각합니다.”

어느 쪽이라고도 할 수 없는 애매한 답변이었다. 니에데의 얼굴에 못마땅한 기색이 어렸으나 재상을 드러내 놓고 다그칠 수도 없는 노릇이라 입을 다물었다. 근위대장인 테트의 대답은 이켈과 비슷했으나 미묘하게 달랐다.

"저는 이 일에 대해 드릴 말씀이 없습니다. 명백히 폐하께 해가 되거나 실패할 일이라 판단되면 제 의견을 당연히 말씀드릴 터이나, 지금과 같은 사안은 폐하의 결정에 따르는 것이 저의 본분이라 생각합니다."

자신의 주장에 동조하는 사람이 없는 상황 앞에 니에데는 짧은 한숨을 내쉬고 카우드에게 말했다.

"그들을 처단해야 한다고 생각하는 사람은 이곳에서 저 한 사람뿐인 것 같군요. 폐하를 포함하여 모두의 뜻이 이러니 어쩌겠습니까? 모쪼록 폐하의 판단이 현명한 것이었기를 바랄 따름입니다."

"이해해 주시니 고맙소."

카우드는 니에데에게 의미심장한 미소를 지어 보였다. 회의가 끝난 뒤 카우드는 왕비 니에데와 근위대장만을 데리고 자신의 집무실로 이동했다.

"저를 이곳으로 데려오신 것을 보니 아직 하실 말씀이 남아 있는 모양이지요?"

카우드의 뜻에 따르기로 결정하기는 했지만 납득한 것은 아니어서 니에데의 얼굴은 그다지 개운하지 못했다. 카우드는 쾌활한 음성으로 답했다.

"그렇소. 당신이 품고 있는 불만은 나도 이해하오. 하지만 지금부터 내가 보여주는 것을 보고 나면 마음이 바뀔 것이오."

"조금 전의 자리에서 말씀하시지 않은 것이 있다는 뜻입니까?"

"그렇소. 물론 아까 내가 말한 것들이 나의 생각이고 판단이라는 점에서는 변함이 없소. 다만 그 고대인들을 살려두고 어렵게 설득을 시도할 만한 중대한 이유가 한 가지 더 있다는 것이지."

니에데는 의아한 표정으로 카우드를 쳐다보았다. 카우드는 미소를 지어 보이고 집무실 안쪽의 커다란 책상 뒤에 있는 책장으로 갔다. 그리고 거기서 특정한 세 권의 두꺼운 책을 차례대로 뽑아냈다. 그러자 책장이 움직여 돌아가더니 벽 안쪽에 숨겨져 있는 비밀 통로가 나왔다.

"들어가 보시겠소?"

카우드가 말했다. 니에데는 기꺼이 카우드를 따라 들어갔다.

니에데에게는 전혀 생소한 곳이었지만 근위대장은 전에도 와본 적이 있었던 모양으로 집무실에서 불이 켜진 촛대를 가져와서 두 사람을 안내했다. 원형 기둥을 끼고 아래로 빙글빙글 돌아가는 나선형의 좁고 어두운 계단을 한참 지나자 작은 공간이 나왔다. 그곳은 돌도 아니고 금속도 아닌 기묘한 느낌의 회색 재질로 만들어져 있었고, 가운데에는 도서관의 책 받침대처럼 생긴 물체가 놓여 있었다. 계단에서 마주 보이는 벽면에는 활짝 열린 문이 있었다.

"이상한 곳이군요. 뭘 하는 곳이죠?"

니에데는 그 공간을 둘러보다가 카우드에게 물었다.

"이곳 왕궁 어딘가에 고대의 유산에 접근할 수 있는 비밀의 방이 있다는 이야기는 들어보신 적이 있을 것이오. 이곳이 바로 그 방이오. 그런데 이곳에 들어오는 방법은 당대의 왕과 다음 왕이 될 태자 이외의 사람은 알지 못하게 되어 있다고 하오. 알다시피 아버님은 태자를 두

지 않으셨고, 이곳의 존재를 아무에게도 가르쳐 주지 않은 채 갑자기
돌아가셨소. 그런 까닭에 나도 저 집무실을 사용한 지 한참이 되도록
이곳에 들어오는 방법을 찾을 수가 없었소. 비밀을 지켜야 하는 곳이
니 다른 사람을 시켜서 수색을 할 수도 없고 혼자서 틈이 나는 대로 궁
리해 봤지만 도무지 방법이 없었는데, 전혀 생각지도 않게 오늘 문제가
해결되었소. 오르세를 찾아온 고대의 방문자들 덕분에 말이오.”

“그들이 해결해 주었다구요?”

“그런 셈이오. 오늘 오전에 혼자 집무실의 책상에 앉아 있는데 갑자
기 등 뒤의 책장에서 이상한 소리가 나더니 책 세 권이 차례로 튀어나
오고 책장이 열리는 것이었소. 그래서 그 세 권을 순서대로 책상에 놓
아두고 이곳으로 내려와 보았소. 그랬더니 저 문이 저렇게 열려 있더
군.”

“저 안에는 무엇이 있습니까?”

니에데는 열려 있는 문을 긴장된 눈길로 쳐다보았다. 카우드는 빙긋
웃으며 말했다.

“놀랄 만한 것이 있지. 아마 그대도 깜짝 놀라게 될 거요.”

그들은 열린 문 안으로 들어갔다. 그곳에는 또 다른 방이 있었는데
누가 보더라도 고대에 만들어진 곳이 분명했다. 방의 중앙에는 투명한
구체가 얹힌 큰 원형 테이블이 있었고, 문이 있는 벽면을 제외한 세 개
벽면에는 여러 개의 모니터가 빙 둘러가며 장치되어 있었다.

니에데는 방에 들어서자 놀란 얼굴로 사방을 두리번거렸다. 모니터
들을 포함해 원형 테이블 위의 홀로그램까지 모두 작동되고 있었던 것
이다.

"이것이 전부 무엇이죠?"

니에데는 어안이 벙벙해서 카우드를 돌아보았다.

"나도 고대의 기계라는 것밖에는 모르겠소. 내가 들어왔을 때부터 이런 상태였소. 어쨌든 이것을 통해서 그들이 여기에 왔다는 것을 알 수 있었소."

"어떻게요?"

처음 접하는 고대의 장치들이라 용도와 사용법을 짐작할 길이 없는 니에데는 연신 카우드에게 질문을 던졌다. 카우드는 홀로그램이 있는 곳으로 니에데를 데리고 갔다. 구체 안의 홀로그램은 반투명한 엷은 회색이었으며 명백히 어떤 구조물을 나타내고 있었다. 니에데도 이것만큼은 어렵지 않게 그것이 세 개의 건물과 작은 광장인 것을 알아차렸다.

"내 생각에는 이것이 왕궁 아래에 있는 고대의 유산인 것 같소."

"이 파란 것은 무엇이죠?"

니에데는 홀로그램 광장에 있는 파란색의 물체를 가리켰다.

"저 그림에 있는 저것이오."

카우드는 정면에 있는 모니터 중 끝 부분의 것을 가리켰다. 그 화면에는 무적택배 사람들이 타고 온 지휘차가 담겨 있었다. 다른 모니터에는 각기 다른 모습이 비치고 있었다. 틸라다의 각층을 비추는 것이었다.

"내가 여기에 들어왔을 때부터 줄곧 이런 상태로 있소. 처음에는 어떤 일인지 영문을 몰라서 어리둥절해 있다가 불현듯 레스프라트의 그들이 온 것이 아닌가 하는 데 생각이 미쳤소. 그들이 여러 위대한 도시

들을 돌아보고 있으며 오르세에도 언젠가 은밀히 올지 모른다는 보고
는 전부터 있었으니까. 그래서 나는 급히 밖으로 나가 테트에게 왕궁
의 지하에 있는 다른 비밀 통로의 문을 확인하도록 했소.”

“이곳 이외에도 지하로 통하는 문이 또 있습니까?”

“그렇더군. 내가 처음 이 방에 들어왔을 때 이 테이블 위에 두 개의
또 다른 비밀 통로가 표시된 왕궁의 지하도가 놓여 있었소. 테트에게
그것을 주어 그중 한 곳을 은밀히 확인케 했더니 지도에 있는 대로 비
밀 통로와 문이 있었소. 하지만 문이 열리지 않고, 열 수 있는 방법도
찾을 수 없다고 하더군. 나는 만일을 대비해 근위대가 아닌 비밀 부대
의 병사들을 그곳에 배치하여 지켜보고 있도록 테트에게 명했소. 그런
중에 기계에 비치는 그림들이 바뀌더니 저 검은 것이 광장에 들어오는
모습이 보였소. 레스프라트의 고대인들이 검은 차를 타고 다닌다는 이
야기는 전부터 들어왔던 터라 그들인 것을 바로 짐작했지. 그리고 얼
마 뒤에는 테트로부터 다른 곳의 비밀 문이 느닷없이 저절로 열렸다는
연락이 왔소. 그래서 나는 서둘러 병사들을 내려보내 그들을 데리고
오되 가능한 한 다치지 않게 하라고 명했소. 그 이후의 상황은 대단히
숨 가쁘게 돌아갔지만 매우 다행스럽게도 별다른 피해 없이 그들을 사
로잡는 데 성공했소. 테트의 공이 아주 컸던 셈이지.”

카우드는 자신의 뒤에 서 있는 근위대장 테트를 흡족한 얼굴로 돌아
보았다. 테트는 근위대의 대장과 카우드 직속의 비밀 부대 대장을 겸
하고 있었다.

“역시 폐하께서는 그들을 죽일 생각이 없으셨군요.”

니에데는 냉소적으로 중얼거리면서 모니터에 비치는 영상을 둘러보

다가 틸라다의 구조를 보여주는 홀로그램으로 시선을 돌렸다.

"왕궁의 지하에 이렇게 큰 건물이 있다니, 뜻밖이군요."

그러더니 그녀는 카우드를 돌아보고 물었다.

"아까 제게 그 고대인들이 꼭 해줘야 할 일이 있다고 했는데, 그것이 어떤 일인지 아직 제게 보여주시지 않은 것 같군요."

"과연 예리하시군."

카우드는 미소 짓고 방의 한쪽 구석으로 가더니 바닥을 가리키며 말했다.

"그 답은 이 아래에 있소."

니에데는 재빨리 카우드의 곁으로 갔다. 카우드가 가리키는 곳에는 손잡이가 달린 네모난 덮개가 바닥에 있었다. 테트가 그것을 들어서 치우자 사각형의 구멍이 드러났다. 사다리가 붙어 있어 그것을 타고 내려가는 구조였다. 카우드가 먼저 내려가고 다음에 니에데, 테트가 마지막으로 내려갔다. 그곳은 크지 않지만 복잡한 느낌의 방이었다. 방의 중앙에는 커다란 원통이 있고 그 주변을 복잡한 기기가 에워싸고 있었다. 투명한 원통 장치 안에는 철인간이 들어 있었다.

"철인간… 이군요."

니에데는 원통에 다가가 철인간을 멍하니 들여다보았다. 투명한 외관 덕분에 안에 있는 철인간의 모습은 아주 잘 보였다. 그 안의 철인간은 여성형으로 일반적인 철인간과는 사뭇 다른 모습을 하고 있었다. 헬멧형이 아니라 볼록하고 긴 두건을 쓰고 있는 것 같은 두부와 갸름하고 아름다운 얼굴을 하고 있고, 몸에도 기하학적이고 예술적인 채색이 되어 있었다.

"그렇소. 고대의 유산과 우리를 이어줄 중요한 존재지. 그런데 문제는 이 철인간을 깨울 방법이 없다는 거요."

카우드의 말을 듣고 니에데는 원통 장치 주변을 돌아가며 살펴보았다. 그러나 전부 처음 보는 것들이어서 함부로 손을 댈 수가 없었다. 니에데는 난감한 기분으로 방의 다른 곳을 둘러보았다. 한쪽 벽면에 커다란 관처럼 보이는 길쭉한 통 다섯 개가 세워져 있는 것이 보였다. 거기에도 철인간이 한 대씩 들어 있었는데, 그것들은 중앙에 있는 철인간보다는 급이 낮아 보였으나 그럼에도 일반적으로 고대 시설에서 볼 수 있는 철인간보다는 좋은 것이었고 상태도 매우 좋았다.

"그들을 시켜 이곳에 있는 철인간을 깨우려는 생각이신가 보지요?"

니에데의 질문에 카우드는 당연하게 대꾸했다.

"그렇소. 이곳의 철인간을 깨우는 것이 고대인들을 처형하는 것보다 훨씬 크고 긍정적인 효과를 불러올 거요. 우리 아메트가 고대 문명의 진정한 후계자라는 사실을 선전하고 아울러 나의 정통성을 공고히 할 둘도 없는 기회요. 이 자리에 오르기까지 형제들을 포함해 많은 희생을 치러야 했소. 그로 인해 나에게 불만을 품고 있는 세력이 없지 않고, 그런 자들 중에는 우리 왕조 자체의 정통성을 들먹이며 나와 왕가 전체를 깎아내리는 이들도 있소."

"폐하께서 형제 간의 다툼을 딛고 보위에 오르신 것은 사실이나 그것과 왕조의 정통성이 무슨 관계입니까? 폐하께서는 선왕의 당당한 적자가 아니십니까?"

"그들의 주장은 우리 왕가를 고대의 정당한 후계자로 볼 수 있는가 하는 점에 기반하고 있소. 아메트의 초대 국왕이신 리기트님이 오르세

나 다른 위대한 도시의 유서 깊은 가문 출신이 아니었던 것을 두고 하
는 말이지."

그러나 니에데는 가볍게 코웃음 쳤다.

"그렇게 말하는 자들 중에 고대의 유산을 마음대로 다루는 능력있는
후계자가 있기라도 합니까? 자신들도 하지 못하는 일을 두고 이러쿵저
러쿵 떠드는 것은 결국 트집에 불과합니다."

"사실이오. 하지만 때로는 그 트집이 불만을 부추기고 세를 결집하
는 이유가 되기도 하는 법이지. 아버님 때처럼 강한 통치력으로 그 같
은 불만이 고개를 들이밀 여지를 두지 않을 수도 있으나, 지나치게 강
압적인 통치는 아버님 사후의 일을 보아도 알 수 있듯이 누적된 문제
가 언제든 일시에 곪아터지기 마련이오. 그러니 이왕이면 그런 명분론
자들이 저절로 고개를 숙이게끔 해줄 호재가 있다면 그것을 이용하는
것이 최선 아니겠소."

니에데는 카우드의 설명에 전적으로 납득하지는 않았으나 어느 정
도 인정하는 태도였다. 그녀는 중앙의 철인간에게 몸을 돌려 그것을
응시했다.

"이유야 어떻든 이것이 깨어나서 아메트의 왕궁에 있어준다면 나라
안팎으로 크게 선전이 되기는 하겠군요. 레스프라트도 이로써 자신들
이 고대의 정당한 계승자니 하는 말은 못하게 될 것이구요."

"바로 그것이오."

카우드는 흡족해하며 말했다.

"언제 그들을 여기에 데리고 오실 것입니까?"

"내 심정으로 말하자면 내일이라도 당장 그러고 싶소만, 좀 더 시간

을 가지고 그들과 우호적인 분위기를 만들어갈 생각이오."

"폐하의 의도대로 된다면 좋겠군요."

니에데는 약간 회의적인 반응이었으나 카우드는 개의치 않았다.

"쉽지는 않겠지. 그러나 칼자루는 이쪽이 쥐고 있소. 방심하지 않고 차분히 추진해 봐야지. 이제 그만 올라가 봅시다. 오랜 세월 잘 보존되어 온 곳인데 자주 드나드는 것은 좋지 않을 것 같소."

세 사람은 그곳을 나와 문을 닫고 카우드의 집무실로 올라갔다.

한편 방으로 돌아간 박상은 잠시 마음을 가라앉혔다가 동료들에게 통신으로 연락을 보냈다.

"박상입니다. 카우드 왕과 이야기를 마치고 좀 전에 돌아왔습니다."

그러자 지혜와 박창을 포함해 다들 동시에 말을 해댔다.

[형, 괜찮아?]

[별일없었어, 상아?]

[사장님, 괜찮으신 거죠?]

[아메트의 왕이 뭐라던가요?]

여러 사람의 말이 일시에 울려대는 통에 한마디도 제대로 알아들을 수가 없었다. 하지만 그들이 한 말의 내용을 대충 짐작할 수 있어서 뭉뚱그려 대답했다.

"별일은 없었고, 서재에 불려가서 이야기를 했습니다. 우리가 어디에서 온 어떤 존재인지, 오르세에는 왜 왔는지 등의 이야기가 나왔는데 낮에 우리가 의논했던 대로 대답했습니다. 아메트의 왕이 어떤 생각을 가지고 있는지는 잘 모르겠지만 일단은 수긍하는 것 같았습니다. 여러분은 별일없었습니까?"

[예, 저녁 먹고 와서는 아무 일도 없었습니다.]

우진이 말했다.

[대체 우리를 어쩌려는 걸까요? 우리에게 뭘 바라는 거죠?]

마리나가 답답해하며 하는 말에 지혜가 말했다.

[그거야 여러 가지가 있지 않겠어요? 피스벵 설탕이나 메도쿰도 있고, 또 레스프라트에 대한 선전 효과 같은 것도 있을 테구요.]

지혜의 말이 맞겠다고 생각하는데 우진이 박상에게 물었다.

[사장님, 아메트의 왕이 우리에게 뭘 바라는지는 말하지 않던가요?]

"그런 이야기는 하지 않았습니다. 그냥 시간을 가지고 오해를 풀고 상호 이해하게 되기를 바란다고 하더군요."

박상의 대답을 듣고 우진이 말했다.

[성급한 사람은 아닌 모양이군요.]

"그런 것 같기는 했습니다. 하지만 절대 쉽게 생각해선 안 될 인물입니다. 서툴게 탈출을 시도해서 실패라도 하는 날에는 어떤 일을 당할지 모릅니다."

박상은 카우드의 눈빛을 떠올리고 가볍게 몸을 떨었다. 우진이 박상의 말에 동감하며 말했다.

[그거야 당연하죠. 아메트 사람들이 우리를 곱게 볼 이유는 전혀 없으니까요. 지금 우리를 이렇게 살려두는 것도 얻어낼 것이 있어서이지 우리가 예뻐서 그렇지는 않을 겁니다.]

[한마디로 쓸모가 없어지면 언제든지 없앨 수 있다는 의미겠군요.]

마리나는 건조한 말투로 우진의 말을 요약했다. 잠시 긴장된 숨소리만 들릴 뿐 조용했다.

지혜가 불안이 가득한 음성으로 말했다.

[대관절 어떻게 여길 벗어나죠? 이렇게 떨어뜨려 놓았으니 힘을 합할 수도, 함께 탈출할 수도 없잖아요?]

[기회가 없다면 만들어야죠.]

마리나가 말했다. 그녀는 침착한 태도로 말을 계속했다.

[우리를 이렇게 떨어뜨려 놓은 건 분명히 탈출하기 어렵게 만들려는 의도예요. 게다가 우리 각각에 대해서 많은 정보를 가지고 있어서 그걸 활용하고 있는 것이 분명하구요. 하지만 아까 저녁 식사 때처럼 종종 모이는 일은 있을 거예요. 그런 때를 노려야죠.]

[기회를 만들다니, 어떻게 말입니까?]

박창이 묻자 마리나는 간단명료하게 한마디로 답했다.

[아메트의 왕을 인질로 잡는 겁니다.]

박상 등은 그녀의 말에 깜짝 놀랐다.

[그, 그게 말처럼 간단하겠습니까?]

박창이 더듬거리며 물었다.

[물론 쉬운 일은 아니겠죠. 하지만 그 방법이 가장 확실해요. 우리가 적으로 가득한 이 건물을 빠져나가려면 그 정도의 인질이 아니고는 불가능해요. 박상 씨가 말한 것처럼 아메트의 왕은 쉽게 볼 사람이 아니에요. 웬만한 사람은 붙잡아봤자 역효과만 날 가능성이 커요.]

마리나는 냉철하게 말했다. 그러자 우진이 지적했다.

[맞는 말씀입니다만, 그런 기회를 잡기가 쉽지 않을 겁니다. 아메트 사람들은 우리에 대해서 잘 알고 있습니다. 우리가 잡혀올 때나 저녁

식사를 위해 이동할 때의 동선을 봐도 그렇습니다. 지혜 씨와 바다 형, 저를 일행의 앞에 배치하고 그 사이에 아메트의 군인들이 위치해서 나머지 네 분과 거리를 떨어뜨려 놓더군요. 아까 저녁 식사 자리에서도 마찬가지였구요. 물론 아담을 비롯한 철인간에 대한 경계는 말할 나위가 없지요. 물리력에서 상대적으로 취약하다고 판단되는 지혜 씨와 바다 형, 저를 철저하게 마크함으로써 다른 사람들의 행동을 제약하려는 작전인 것 같습니다.]

마리나도 그 점은 잘 알고 있었다.

[잘 보셨네요. 말씀대로 쉽지 않을 일이죠. 그렇다고 포기할 수는 없잖아요. 어쩌면 당분간은 그런 기회가 찾아오지 않을지도 모르죠. 하지만 그쪽도 사람인 이상 틈을 보일 때가 있을 거예요. 그런 때 주저하거나 헤매는 일 없이 행동에 나서기 위해서는 사전에 계획을 세워두고 마음의 대비를 해둬야 해요. 그렇지 않았다간 정말 낭패를 보게 될 겁니다.]

[왕을 인질로 잡는 것에 성공한다고 칩시다. 여길 빠져나가려면 지휘차가 있는 곳으로 가야 할 텐데, 거기까지 어떻게 갈 겁니까? 우리는 이곳의 구조를 전혀 모르지 않습니까?]

바다가 문제점을 제기했다. 마리나는 그 질문에도 시원스레 대답했다.

[지휘차를 이용할 생각은 버려야죠. 그쪽에는 보나마나 감시병들이 배치되어 있을 것이 뻔하잖아요. 그보다는 오르세 상공에 대기시켜 둔 수송 전투선을 이용하는 게 나을 겁니다. 수송 전투선은 안에 있는 전투 로봇을 활용할 수도 있으니 일석이조예요. 그 경우 우리는 지하로

내려가는 것이 아니라 건물 밖으로 나가면 됩니다. 지휘차는 탈출에 성공한 뒤 자동 조종으로 우리를 따라오게 하든지 나중에 찾아오면 될 테구요.]

[말씀처럼 되기만 한다면 정말 좋겠네요.]

지혜는 한숨을 내쉬었다. 그때까지 잠자코 듣고 있던 박상이 말했다.

"괜찮은 제안인 것 같기는 한데, 누가 아메트 왕을 인질로 잡지요? 왕의 주변에는 항상 서너 명 이상의 경호원들이 있습니다. 어지간해서는 그들을 젖히고 왕에게 접근하기가 쉽지 않을 겁니다."

[이상적으로는 왕에게서 가장 가까운 거리에 있는 사람이 하면 최선이겠지만, 아마 그럴 수는 없겠죠.]

마리나의 목소리에는 체념 어린 웃음이 배어 있었다.

[그치만 마리나 씨와 릴리 씨는 감시를 심하게 받지 않습니까?]

우진의 염려에 마리나는 어쩌겠냐는 듯 말했다.

[그러니까 기회를 잘 포착해야죠. 임의로 시기를 정해서 탈출을 시도하기 어려운 상황이니까 기회를 잡았을 때 어떻게 행동할 것인지를 의논해 둘 필요가 있는 것도 그 때문이구요.]

"좋습니다. 그 경우 우리는 어떻게 해야겠습니까?"

박상이 물었다. 마리나는 거침없이 말했다.

[박상 씨는 아담이 늘 붙어 있으니까 괜찮을 거고, 다른 철인간과 로봇들을 어떻게 할지 정하는 게 좋겠어요. 수정과 조수, 아그리파는 처음부터 전투가 불가능한 종류니까 방해가 되지 않게 잘 비켜 있으라 하고, 게이브와 백치 삼총사를 적절히 배치하는 게 좋겠어요. 지혜 씨

에게 게이브를 붙이고, 삼룡이, 콰지모도, 아다다는 바다 씨와 우진 씨, 박창 씨를 보호하도록 하면 어떨까 해요. 백치 삼총사는 전투용이 아니라 미덥지 못하기는 하지만 최소한 방패 역할이라도 하겠죠.]

마리나의 계획이 그럴듯하다고 생각한 박상은 다른 일행의 생각을 물었다.

"마리나 씨의 말씀이 타당한 것 같은데, 다른 사람들의 생각은 어떻습니까?"

[전 찬성이에요.]

릴리의 찬성에 이어 바다, 우진, 박창 등도 찬성의 뜻을 밝혔다.

[동의합니다.]

[저도 그렇습니다.]

[저두요.]

지혜는 혼자 미적거리고 있다가 마지못해 기어들어 가는 소리로 찬성했다.

[그렇게라도 해야겠죠.]

[뭔가 마음에 안 드는 점이라도 있으세요?]

마리나가 묻자 지혜는 재빨리 부인했다.

[아뇨, 그런 건 아니에요. 그냥 좀 무서운 생각이 들어서……]

[무섭기는 우리도 다 마찬가지예요. 하지만 무섭다고 마냥 움츠러 있을 수만은 없잖아요.]

마리나는 나지막이 웃었다.

그 뒤에도 한동안 무적택배 사람들은 탈출할 때의 동선이며 그 이후의 일에 대해 논의를 계속했다. 조금이라도 희망을 찾고 싶은 마음에

서이기도 했지만 이렇게라도 하지 않으면 두려움과 불안에 질식해 버릴지도 모른다는 절박감이 그들의 뇌리를 짓누르고 있었다.

　장시간에 걸친 의논이 끝나고 침묵의 시간이 시작되자 잠시 한 켠에 밀쳐 두었던 두려움이 밀려들었다. 아메트의 왕이 우호적인 제스처를 보였다고 하지만 안심하고 있을 수만은 없었다. 당장 내일이라도 무슨 일이 있을지 모를 일이었다. 프라트에 떨어지던 그날의 일이 생각났다. 그때도 앞날을 전혀 예측할 수가 없어 불안에 떨었지만 최소한 동료들이 한자리에 모여 있어 서로를 의지할 수는 있었다. 하지만 지금은 따로따로 떨어져 있다는 사실이 불안을 더욱 부채질했다.

　'나는 그나마 아담이라도 여기 있다지만 다른 사람들은 더 불안하겠지? 특히나 지혜는 가뜩이나 겁이 많은 앤데…….'

　그런 생각을 하고 있는데 박창으로부터 연락이 왔다. 1대 1 통신이었다.

　[형, 자?]

　"잠이 오겠냐, 이런 상황에."

　[나도 그래. 아메트의 왕이 우리를 정말 해치지 않고 내버려 둘까?]

　"모르지. 본인은 그렇다고 말하고 있지만."

　[아메트의 왕은 호락호락하지 않은 인물로 보이던데, 왕이 죽이지 않기로 결정하면, 그런 것 아닐까?]

　"그렇기는 한데, 아무리 왕정이라도 왕 혼자서 마음대로 다 할 수야 있겠냐. 그리고 왕을 믿을 수 있느냐도 문제지. 까놓고 말해 우리가 뭐 예쁘다고 봐주겠냐. 아메트 입장에선 원수 같을 텐데."

[하긴 그렇겠지?]

박창은 씁쓸하게 중얼거렸다. 잠깐 가만히 있던 박상이 다시 입을 열었다.

"기회를 봐서 아메트의 왕을 인질로 잡는다는 이야기 말인데……."

[응. 그게 왜?]

"마리나 씨는 자기나 릴리 씨가 그 역할을 해야 한다고 생각하는 모양인데, 아메트 사람들이 그 두 사람을 특별히 경계하고 있어서 쉽지 않을 거야."

[그렇겠지.]

"그래서 말인데, 적절한 기회가 포착되면 나라도 나서봐야 하지 않을까 싶다."

[형이 나선다구?]

박창의 목소리가 높아졌다.

"나도 그러고 싶지는 않지만 누가 해도 해야 할 일 아니냐. 내게는 아담이 있으니까 내가 왕을 순간적으로라도 잡으면 그 다음은 아담이 맡아줄 수 있을 테고."

[형, 윈발을 이용해 보려고 그러는 거지? 아메트 사람들도 그건 전혀 예상치 못하고 있을 것이고, 그게 리치가 제일 기니까.]

박상이 침묵으로 긍정했다. 박창은 걱정스러운 기색으로 중얼거렸다.

[그런 일은 타이밍이 진짜 중요한데, 형이 잘할 수 있을지 모르겠네. 차라리 내가 나서는 게 낫지 않을까?]

그러자 박상이 재빨리 쐐기를 박았다.

"안 돼. 넌 싸움 그만둔 지도 오래됐잖아. 게다가 상대는 현역 군인들인데, 네가 아직도 짱인 줄 알아?"

[타이밍이 생명이니 하는 말이지. 동물적인 감각으로 이때다 싶은 순간을 포착해야 하는데, 형은 싸움꾼 기질이 없잖아.]

아무리 생각해도 미덥지 않은지 불안하게 중얼거리던 박창이 제안했다.

[그럼 이건 어때? 내가 이때다 싶으면 크게 소리를 지르거나 해서 신호를 하는 거야. 그럼 형과 아담이 동시에 움직이는 거지.]

박창은 대단히 진지했다. 그런 그의 태도에 박상은 어이가 없어 실소를 흘렸다.

"뭐라고 소리 지를 건데?"

[프리맨, 어때?]

"프리맨? 어디에서 나온 말이야?"

[전에 형도 나랑 좀 봤는데, 기억 안 나? 우진 씨가 소장하고 있는 20세기 애니메이션 걸작선에 있는 애니메이션 '크라잉 프리맨'의 주인공이잖아. 암살자 조직의 대장이자 그 자신이 암살자인데, 형처럼 발가락에 칼 끼우고 적을 해치우는 게 특기지.]

박상은 어이가 없어서 가만히 있었다.

[어때? 프리맨, 괜찮지?]

"마음대로 해라."

박상은 시큰둥해하면서도 거절하지 않았다. 박창의 제안이 실효성이 있으리라고는 기대하지도 않았지만, 이것까지 거절하면 박창이 뭐라도 하겠다고 나설지도 모른다는 생각에 받아들이기로 한 것이다. 박창은 혼자 기분이 좋아져서 낄낄거리며 말했다.

[형, 앞으로는 양말 신지 말고 맨발에 슬리퍼를 신어야겠어.]

"양말도 슬리퍼도 없어서 못 신는다."

박상의 무뚝뚝한 대답에 박창은 사뭇 진지해졌다.

[아, 그렇네. 여기 신발은 구두 비슷하니까.]

방안을 궁리하느라 잠시 조용해져 있던 박창이 별안간 밝은 목소리
로 말했다.

[신발 뒤축을 접어 신어. 그러면 되잖아. 그러면 그게 슬리퍼지, 뭐.]

"새 가죽 구두의 뒤축을 어떻게 접으라고?"

[아담에게 잠깐씩 신기면 되지. 형, 안 된다고만 하지 말고 적극적으
로 머리를 써봐. 호랑이에게 물려가도 정신만 차리면 산다는 옛 속담
도 있잖아.]

"알았다, 알았어."

박창의 넘치는 열의가 부담스러워진 박상은 대충 넘어가려 했다. 그
러나 박상의 기분과 상관없이 박창은 거기에 자신들의 생사가 달리기
라도 한 양 열심히 강조했다.

[형, 신발 뒤축 꼭 접어 신어!]

무적택배 사람들이 아메트의 왕궁에 억류된 지 일주일이 지났다. 그
동안 그들은 여러 차례 카우드와 왕비 니에데 등과 식사를 하고 이야
기하는 시간을 가졌다. 카우드가 어떤 일이든 뭔가 요구하지 않을까
날마다 통신으로 몰래 의논하고 걱정하기도 했지만 신기할 정도로 아
무 일도 없었다.

8일째 아침, 병사들이 가져다 준 아침 식사를 하고 과일로 입가심까
지 한 뒤 박상 등은 일과처럼 통신으로 이야기를 시작했다.

[요즘은 우리가 꼭 헨젤과 그레텔이 된 기분이 들어요.]

박창의 말에 우진이 웃으며 대꾸했다.

[왜요? 살찌워서 잡아먹을까 봐서요?]

[도대체 무슨 속셈인지를 알 수 없잖아요. 뭘 요구하는 게 있으면,

이런 이유 때문에 우리를 살려준 거구나 하고 짐작이라도 할 텐데, 아무 말이 없으니까 답답하지 않아요?]

[조만간에 뭔가 말이 있겠죠.]

바다가 말했다.

[아무튼 계속 이렇게 지내다간 살찌겠어요. 먹고 가만히 방에만 있으니 말이에요.]

박창은 답답한 심경을 푸념으로 대신했다. 우진은 낙관적으로 생각하는 쪽이었다.

[지금은 시간을 두고 지켜보고 있는 건지도 모르죠. 어쨌든 아직까지는 우호적인 것 같으니 그것만 해도 다행 아닙니까?]

[하지만 이러다가 언제 여길 탈출하죠? 이래서야 도저히 기회를 잡을 수가 없잖아요.]

릴리가 불안감을 드러냈다. 박상은 동료들을 달랬다.

"조급해하지 말고 마음을 단단히 먹읍시다. 서둘러서 낭패를 보는 것보다는 천천히 기회를 엿보다가 확실한 때 움직여야 합니다."

마리나도 박상의 말에 동감하며 말했다.

[박상 씨 말씀대로예요. 절대 서둘러서는 안 돼요. 우리를 감시하고 있는 병사들이 가지고 있는 무기만 놓고 보더라도 특별히 선별된 정예들이 분명해요. 메도쿰은 생산지인 레스프라트에서도 워낙 고가품이라 특공대와 왕실 근위대 같은 최정예 부대가 아니고는 많이 보급되지 못한 상태예요. 적국인 아메트에서 그것을 사들이려면 다른 나라보다 복잡한 과정을 거쳐서 비싼 값을 치를 수밖에 없을 것이 뻔한데, 그 귀하고 비싼 것을 병사 전원이 가지고 있다는 건 보통 부대가 아니라는

의미죠.]

[정예라는 말에는 동감인데, 아무래도 근위대 같지는 않아 보이죠? 절도가 있어 보이기는 한데, 레스프라트의 근위대하고는 분위기가 영 달라 보이잖아요. 좀 살벌하고 독기도 있어 보이고.]

박창이 말했다.

그렇게 이야기를 나누고 있는데, 문 두드리는 소리가 났다. 박상 등은 일제히 아무 일도 없는 척 시치미를 뗐다.

병사들은 무적택배 사람들을 큰 응접실로 안내했다. 몇 번 그곳에서 차를 마시며 카우드를 만난 적이 있어 낯설지 않은 곳이었다. 다만 오전 중에 이곳에 온 것은 처음이라 조금 이상한 기분이 들었다.

"두 분과 철인간들은 이곳에서 기다리고 계십시오. 다른 분들은 저희와 함께 가시지요."

병사들은 뜻밖에도 마리나와 릴리에게 응접실에 남을 것을 명했다. 자매는 깜짝 놀라 물었다.

"무엇 때문이죠?"

"왜 우리만 남으라는 건가요?"

병사들은 건조하게 대답했다.

"저희도 이유는 모릅니다. 폐하의 명입니다."

하는 수 없이 마리나 자매와 아그리파, 게이브 등의 철인간과 수정, 조수는 응접실에 남고 나머지 다섯 사람과 아담은 병사들에게 안내되어 다른 곳으로 갔다.

"왜 이러는 걸까? 뭘 하려는 거지?"

지혜는 불안해하며 박상에게 속삭였다.

"모르지. 일단 가보자."

박상은 두려움을 애써 감추며 말하고, 아담에게 조용히 명했다.

"아담, 잘 주의하고 있어. 무슨 일이 있을지 모르니까."

―알겠습니다.

병사들이 안내해 간 곳은 지금까지 그들이 가본 적 없는 생소한 곳이었다. 문 앞에는 두 명의 병사가 서 있다가 이들을 방에 들여주었다. 방으로 들어가 보니 카우드 왕과 니에데 왕비, 그리고 근위대장 테트가 있었다. 왠지 분위기가 심상치 않은 것 같아 박상은 더욱 걱정이 되었다. 박상 등의 긴장한 얼굴을 보고 카우드가 부드럽게 말을 건넸다.

"긴장하실 것 없습니다. 이곳은 나의 집무실입니다. 오늘은 여러분께 특별히 부탁드릴 일이 있어 이리로 모셨습니다."

부탁할 일이라니, 무엇일까 하는 의문이 박상의 머리를 스쳐 갔다. 하지만 그것 못지않게 로봇들과 다른 방에 남아 있는 마리나 자매가 염려되었다.

"오는 길에 동료 두 사람을 남기고 오도록 하라는 말을 들었습니다만, 특별한 이유라도 있습니까?"

용기를 내어 물어보니 카우드는 대수롭지 않게 대답했다.

"그 두 분은 지금부터 부탁드릴 일에 참석하지 않아도 무방하다고 판단되어 그렇게 했습니다. 그곳에서 편히 기다리고 있을 테니 걱정하지 않으셔도 됩니다."

이런 말을 듣고 보니 어떤 일인지 더욱 궁금해지는 한편 겁이 나기도 했다. 카우드는 길게 설명하지 않고 집무실의 비밀 문을 열었다. 그리고 앞장서서 내려갔다. 박상 일행은 열 명의 병사에게 감시를 받으며 따라갔다. 회색 톤의 중간 방을 거쳐 홀로그램과 모니터가 있는 곳으로 들어간 박상과 지혜 등은 모니터에 비치고 있는 틸라다 내부의 모습과 건물이 표시된 홀로그램을 보고 놀라는 한편 카우드가 자신들의 존재를 어떻게 감지했는지 깨달았다.

그곳에서 사다리를 타고 철인간들이 있는 방에 내려가서야 비로소 박상 일행은 카우드의 목적을 알 수 있었다. 방의 중앙에 보존되어 있는 철인간의 아름답고 완벽한 모습에 박상 일행은 잠시 자신들의 처지도 잊어버린 채 넋을 잃고 그것을 바라보았다.

"이것이 틸라다의 철인간 라에르였구나."

지혜가 멍하니 중얼거렸다.

"라에르? 그것이 이름이었군."

카우드는 철인간의 이름을 되뇌고, 박상에게 고개를 돌려 말했다.

"내가 무엇을 말하려는지는 여러분도 짐작하고 계실 겁니다. 이 건물은 여러분이 찾아왔던 바로 그곳이니 물론 잘 알고 계시겠지만, 오르세에 남아 있는 고대의 유산입니다. 그리고 이 철인간은 고대와 현재를 이어줄 중요한 존재입니다. 하나, 유감스럽게도 지금으로서는 이 철인간을 깨울 방법을 알지 못합니다. 그래서 여러분의 협조가 필요합니다."

"하지만 아직은 이런 고대의 유산을 이용할 수 있는 때가 아닙니다만."

박상이 조심스럽게 말하자 카우드는 엷은 미소를 띠었다.

"그 말씀이라면 나도 알고 있습니다. 펠레즈와 디파에서도 그렇게 말씀하셨다지요. 나도 무리하게 고대의 유산을 사용할 생각은 없습니다. 다만 이 철인간을 당분간만 활동하게 했으면 하는 것뿐입니다. 지금 여러분께서 몇 대의 철인간을 데리고 다니시듯 말입니다. 그리고 후일 여러분이 오셨던 곳으로 돌아가실 때 다시 이곳에 두어 지금처럼 보존하면 되지 않겠습니까?"

카우드의 뒷말은 꽤나 뜻밖이어서 박상은 자신도 모르게 카우드에게 되물었다.

"우리가 돌아갈 때요?"

"그렇습니다. 여러분께서 아메트의 호의에 긍정적으로 응해주신다면, 나 또한 여러분의 의사를 최대한 존중하여 하시고자 하는 일을 도와드릴 용의가 있습니다."

그런 말을 들으니 혹하는 마음이 일지 않는 것도 아니었다. 라에르를 깨우면 자신들이 이곳에 온 목적인 귀환호의 워프 기능을 사용할 수 있게 될지도 몰랐다. 그런 생각을 하며 일행을 곁눈질해 보니 지혜도 같은 생각인 듯 눈짓으로 라에르를 가리키며 고개를 살짝 까닥이고 있었다.

'하긴, 우리가 지금 거절할 입장이 아니기도 하지.'

자신들의 처지에 생각이 미친 박상은 카우드에게 말했다.

"알겠습니다. 해보겠습니다."

카우드는 그 대답만으로도 일이 성사된 것처럼 기뻐했다.

"감사합니다."

하겠다고 말은 했지만 박상 자신이 할 수 있는 일은 아니었다. 박상은 아담에게 명령했다.

"아담, 라에르에 접속해서 작동하도록 해봐."

─알겠습니다.

아담은 라에르가 들어 있는 원통 앞에 있는 계기판에 다가가서 접속했다. 얼마 후 장치의 여기저기에 불이 켜지고 나지막한 진동음과 함께 방 안의 모든 것들이 작동되는 것이 느껴졌다. 그것은 원통 장치도 마찬가지여서 위아래에서 은은한 빛이 비춰지더니 얼마 뒤 라에르의 머리와 몸체에 연결된 코드가 저절로 빠지고 동시에 라에르의 눈꺼풀이 열렸다. 라에르의 눈동자는 밝은 오렌지색이었다. 사람들은 모두 긴장해서 숨을 멈추고 그 모습을 지켜보고 있었다.

쉬익 소리를 내며 원통형 장치가 열리고 라에르가 걸어나왔다. 그녀는 똑바로 박상의 앞으로 걸어오더니 또렷한 고대 기스칼 어로 인사를 건넸다.

─안녕하십니까, 박상 펠레즈 총사령관님. 기스칼 대통령의 보좌 철인간 라에르입니다.

박상은 카우드의 눈치를 보며 어색하게 인사를 받았다.

"아, 으응."

카우드는 자신이 나설 차례라고 생각했던지 목소리를 가다듬고 앞으로 나와서 라에르에게 말했다.

"네가 라에르인가? 나는 현재 이곳에 있는 나라 아메트의 국왕인 레자 카우드다. 내가 너의 새 주인이다."

그러자 라에르는 카우드를 향해 얼굴을 돌리더니 한마디로 잘라 말했다.

─기스칼은 대통령제를 채택하고 있는 공화국입니다. 기스칼에 왕은 없습니다.

이 뜻밖의 상황에 카우드는 물론이고 그 자리의 모든 사람이 아연실색하고 말았다. 카우드는 당황하여 라에르를 설득하려 했다.

"그, 그건 먼 옛날의 일이다. 기스칼은 오래전에 없어졌고 오르세를 수도로 한 현재의 국가는 아메트다. 아메트야말로 기스칼의 후계자다."

—당신이 기스칼의 정당한 후계자라고 주장하신다면 기스칼 대통령의 열쇠와 암호를 대십시오.

라에르의 말을 이해하지 못한 카우드는 설명을 구하듯 박상을 쳐다보았다. 박상은 칼키아에서 수상이 가지고 있던 카드와 열쇠를 기억해 내고 카우드에게 물었다.

"고대로부터 전해 내려오는 긴 수정봉이나 납작하고 딱딱한 종이 같은 물건, 그리고 특정한 문구를 말하는 겁니다. 그런 것이 없었습니까?"

카우드는 착잡한 얼굴로 대답했다.

"현재에 이르기까지 오르세를 중심으로 한 이 나라의 제도와 지배층은 많은 변화를 겪어왔습니다. 그런 것이 설령 고대에 있었다 해도, 지금으로서는 언제, 어떻게 소실되었는지조차 모릅니다."

카우드의 대답을 들은 라에르는 다시 한 번 단언했다.

—그렇다면 나는 당신을 더 더욱 기스칼의 정당한 후계자로 인정할 수 없습니다.

라에르의 차가운 언동에 카우드는 분노했다.

"그러면 어찌하겠다는 말인가? 현재 오르세를 포함하여 이 나라를 지배하는 것은 나다. 나를 주인으로 섬기지 않으면 누가 너의 주인이란 말인가?"

카우드의 서슬 퍼런 다그침을 받고도 라에르는 한 치의 망설임 없이 대답했다.

―박상 펠레즈 총사령관님이십니다.

"뭐라고?"

카우드의 목소리가 자신도 모르게 크게 높아졌다. 그것과 상관없이 라에르의 말은 계속되었다.

―박상 펠레즈 총사령관님은 대통령의 유고 등 국가에 비상사태가 발생했을 시, 국가의 통치권을 위임받을 수 있는 기스칼의 주요 요인이 십니다. 하지만 당신이 주장하는 아메트의 국왕은 그 어디에도 해당되 지 않습니다.

"말도 안 되는 소리다! 펠레즈는 아메트의 적인 레스프라트에 있다! 이곳 오르세의 고대 유산이 어떻게 펠레즈의 것이 될 수 있단 말인가?"

카우드는 기가 막히고 흥분한 나머지 라에르의 앞으로 나서서 버럭 소리를 질렀다.

그때였다. 박창의 큰 고함 소리가 박상의 귓전을 때렸다.

"자유인~!"

그 뜻이 뭔지 생각할 겨를도 없이 박상은 반사적으로 왼발을 번쩍 들었다. 그의 왼쪽 다리의 무릎 관절이 완전히 옆으로 꺾어지더니 가 까이에 있는 아메트 병사의 허리에 차고 있는 중검의 자루를 발가락에 끼워 뽑아서 순식간에 카우드를 향해 뻗었다.

박상의 발가락에 끼워진 중검의 검끝은 정확히 카우드의 목젖에 닿 았다. 상상도 못할 이러한 광경에 박상 형제를 제외한 그 자리의 모든 사람들의 눈이 휘둥그레졌다. 그때를 놓치지 않고 아담이 움직였다. 아담은 카우드에게 접근해 그의 배후를 지키고 있는 근위대장 테트를 세차게 밀어젖히고, 카우드의 등 뒤로 돌아가서 한쪽 손으로 그의 목을 감싸 쥐었다. 테트는 인간의 힘을 월등히 상회하는 아담의 불의의 일격을 제대로 막지도 못하고 튕겨 나가 벽에 퍽 소리를 내며 부딪쳤다.

─모두 무기를 버리십시오. 그렇지 않으면 이 인간의 목숨은 없습니다!

카우드를 붙잡자마자 아담은 큰 소리로 경고했다. 이 숨 막히도록 긴박한 상황에서도 그의 기계 음성은 차가우리만치 담담하여 도리어 이질감을 자아냈다.

그야말로 일순간에 벌어진 일이라 아메트 사람들은 물론이고 박상과 같은 편인 지혜와 우진, 바다도 얼떨떨해서 눈만 크게 뜨고 있었다. 일순 긴장이 풀린 박상이 한숨을 내쉬며 카우드의 목덜미를 향하고 있던 발을 내리려는데 아담에게 밀려났던 근위대장 테트가 박상을 덮쳤다. 그때였다. 라에르가 한 발짝 걸음을 내디디며 오른손에 있는 봉을 앞으로 내밀었다. 봉의 볼록한 머리 부분에서 붉은 빛줄기가 발사되었다.

"으아악~!"

테트는 비명을 내지르며 뒤로 나뒹굴었다. 그의 왼쪽 어깨에는 레이저가 관통한 구멍이 뚫려 있었다. 니에데와 아메트의 병사들은 이 광경 앞에 말조차 잃은 듯했다. 아담이 다시 소리쳤다.

─당장 무기를 버리십시오! 이 인간이 죽어도 좋습니까?

아담의 손아귀에 힘이 들어가자 목이 꽉 졸린 카우드는 괴로워하며 캑캑거렸다. 그때까지 어찌할 바를 모르고 있던 니에데가 다급히 병사들에게 소리쳤다.

"어서 무기를 버려라! 폐하께서 위험하시지 않은가!"

병사들은 머뭇거리면서 들고 있던 무기를 바닥에 내려놓았다. 그것을 확인한 아담은 카우드의 목을 조르고 있는 손의 힘을 조금 풀어주고 라에르에게 협조를 요청했다.

—라에르, 펠레즈의 총사령관님께서는 현재 이곳의 인간들에 의해 강제로 억류되어 계신 상태입니다. 총사령관님과 펠레즈의 요인 여러분을 보호해 주십시오.

—알겠습니다.

라에르의 대답이 떨어지자마자 방 한쪽에 있는 철인간들의 케이스 뚜껑이 일제히 열리더니 다섯 대의 철인간들이 나왔다. 척 보기에도 전투용이 분명한 그들은 총과 검으로 무장까지 갖추고 있는 상태였다.

"라에르, 현실을 올바로 인식하라. 너의 주인은 나다! 기스칼을 계승한 것은 아메트고, 아메트가 오르세의 주인이란 말이다!"

카우드가 애원에 가까운 절규를 되풀이했지만 라에르의 태도는 바뀌지 않았다. 라에르 자신은 박상의 옆에 섰고 다섯 대의 전투용 철인간이 지혜, 박창, 바다, 우진을 경호하기 시작했다.

—박상님, 이제 어떻게 할까요?

아담이 물었다. 박상은 갑작스럽게 잡은 탈출 기회에 경황이 없었지만 냉정을 되찾으려 애썼다. 가장 먼저 머리에 떠오른 것은 전에 마리나 등과 주고받았던 탈출 계획이었다.

"오르세 상공에 대기 중인 수송 전투선을 이곳 지상에 강하하도록 하고, 그리고 위에 올라가서 마라나 씨와 릴리 씨의 신변을 확보하자."

　―알겠습니다.

　아담은 카우드의 목을 쥔 채 아메트 사람들에게 명령했다.

　―당신들은 저쪽 구석에 가서 모여 있으십시오. 함부로 움직이는 것은 허락하지 않겠습니다. 조금이라도 수상한 행동을 보일 시에는 즉각 사살할 것입니다.

　지금까지 아담이 보여왔던 충직함과 헌신에서는 상상도 할 수 없는, 그야말로 비정하도록 침착한 모습이었다. 니에데와 병사들은 별도리 없이 아담의 지시에 따를 수밖에 없었다. 아담은 두 대의 전투용 철인간을 먼저 위로 올라가게 하여 안전을 확보하고 지혜 등 네 사람과 박상, 라에르 순으로 올라가게 한 뒤 자신은 카우드를 잡고 올라갔다. 아담과 카우드의 뒤에는 세 대의 전투용 철인간이 따르고 있어 아메트 사람들은 꼼짝도 못하고 카우드가 끌려가는 것을 보고 있어야 했다.

　"라에르, 제발 논리적으로 생각해 봐라. 오르세는 아메트의 수도다. 오르세에 남아 있는 고대의 유산은 오르세 사람들을 위한 것이 아니냐?"

　카우드는 아담에게 잡혀가는 도중에도 쉬지 않고 라에르를 설득하려고 애썼다. 아담은 인간이 아니어서인지 그런 일에는 전혀 개의치 않고 카우드를 붙잡고 나가는 일에만 열중했다. 빠르게 지하를 빠져나와 카우드의 집무실에 도착한 박상 등은 그곳에서 잠깐 숨을 고르고 밖으로 나갔다. 집무실 앞을 지키고 있던 아메트의 병사들은 뜻밖의 광경에 경악하여 어찌할 바를 모르는 모습들이었다. 박상은 마음을 독하게 먹고 고압적인 태도로 그들에게 말했다.

"보다시피 우리는 너희의 왕을 잡고 있다. 당장 가서 남아 있는 우리의 일행 두 사람과 철인간들을 이곳으로 데리고 와라. 그렇지 않으면 왕의 목숨은 없다."

말을 하고 보니 어쩐지 아담의 말투를 따라 한 것 같은 기분도 들었지만 아무려면 어떠랴 싶었다. 병사들은 당황하여 카우드의 얼굴과 박상 일행을 호위하고 있는 철인간들을 보더니 이내 황급히 복도를 뛰어갔다.

"수송 전투기를 타려면 정원으로 나가야 할 텐데, 정원이 어느 쪽이죠?"

우진이 복도를 둘러보며 중얼거리는데 라에르가 왼쪽을 가리켰다.

"저쪽입니다, 류우진 육군대장님."

우진은 어색한 표정으로 고개를 살짝 끄덕였다.

마리나와 릴리가 합류하기 전에는 이동할 수가 없어, 박상을 비롯한 다섯 명은 벽을 등진 자세로 그곳에서 기다렸다. 1분 1초가 영원처럼 느껴졌다. 철인간들이 옆에 있지만 박상 등은 불안한 마음에 이리저리 눈을 굴리며 사방을 탐색했다. 집무실 앞을 지키던 병사들이 다른 사람들에게 상황을 알린 모양으로 여기저기에 근위대로 보이는 병사들이 나타나는 것이 보였다. 그 와중에도 지혜는 자신들이 이곳에 온 목적을 생각해 내고 라에르에게 말을 걸었다.

"라에르, 그 뭐냐… 기함급 우주선의 워프 기능을 사용할 수 있게 해주는 프로그램을 받을 수 있어?"

"그것은 박상 총사령관님의 재가가 있어야 합니다."

지혜는 박상에게 휙 고개를 돌렸다. 박상은 이런 상황에서 용케 그것을 기억해 낸 지혜에게 내심 감탄하면서 말했다.

"라에르, 그게 꼭 필요하니 해줘."

"즉시 시행하겠습니다."

라에르의 대답을 듣고 지혜는 안도의 한숨을 내쉬며 웅얼거렸다.

"그나마 죽을 고생을 한 보람이 있네."

박상 등도 지혜와 같은 기분이었다. 이런 상황까지 오지 않는 것이 최선이었겠지만, 목적을 이루었다는 사실이 그나마 위안이 되어주었다.

"병사들의 숫자가 자꾸 늘어나는 것 같은데 괜찮을까요?"

우진이 걱정했다.

"그래도 마리나 씨와 릴리 씨가 올 때까지 기다렸다가 가야죠."

다행이 얼마 지나지 않아 마리나와 릴리가 게이브와 삼룡이 등의 로봇들에 휩싸여 달려왔다. 일행과 거리가 가까워지면서 상황을 확인한 두 사람은 이 믿기 어려운 광경에 어리둥절해했다.

"맙소사, 어떻게 된 일이에요?"

릴리의 질문에 바다가 소리쳤다.

"그런 건 나중에 이야기하고 어서 건물 밖으로 나가야 합니다."

마리나 자매가 합류하자 무적택배 사람들은 라에르의 안내를 받아 바깥으로 향하기 시작했다. 카우드의 집무실은 다행히 지상 1층이어서 계단을 오르거나 내려갈 필요가 없었다. 복도를 지나 홀을 거쳐 박상 일행과 철인간들이 카우드를 데리고 전진하는 동안, 아메트의 군인들은 무기를 든 채 그들을 에워싸고 따라다닐 뿐 섣불리 움직이지는 못했다. 그들이 왕궁 측면의 문을 통해 밖으로 나올 즈음, 무시무시한 굉음이 귀를 찢을 듯이 울려댔다. 수송 전투선들이 내려오는 소리였다.

"다행입니다. 제 때에 와주었군요!"

우진이 반갑게 외쳤다. 무적택배 사람들은 더욱 서둘러 정원 가운데로 뛰어갔다. 사방을 에워싸고 있는 아메트 병사들은 하늘에서 느닷없이 출몰한 커다란 형체에 놀라면서도 카우드를 구출하기 위해 박상 등을 뒤따랐다.

굉음을 울리며 급강하한 수송 전투선들은 지상에 가까워지자 급속히 감속하고 부스터를 움직여 수평을 유지하며 내려왔다. 지상에 닿자 수송 전투선의 수송 칸 부분의 뚜껑이 위로 크게 젖혀지면서 전투 로봇들이 지상에 내려섰다. 아메트 병사들도 이 광경 앞에서는 주춤거리며 일제히 멈추었다.

"나, 나를 어떻게 할 셈이오?"

처음으로 카우드의 얼굴에 두려운 빛이 떠올랐다.

─박상 총사령관님의 처분에 달린 일입니다.

아담은 건조하게 대꾸했다. 박상은 일을 더 크게 벌이고 싶지 않은 마음에 아담에게 명했다.

"아담, 우리가 전원 타고 나면 아메트의 왕은 이곳에 두고 가도록 한다."

─알겠습니다.

아담은 깍듯이 대답하고 큰 소리로 무적택배 사람들을 유도했다

─여러분, 어서 수송 전투선에 타십시오!

박상 등은 죽어라 뛰어서 세 대의 수송 전투선 조종실에 나누어 탔다. 뒤이어 아그리파, 게이브 등의 철인간과 로봇도 전부 수송 전투선

에 올랐다. 그것을 확인한 아담은 라에르의 지휘를 받고 있는 전투용 철인간들에게 카우드를 넘기고 박상의 명령을 전했다. 그리고 자신은 박상이 있는 수송 전투선으로 와서 올라탔다. 라에르도 함께 가려는지 박상이 있는 곳에 왔지만 박상은 라에르를 데려갈 수는 없다고 판단했다.

"라에르, 넌 우리가 떠날 때까지 아메트의 왕을 붙잡고 있다가 우리가 안전하게 이곳을 벗어나고 나면 틸라다에 돌아가서 그곳을 다시 보존 처리하고 전처럼 대기하고 있어라. 그것이 내 명령이다."

"형?"

"상아."

박창과 지혜가 뭐라고 말하려 했지만 박상은 단호한 음성으로 라에르에게 명했다.

"어서 명령을 이행하라, 라에르."

—알겠습니다.

라에르의 대답을 들은 박상은 아담에게 말했다.

"아담, 전투 로봇들을 수송 전투선에 불러들이고 이곳을 떠나자."

—예.

아담의 대답과 함께 수송 전투선의 조종실 문이 닫히고 전투 로봇들이 수송 칸에 돌아왔다. 곧 이어 수송 전투선들은 다 같이 공중으로 떠올랐다. 빠르게 고도를 높인 수송 전투선이 아메트의 왕궁을 떠나 멀어지자 라에르는 철인간들에게 명해 카우드를 놓아주게 했다. 그리고 자신은 걸음을 돌려 왕궁으로 향했다.

"폐하."

"폐하, 괜찮으십니까?"

근위대 병사들은 다급히 카우드에게 달려가 그를 부축했다. 하늘 저 편으로 사라져 가는 수송 전투선을 멍하니 바라보고 있는 카우드에게 근위대장 테트가 비칠거리며 다가와 무릎을 꿇었다.

"폐하, 뵐 낯이 없습니다……."

그 목소리에 몸을 홱 돌린 카우드는 분을 이기지 못해 발로 테트의 몸을 세차게 걷어차 버리고 씹듯이 내뱉었다.

"쓸모없는 놈!"

그러다가 라에르를 생각해 낸 카우드는 고개를 돌려 라에르의 모습 을 찾았다. 그러나 라에르와 다섯 대의 전투용 철인간은 빠른 속도로 왕궁의 병사들 사이를 지나 건물 안으로 들어가 버린 뒤였다.

"철인간들은 어디 갔나?"

카우드의 외침에 병사들이 머뭇머뭇 대답했다.

"저쪽으로 들어갔습니다."

"네놈들은 잡지 않고 뭘 했단 말이냐!"

카우드는 호통을 치고 왕궁 건물로 달리기 시작했다.

"라에르, 라에르를 잡아야 한다."

그 말을 입속으로 중얼거리면서 왕궁으로 들어간 카우드는 숨이 턱 에 닿도록 뛰어간 끝에 라에르를 따르는 철인간들이 국왕의 집무실에 들어가는 뒷모습을 발견했다.

"기다려라, 라에르! 저들은 너의 주인이 아니다! 네 주인은 이곳 오 르세의 왕인 나다!"

목이 터져라 외쳤지만 철인간들은 뒤도 돌아보지 않고 들어가 버렸다. 허겁지겁 집무실에 도착해서 안으로 들어갔을 때 벽장의 비밀 입구는 이미 닫혀 있었다. 서둘러 비밀 문을 열고 회색 방에 내려갔지만 그곳의 문은 굳게 닫혀 있었다. 카우드로서는 손잡이도 달리지 않고 벽의 일부처럼 굳건히 가로막고 있는 그 문을 열 방도가 없었다. 카우드는 소리쳐 라에르를 불러보기도 하고 거세게 문을 두드려 보기도 했지만 문은 꿈쩍도 하지 않았다. 허탈해진 카우드는 언제까지나 그 자리에 서서 문을 노려보고 있었다.

한편 수송 전투선의 조종실에 있는 무적택배 사람들은 오르세 상공을 벗어날 때까지도 긴장을 풀지 못하고 있다가 성벽을 넘어서자 그제야 안도감에 젖었다.

"다들 괜찮으십니까?"

박상이 통신을 켜고 다른 수송 전투선의 동료들에게 물었다.

[우린 멀쩡해요.]

릴리의 쌩쌩한 음성이 들리고 우진의 답이 이어졌다.

[바다 형과 저도 괜찮습니다.]

박상 옆에 앉은 박창은 머리를 짤짤 흔들며 말했다.

"어우, 난 어찌나 가슴을 졸였는지 심장이 반쯤은 오그라들었을 거예요."

우진이 맞장구쳤다.

[저도 그래요. 이러다가 어떻게 되는 게 아닌가 싶어 무지 겁나더라구요. 억만금을 준대도 그런 경험은 두 번 다시 하고 싶지 않아요.]

"그래도 귀환호의 워프 기능을 쓸 수 있게 되어 다행이에요. 제가 라에르에게서 워프 기능 제한을 해제하는 코드를 받았거든요."

지혜는 자신의 공적을 자랑스레 밝혔다.

[아까 그 여성형 철인간이 라에르였나 보죠?]

마리나가 말했다.

"네, 굉장한 명작이죠?"

지혜는 라에르를 두고 온 것이 아무리 생각해도 아까운지 박상을 살짝 흘겨보고 말을 계속했다.

"그런 건 진짜 거기서밖에 못 보는 건데, 그걸 그대로 틸라다에 돌려보냈지 뭐예요? 지구까지 가지고 가자는 것도 아니고 잠깐만 가지고 연구하면 어때서 말예요."

다른 동료들이 동조해 주기를 은근히 바라면서 불평을 늘어놓는데 박상의 차가운 음성이 지혜의 말을 가로막았다.

"화근이 될 뿐이야. 우리가 이렇게 소란스럽게 빠져나온 것만 해도 큰 사태인데, 거기다 그곳의 철인간까지 훔쳐서 가지고 오면 아메트에서 가만히 있을 것 같아?"

"그게 왜 훔쳐 오는 거야? 어차피 아메트의 왕을 따르지도 않았잖아."

지혜는 볼이 부어 항변했지만 박상의 태도는 변함없었다.

"우리의 것이 아닌 것도 분명해. 두고 오는 것이 옳은 선택이었어."

다른 수송선에 있는 우진이 박상의 의견에 동조했다.

[제 생각에도 그렇습니다. 가지고 왔더라면 문제가 더욱 커졌을 겁니다. 그걸 돌려달라고 레스프라트에 정식으로 압력을 가하고 전쟁의

구실로 삼을지도 모릅니다.]

"그걸 두고 왔다고 얌전히 있어준다는 보장도 없잖아요?"

미련을 버리지 못하고 지혜가 반박하는데, 바다까지 나섰다.

[문제의 성격이 달라지지요. 그쪽에서 아무것도 가져온 것이 없는 지금 상황에서는 전쟁을 일으키려면 앙갚음이나 보복으로밖에 설명할 말이 없지만, 철인간을 가져오게 되면 아메트의 고대 유산을 탈취당했다는 명분이 붙게 됩니다. 아메트의 입장에 정당성을 부여해 주는 셈이지요. 사장님께서 잘 판단하셨다고 봅니다.]

지혜는 부루퉁해졌으나 마땅히 반박할 말이 떠오르지 않아 조용해졌다. 라에르에 대한 이야기가 끝나고 잠잠해지자 마리나가 동료들에게 물었다.

[그런데 우리가 없는 곳에서 어떤 일이 있었던 거예요? 어떻게 라에르와 철인간들을 꺼내게 된 건가요?]

따로 떨어져 있다가 뒤늦게 합류한 마리나와 릴리는 사태의 경과를 전혀 모르는 상태였다. 우진이 두 사람에게 설명을 해주었는데, 그는 박상이 꺼릴 것이라 생각해서인지 박상의 다리가 이상하게 꺾어졌다는 이야기는 빼고 그가 아메트 병사의 검을 발가락으로 집어 빼서 카우드의 목에 겨누었다고만 했다. 그러나 그것만으로도 마리나와 릴리는 대단히 놀라워했다.

[정말 발가락으로 검을 뽑아서 그걸로 적왕을 잡았다는 말인가요?]

[어떻게 그럴 수가 있죠? 어디서 특수 훈련이라도 받으신 건가요?]

자매는 동시에 질문을 쏟아냈다. 박창과 지혜가 곤란한 표정을 짓는데, 박상이 조용한 어투로 대답했다.

"제 왼쪽 다리 전체가 기계라서 그럴 수 있었던 겁니다. 고등학교 2학년 때 에어바이크 사고로 그렇게 됐습니다."

그 말을 들은 마리나 자매는 잠시 말문이 막힌 듯했다. 조금 뒤 마리나가 사과했다.

[죄송해요.]

"사과하실 것 없습니다. 옛날 일이고 지금은 아무렇지도 않습니다."

박상은 담담하게 말했다.

[그런데 굉장히 큰 사고였나 봐요. 웬만한 부상으로는 다리 전체가 교체되지는 않을 텐데.]

릴리가 조심스럽게 물었다. 박창이 대답했다.

"큰 사고였죠. 에어바이크가 제풀에 폭발해 버렸거든요. 형이 열심히 아르바이트해서 모은 돈으로 산 중고였는데, 산 지 며칠 지나지도 않아서 그렇게 된 거예요. 그때 아버지가 어머니에게 무지하게 혼나셨죠. 새 것 사게 돈 좀 보태주지, 중고 사게 했다가 그런 일이 났다고 생각하신 거죠."

[그래서 사장님은 에어바이크를 안 타시는 거군요.]

우진이 알 만하다는 얼굴로 말했다. 박창은 고개를 주억거렸다.

"당연하죠. 본인도 아마 질렸겠지만, 아버지, 어머니가 에어바이크 평생 금지령을 내렸거든요. 아무튼 그때 지혜 누나 부모님이 진짜 크게 도와주셨어요. 그분들 자신뿐 아니라 친분이 있는 과학자들까지 초빙해다가 형의 다리를 직접 만들어주셨거든요. 그것도 재료비에도 못 미치는 거 아닌가 싶을 정도로 굉장히 싸게 해주셨어요."

[대단하군요. 아무리 친한 이웃지간이라도 그러기가 쉽지 않을 텐데.]

바다가 감탄했다.

"그러게요. 두 분이 원래 형이랑 저를 참 귀여워해 주시긴 했지만, 그땐 우리 식구 모두 진짜 감격했어요."

박창은 지금 생각해도 고마운지 같은 수송선에 타고 있는 지혜를 감사의 시선으로 돌아보았다. 지혜는 어색한 표정으로 고개를 살짝 돌렸다. 우진은 이해가 간다는 듯 말했다.

[어쩐지 수제품이라서 성능이 남달랐던 거군요. 일반적인 기계 신체는 마력을 많이 제한하는 것으로 알고 있는데, 사장님은 안 그런가 봐요.]

그러자 박상이 말했다.

"정식으로 등록된 기계 신체는 전부 제한이 가해져 있습니다. 꼭 필요한 때는 해제할 수도 있지만, 사고나 재난처럼 법으로 규정한 위급 상황이 아닐 때 사용했다가는 가중 처벌을 받게 되어 있습니다. 저 역시 등록되어 있기 때문에 그건 마찬가지구요."

태연하게 말하고 있지만 박상이 이런 화제를 그다지 내켜하지 않는 것을 알고 있는 박창은 그쯤에서 이야기를 끝내려고 했다.

"아무튼 이번에는 형의 다리가 정말 큰 역할을 해낸 겁니다. 형 아니었으면 도저히 그런 기회를 잡지 못했을 겁니다."

[당연하죠.]

모두 진심으로 동감했다. 그때 문득 생각이 났던지 우진이 박창에게 물었다.

[그런데 박창 씨, 아까 외쳤던 '자유인'이 대체 무슨 말입니까? 신호였던 건 알겠는데, 무슨 의미로 정한 거죠?]

“아, 그거요.”

박창은 계면쩍게 웃었다.

“원래는 ‘프리맨’이라고 외치기로 했는데 그때 통역기를 끄는 걸 깜빡 잊었더니 그렇게 통역되어 나온 겁니다.”

[프리맨은 또 뭔가요?]

마리나가 물었다. 박창의 말을 금방 알아들은 우진이 다른 사람들에게 설명해 주었다.

[만화 주인공인데, 비밀 조직의 보스입니다. 발가락에 칼을 끼우고 불의의 일격을 가하는 게 특기죠… 사장님처럼요.]

우진이 설명 말미에 살짝 덧붙이는 말에 마리나와 릴리는 일제히 웃음을 터뜨렸고, 지혜는 박상의 눈치를 보며 소리 죽여 쿡쿡 웃었다.

제 23장
가연

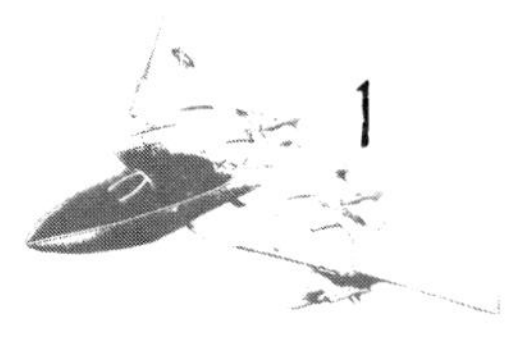

아메트의 영토를 벗어나 레스프라트에 들어선 무적택배 사람들은 인적이 없는 곳을 골라 오르세의 지하에서 뒤따라온 지휘차로 갈아타고, 수송 전투선을 귀환호로 보낸 뒤 프라트로 갔다. 지휘차가 구왕궁의 정원 터에 내리자 노드와 로네스가 곧 왼편 건물에서 나왔다. 박상 등이 없는 동안에도 출근해 있던 모양이다.

"다녀오셨습니까?"

"이번에는 오래 걸리셨군요."

박상 일행이 어디에 다녀왔는지, 어떤 일을 겪었는지 전혀 알 리 없는 두 사람은 반갑게 인사했다. 박상은 속으로 그들에게 미안해하며 인사를 받았다.

"그렇게 됐습니다. 이곳에는 별일없었습니까?"

"별다른 일은 없었습니다만, 뵐리텐의 국왕께서 여러분께 보낸 사람이 프라트에 와 있습니다. 긴히 알려 드릴 것이 있다고 하던데, 지금 시내의 별궁에서 여러분을 기다리고 있습니다."

노드의 말에 무적택배 사람들은 일제히 걸음을 멈추었다. 뵐리텐의 쿠데리안이 보낸 사람이라면 우주 탐사선 룬드 라데츠호에 관한 소식일 터였다.

"어떡하죠? 지금 만나볼까요?"

지혜가 작은 소리로 일행에게 물었다. 다들 고개를 끄덕였다. 조금 전까지만 해도 피곤해서 한시바삐 쉬고 싶다는 생각으로 가득했지만, 이런 소식 앞에서 피로는 문제가 되지 않았다. 지혜는 노드와 로네스에게 부탁했다.

"뵐리텐에서 온 사람을 지금 만나고 싶은데 불러주실 수 있겠어요?"

"지금 당장 말입니까?"

노드는 조금 놀란 얼굴로 되물었다.

"예, 부탁합니다."

"알겠습니다. 지금 가보겠습니다."

두 사람이 뵐리텐의 사자를 데리러 간 동안 무적택배 사람들은 응접실에서 기다리고 있었다.

"어떤 소식을 가지고 왔을까요? 좋은 정보면 좋겠는데……."

바다는 초조한 기색으로 손바닥을 비비적거리며 중얼거렸다.

"쿠데리안 왕은 신중한 분이니 섣부른 정보는 아닐 겁니다."

박상은 기대를 담아 바다를 위로했다. 그들은 오르세에서 있었던 일도 잠시 잊고, 어떤 정보가 올 것인지에 대한 기대와 흥분에 잠겨 마음을 줄이고 있었다. 한참이 지난 후 노드와 로네스를 따라 뷜리텐의 사자가 들어왔다. 박상 일행의 앞에 선 뷜리텐의 사자는 공손히 절을 하고 말했다.

"뵙게 되어 영광입니다. 이것은 뷜리텐의 국왕이신 쿠데리안 폐하께서 보내신 서한과 지도입니다. 폐하로부터 레스프라트의 신의 사도 여러분께 직접 전달하도록 명령받았습니다."

노드가 사자에게서 왕의 편지와 지도 두루마리를 받아 박상에게 전해주었다. 박상은 편지를 받고 감사의 말을 했다.

"멀리까지 오느라 수고 많으셨습니다. 쿠데리안 폐하의 서한은 감사히 잘 받았습니다. 나중에라도 우리가 직접 인사를 드릴 일이 있겠지만, 쿠데리안 폐하께 감사의 마음을 전해주십시오."

"알겠습니다."

사자는 다시 절을 하고 나갔다. 박상 등은 급한 마음에 노드 등이 나가자마자 편지를 아담에게 건네 읽도록 했다. 쿠데리안의 편지는 무적택배 사람들의 기대에 어긋나지 않게 고대 마이테움의 우주 탐사선 룬드 라데츠호에 관한 것이었는데, 상당히 구체적인 내용을 담고 있었다.

쿠데리안은 헤이프 대륙의 서남쪽 바다에 있는 '티메'라는 이름의 섬을 유력한 지역으로 보고 있었다. 티메는 먼 옛날 독자적인 왕국이었으나 현재는 헤이프 대륙 서쪽의 대국 프인팔의 영토로 되어 있는 곳이다. 대륙에 복속되기 이전 티메의 이름이 바로 룬드 라데츠였고, 뷜리텐의 다쉬트 섬처럼 하늘에서 거대한 배가 내려와서 고대 문명을 계승했다는 전설이 남아 있었다. 500여 년 전 대륙 국가의 침공을 받고 전쟁에 패해 대륙에 속하게 되면서 섬의 이름은 지금처럼 바뀌었고, 대륙의 지배층은 본래의 이름인 룬드 라데츠를 사용하는 것을 엄하게 금지했다.

세월이 흘러 섬사람들의 저항 의지가 수그러들고 점차 대륙의 체제에 순응하게 되면서 룬드 라데츠는 거의 잊혀진 이름이 되었다. 그러나 고대에 있었다는 거대한 우주선 이야기와 섬 어딘가의 우주선에 있던 고대의 보물이 숨겨져 있다는 전설은 아직까지도 사람들 사이에 널리 퍼져 있었다.

편지의 말미에는 그동안 대륙의 정부를 비롯해 많은 사람들이 그 전설의 보물을 찾아 섬 전체를 수없이 뒤졌지만 아직 아무도 찾아내지 못했다는 이야기가 덧붙여져 있었다.

"섬의 옛 이름이 룬드 라데츠인데다가 우주선의 전설이 있다고 하니, 이건 상당히 확실해 보이는데요."

박창이 기대감을 피력했다.

"고대 마이테움 어로 룬드 라데츠는 지구의 용처럼 전설에 등장하는 성스러운 동물이라고 한 것 같은데, 설마 우연의 일치는 아니겠죠?"

우진은 기대를 걸면서도 조심스러운 태도였다.

"그 섬의 진짜 옛날 이름을 알아보죠. 고대에도 원래 룬드 라데츠라는 이름이었다면 우연의 일치일지도 모르지만, 아니라면 가능성이 훨씬 높아지는 거잖아요."

지혜가 제안했다. 무적택배 사람들은 즉시 지휘차에 가서 고대의 지도와 쿠데리안 왕이 보내온 지도를 비교해 보았다. 다행히 고대 지도에서 티메는 한나이라는 전혀 다른 지명으로 표기되어 있었다. 룬드 라데츠는 대파멸 이후 새로 붙여진 이름이 분명했다.

"이렇게 되면 더 더욱 가능성이 높아지는데, 어떻게 할 겁니까? 내일이라도 거길 가볼 건가요?"

마라나가 일행의 얼굴을 둘러보며 물었다. 박상은 신중한 자세를 취했다.

"지금은 모두 피곤하기도 하고, 무턱대고 가기는 막연합니다. 편지에도 나와 있지만 티메에 있다는 고대의 유산은 전설로 남아 있을 뿐 어떤 것인지조차도 알려져 있지 않습니다. 무작정 가서는 찾기 어려울지도 모릅니다. 지금까지 그쪽 사람들이 찾아내지 못한 것을 보면 사람들이 접근하기 어려운 지하나 바다 밑처럼 비밀스러운 곳에 있을 가능성이 큽니다. 우선 인공위성으로 그 섬을 면밀히 조사해서 지하 공간 같은 것이 있는지부터 알아보고, 그 다음에 구체적인 계획을 세워서 움직이는 것이 좋겠습니다."

"그게 좋겠어요. 지금은 너무 피곤해서 100% 확실한 정보라도 못 움직이겠어요."

지혜는 머리를 설레설레 흔들면서 하품인지 한숨인지 모를 긴 숨을 내쉬었다. 피곤한 것은 다른 사람들도 같았다. 오르세에 억류되어 있는 동안, 비록 신체적인 핍박을 받지는 않았지만 모두가 정신적으로 너무 지쳐 있었다.

"오늘은 이만 쉬고 내일 다시 이야기합시다."

박상이 그렇게 말하고 일어서려는데, 우진이 말했다.

"오늘 오르세에서 있었던 일을 레스프라트 사람들에게 알리는 것이 좋지 않겠습니까? 우리가 말하지 않아도 오래지 않아 알려질 것이 뻔한 만큼 차라리 먼저 말해 주는 편이 나을 것 같은데요."

그 말을 듣고 박상은 다시 자리에 앉았다. 마리나가 우진의 생각에
찬성했다.

"우진 씨 말이 옳아요. 레스프라트와 아메트는 언어나 문화적으로
동질성이 많은 나라라서 그런지 서로의 사정에 대해 잘 알고 있어 그
만큼 첩보도 빠른 것 같더군요. 오늘 일이 프라트에 알려지는 것도 시
간문제예요. 모르고 있다가 날벼락을 맞게 하는 것보다는 우리 입으로
말해 주는 게 최소한의 예의라고 봐요."

박상과 다른 사람들도 그녀의 말이 옳다는 것을 알기에 떠름한 표정
으로 생각에 잠겼다. 박창이 이마를 짚으며 난감해했다.

"분명히 일리가 있는 말이긴 한데, 누구에게 어떤 식으로 이야기하
죠? 베르테스님을 불러서 해요? 아니면 우리가 찾아가서 해야 할까
요?"

그러자 지혜가 말했다.

"베르테스님에게 직접 말하기는 염치없잖아. 좀 미안하긴 하지만,
노드 씨와 로네스 씨에게 말해서 전하게 하는 게 나을 것 같은데."

"다른 곳도 아니고 아메트의 수도 오르세에서 그런 일이 있었는데,
베르테스님에게 직접 이야기해야 하지 않을까?"

박상이 조심스럽게 의견을 개진하자 지혜는 어깨를 으쓱하더니 말
했다.

"그렇게 생각하거든 말리지는 않겠어. 하지만 난 빼줘. 그런 자리에
있기 싫어."

솔직히 박상도 베르테스를 만나서 이야기하고 싶은 것은 전혀 아니

어서 선뜻 그러겠다고 말할 수가 없었다. 박상이 가만히 있자 우진이 말했다.

"좋은 일도 아닌데 베르테스님을 여기까지 부르기는 미안하고, 그렇다고 평소에 잘 내려가지도 않다가 그런 이야기를 하러 가는 것도 그러니까, 그냥 노드 씨에게 이야기하죠."

박상은 잠자코 고개를 끄덕였다.

"두 사람 다 엄청 놀라겠죠?"

릴리가 배시시 웃으며 하는 말에 지혜는 땅이 꺼져라 한숨을 쉬었다.

"그거야 말하나마나 한 거고, 아메트의 왕이 단단히 화가 났을 텐데 가만히 있을지나 모르겠네요. 앙갚음으로 레스프라트에 쳐들어오기라도 하면 어쩌죠?"

"에이, 설마. 화가 많이 나긴 했겠지만, 그것 하나 가지고 전쟁까지 일으키기야 하려구."

박창은 그럴 리 있겠느냐며 가볍게 넘어가려고 했다. 그러나 우진은 심각하게 받아들였다.

"그랬으면 좋겠지만, 모를 일이죠. 아메트 왕의 입장에선 나름대로 우리에게 호의를 베풀었다고 여겼을 텐데 호되게 배신당한 데다, 수많은 사람들이 지켜보는 앞에서 엄청난 망신을 당한 셈이니까요."

"배신이라뇨? 처음부터 자기가 우릴 억지로 잡아 가둔 거잖아요?"

릴리는 어림없다는 투로 반박했다. 우진은 곤란한 미소를 흘렸다.

"우리 입장에서는 그렇죠. 하지만 사람이란 게 주로 자기 입장에서만 생각하지 상대방의 입장까지 고려하지는 않지 않습니까? 게다가 아메트의 왕과 우리는 서로 이해한다거나 입장 고려해 줄 사이도 아니고, 사실 우리가 그곳에 간 것 자체가 이번 사태의 원인을 제공한 셈이구요."

우진의 말이 가히 틀린 것 같지 않아서 박상 등도 걱정스러워졌다. 그러나 걱정해도 소용없는 일이었다. 박상은 일행을 달랬다.

"우리가 막을 수 있는 일도 아니고, 그저 그런 일이 없기를 바랄 수밖에 없지요."

"그런데 이곳 사람들에게 위험한 줄 알면서 오르세에 왜 갔는지는 어떻게 설명할 겁니까?"

바다가 염려했다. 대답한 것은 박창이었다.

"오르세도 위대한 도시잖습니까. 그곳에 있는 고대의 유산을 점검하러 갔다가 그렇게 된 거라고 하면 어떨까요? 우리가 위대한 도시를 여러 곳 다닌 건 이쪽 사람들도 잘 알고 있으니 딱히 이상하게 여기지는 않을 겁니다."

"그나저나 이번 일로 노드 씨와 로네스 씨가 곤란한 입장이 되지나 않을지 모르겠네요. 베르테스님에게서 질책을 받을지도 모르잖아요."

릴리는 노드와 로네스를 염려했다. 지혜는 머리를 흔들었다.

"그렇진 않을 거예요. 우리가 말을 안 하는데 어떻게 그 두 사람이 모든 사실을 알 수 있겠어요? 질책을 좀 듣더라도 심각한 지경까지는 가지 않을 거예요."

"그랬으면 좋겠습니다만."

우진이 씁쓰레하게 웃었다.

"그럼 언제 이야기하죠?"

박창이 묻자 박상이 대답했다.

"마리나 씨가 말한 것처럼 며칠 내에 알려질 가능성이 크니까 오늘을 넘기지 말고 말하는 편이 좋겠다."

결론을 내린 무적택배 사람들은 아담에게 인공위성으로 티메 섬을 상세히 스캔해서 조사하도록 지시하고, 수정을 내보내 노드와 로네스를 지휘차에 불러오게 했다.

수정을 따라 지휘차의 회의실로 들어온 노드와 로네스는 오르세에서 있었던 일을 듣고 나자, 지극히 당연한 반응이겠지만 경악한 나머지 한동안 말도 제대로 나오지 않는 모양이었다. 한참 만에 노드가 더듬거리면서 말했다.

"…제가 지금 똑바로 들은 것이 맞는지 모르겠군요. 오르세를 다녀오셨다니……. 아무리 고대의 유산을 점검하기 위해서라지만 너무 위험한 일이 아닙니까."

박상은 마땅히 할 말이 없어 어물쩍거렸다.

"죄송하게 되었습니다. 하지만 우리로서도 부득이한 일이었습니다. 그 점을 베르테스 폐하께도 잘 말씀드려 주시기 바랍니다."

이런 말로 전혀 변명이 되지 못하는 것을 알지만 달리 해줄 말이 없었다. 노드와 로네스는 애매한 태도로 마지못해 대답했다.

"예……."

어색해진 분위기 속에 잠시 침묵이 흘렀다. 지혜가 참지 못하고 입을 열었다.

"우리는 단지 그곳의 고대 시설을 점검하고 왔을 뿐이에요. 사실 오르세는 디파, 펠레즈와 전혀 관계없는 곳이 아니고 고대부터 서로 연관이 깊은 곳이어서 갈 수밖에 없었어요. 그리고 거기서 뭘 가져온 것도 아니고, 물질적으로 손해를 끼친 것도 아니거든요. 그쪽 왕의 기분이 좀 상하기는 했겠지만 조용히 들어갔다가 나오려는 우리를 억지로 잡아 가둔 것이니까 우리가 일방적으로 잘못한 것도 아니구요.”

지혜의 변명을 듣고 있던 로네스가 차분하게 말했다.

“여러분께서 무사히 돌아오신 것만 해도 다행이지요. 폐하께 여러분께서 그곳에서 겪으신 일을 가감없이 말씀드리겠습니다.”

“그렇게 해주신다면 고맙겠습니다. 베르테스님께도 그렇지만 두 분에게도 죄송하게 됐습니다. 조용히 다녀올 예정이었는데 뜻밖에도 큰 소동이 되어버렸습니다.”

박상은 진심을 담아 두 사람에게 사과했다. 행선지를 알리지도 않고 아메트에 가서 큰 사고를 일으킨 데다가 자신들이 하기 싫은 일까지 미룬 셈이라 이래저래 미안하기 짝이 없었다.

노드와 로네스가 베르테스에게 보고하기 위해 나간 뒤에도 무적택배 사람들은 자리를 뜨지 못하고 베르테스가 어떻게 반응할지 조마조마했다. 하지만 시간이 늦어서인지 아니면 이미 일어난 일을 어쩔 수 없다고 생각한 것인지 베르테스로부터는 아무런 연락이 없었다.

이튿날 아침, 노드와 로네스는 평소처럼 무적택배 사람들이 머물고 있는 구왕궁에 출근했다. 하지만 오르세에서 있었던 일에 대해 베르테스가 어떻게 반응했는지에 대해서는 아무런 말도 하지 않았다. 박상 일행은 베르테스의 반응이 궁금했지만 그렇다고 물어보기도 미안해서 그쪽에서 뭐라 말하기 전에는 가만히 있어보기로 했다.

박상 등은 아침을 먹자마자 네비 들판으로 갔다. 피곤이 풀리지 않은 상태였지만, 귀환호의 워프 기능을 제대로 쓸 수 있을지 한시바삐 확인하고픈 마음에 지체할 수가 없었다. 귀환호에 들어가자마자 그들은 설레는 마음으로 귀환호의 워프 기능에 걸려 있는 제한을 해제하는 작업에 들어갔다.

"제발 되라……."

지혜는 눈을 감고 손까지 맞잡고 기도하는 자세로 중얼거렸다. 다른 사람들도 애타고 두근거리기는 그녀 못지않았다. 틸라다의 라에르가 박상을 지도자로 인정한 이상 문제없을 것이라 생각하고 있었지만, 만에 하나라도 안 되면 어쩌나 싶어 마음이 조마조마했다. 라그로트로부터 대답이 나오기까지의 시간이 길게만 느껴졌다.

[워프 기능의 제한이 성공적으로 해제되었습니다.]

라그로트의 확인이 있자 무적택배 사람들은 숨 막히는 긴장에서 벗어나 안도의 숨을 내쉬었다.

"됐다! 죽을 고비를 넘기며 아메트에서 고생한 보람이 있었네요."

지혜는 눈물을 글썽이며 마냥 감격스러워했고, 우진도 기쁨을 감추지 못했다.

"그러게요. 마침 뷜리텐에서도 좋은 정보가 오고, 이제 뭔가 제대로 풀리려나 봅니다."

"정말이에요. 이젠 그 티메라는 섬에 가보는 일만 남았네요!"

릴리는 마라나를 끌어안고 팔짝팔짝 뛰면서 집에 갈 날을 잡아놓기라도 한 것처럼 들떠했다. 그러나 박상은 동료들의 지나친 흥분을 경계했다.

"크게 진전을 이룬 것은 사실이지만, 아직 끝난 것이 아닙니다. 티메가 정말 우리가 찾는 우주 탐사선 룬드 라데츠호와 관련된 곳인지, 또 그렇다 해도 우리가 필요한 자료를 구할 수 있을지 확인해 보지 않으면 모르는 문제입니다."

박상의 말에 바다가 동조했다.

"맞습니다. 귀환호의 워프 기능을 사용할 수 있게 된 것은 정말 다행스러운 일이지만, 그것만으로는 부족합니다. 지금 우리가 가지고 있는 이 별의 우주도에는 지구로 갈 수 있는 단서가 될 만한 부분이 전혀 없습니다. 기존의 것과 다른 우주도를 입수해서 우리 무적택배호에 있는 우주도와 중첩되는 부분이 있는지를 찾아낸 후라야 출발할 수 있습니다."

두 사람의 차분한 지적을 듣고 지혜와 릴리 등은 흥분을 가라앉혔다. 릴리는 우진에게 고개를 돌리고 물었다.

"우진 씨 생각엔 어때요? 그런 것 없이 이 별을 떠나 우주로 나가는 건 막연한 짓이겠죠?"

우진은 씁쓸한 표정으로 고개를 끄덕였다.

"아무래도 그런 경우는 무사히 귀환할 것이라는 보장을 바라기 어렵습니다. 지구가 아니라 이런 환경의 별에 도달할 확률조차 극히 미미합니다. 우주라는 광막한 바다에서 지구나 이 별 같은 생명의 별은 드물게 존재하는, 고독한 작은 섬 같은 존재니까요."

마리나가 쓴웃음을 지으며 말했다.

"박창 씨가 전에 그랬던가요? 산 너머 산이라고. 그 말이 딱 맞는 것 같네요. 오르세에서 살아 돌아온 것만으로도 모든 일이 해결된 것 같은 기분이었는데, 그렇지도 않으니 말이에요."

"그래도 차근차근 전진하고 있지 않습니까? 지나치게 들떠서도 안 되겠지만 그렇다고 낙담할 필요도 없습니다."

바다가 조용히 말했다. 지혜는 고개를 끄덕이고 말했다.

"맞아요. 이 정도만 해도 많이 발전한 거죠. 포기하지 않고 노력한 결과잖아요. 아무튼 티메에 대한 조사가 끝날 때까지는 푹 쉬죠. 몸이 찌뿌듯해서 한동안 쉬어야 할 것 같아요."

"나도 그래요. 아메트에서 하도 불안에 떨며 지내서 그런지 아직 몸이 제 상태로 돌아오지 않네요."

릴리는 길게 기지개를 켜며 하품했다. 다른 사람들도 비슷한 상태여서, 그날은 귀환호의 워프 기능을 확인한 것으로 만족하고 프라트로 돌아갔다.

그 즈음 프라트의 왕궁에서는 베르테스의 주재로 재상 레히트를 비롯한 주요 대신들이 모여 있었다. 전날 노드와 로네스에게서 보고받은 이야기를 베르테스로부터 들은 참석자들은 놀라움에 벌린 입을 다물지 못했다.

"……첩보나 소문으로 전해 듣는 것보다는 직접 말씀하는 것이 나을 것이라 판단하신 모양이오. 나 역시 그렇게 생각해서 여러분을 부른 것이고."

베르테스의 말이 끝난 뒤에도 참석자들은 쉽사리 놀라움이 가라앉지 않는지 한참을 망연한 반응이었다. 레히트 재상이 도저히 이해할 수 없다는 얼굴로 말했다.

"신의 사도 여러분께서 위대한 도시들을 다니면서 고대의 유산을 살피고 점검하시는 것은 알고 있었으나, 어쩌자고 오르세까지 가신 것인지 도저히 모르겠습니다. 그곳이 얼마나 위험한 곳인지 모르시지 않을 터 아닙니까?"

다른 사람들도 공감하는 분위기였다. 무적택배 사람들을 신의 사도로, 혹은 그렇지 않다고 해도 레스프라트를 돌봐주는 고대인들로 여기는 터라 노골적으로 드러내지 못할 뿐, 이번 일에 대해서 불만이 없을 수 없었다. 베르테스는 사람들의 얼굴을 둘러보며 달래듯 부드럽게 말했다.

"자세한 사정이야 어찌 알겠소만, 오르세가 우리 레스프라트의 위대한 도시 디파와 펠레즈에 밀접하게 관련되어 있기 때문이라고 하셨다고 하오. 그렇게 생각하면 이번 일 역시 레스프라트를 위한 것이라 볼 수도 있지 않겠소? 분명히 돌발적인 사고이나 장래적으로는 레스프라트에 득이 되는 일일 수도 있소."

"그렇다면 뭐라 더 드릴 말씀은 없습니다. 다만 아메트가 이 일을 전쟁의 빌미로 삼지나 않을지 걱정입니다."

군무대신 뤼니켈이 걱정하는데, 법무대신 스테인이 적극 공감하며 말했다.

"아메트의 카우드 왕은 피를 보기를 주저하지 않는 자입니다. 결코 당하고 가만히 있을 자가 아닙니다. 수도 오르세에서, 그것도 많은 사람들이 지켜보는 앞에서 그런 일을 당했으니 반드시 앙갚음을 하려고 들 겁니다."

사람들의 표정은 더욱 어두워졌다. 우려 섞인 말들이 오가던 중에 외무대신 벨틴이 신중한 태도로 다른 의견을 피력했다.

"앞서 두 분의 말씀이 과히 틀리지는 않습니다만, 저는 카우드 왕이 당장 군사를 일으키지는 않을 것이라고 봅니다. 대규모 군사를 파병하기에는 현재 아메트의 형편이 여의치 못합니다. 이전에 프라트 들판에서 잃은 대군의 피해도 있거니와 왕위 다툼으로 인한 손실에 더해, 위대한 도시 디파에서도 많은 병력을 잃고 물러난 지 얼마 되지 않았습니다. 거기에 더해 카우드 왕에 대한 불만 세력도 완전히 제압된 것이 아니구요. 만일 신의 사도 여러분께서 오르세의 고대 유산을 가지고 오셨다면 모를까, 단지 점검만 하신 것으로는 전쟁을 일으킬 명분으로 충분치 못합니다. 물론 카우드 왕이 언제까지나 잠자코 있지는 않겠지만, 그것은 이번 일과 관계없이 예정된 미래나 다름없습니다. 그러니 당장의 군사적 행동으로 이어지지 않는 한 폐하의 말씀처럼 레스프라트에게 장기적으로는 좋은 일일 수도 있다고 봅니다."

자분자분 이어지는 벨틴의 조리있는 말에 사람들의 놀라움과 두려움은 조금 수그러들었다.

"카우드 왕이 집요하고 강한 성격인 것은 사실이지만, 그의 아버지 크라그 왕처럼 충동적인 인물은 아닌 것으로 알려져 있습니다. 아메트의 당장의 정황이 전면전을 일으키기에 적절치 못한 만큼 당황하지 말고 아메트의 동향을 면밀히 살피면서 차분하게 앞날을 대비하는 편이 좋을 것이라고 여겨집니다."

재상 레히트도 벨틴의 발언에 상당 부분 동조하는 입장이었다. 베르테스 역시 두 사람과 같은 생각이었다.

"나의 생각도 재상이나 외무대신과 같소. 당황하여 허둥거려서도 안 되겠으나 만일의 사태에 대한 대비를 소홀히 해서는 안 되오. 외무대신은 아메트에 대한 정보 수집 활동을 한층 강화하고 그들의 동향을 면밀히 살펴주시오. 그리고 군무대신께서는 군대의 재배치와 보강을 한층 서둘러 주시오. 오르세에서 있었던 일이 널리 알려지게 되면 불안을 느껴 동요하는 사람들이 많을 것이오. 레히트 재상을 위시하여 각 대신들께서는 근거없는 불안이 확산되지 않도록 단속하는 한편 국력 강화를 위해 한층 힘써주시기 바라오."

베르테스의 당부에 참석자들은 고개를 조아렸다.

열흘 뒤 무적택배 사람들은 지휘차를 타고 티메로 향하고 있었다. 인공위성으로 섬 전체를 조사한 결과가 대단히 고무적이어서 기대가 커져 있는 상태였다. 섬의 중앙부에 있는 큰 산인 에스할의 정상 아랫부분에 상당히 큰 공간이 존재하는 것을 알아낸 것이다.

공간의 천장 부분에 넓은 금속판이 덮여 있고 그 위에 다시 흙을 부어놓은 구조여서 절대 자연적으로 형성된 공간이 아니었다. 그곳 이외에 섬의 다른 지역에서는 특별히 의미있어 보이는 지하 공간은 없었기 때문에 박상 일행은 그곳을 목표로 삼고 있었다.

문제는 정상부에서 출입구를 찾을 수가 없다는 것이었는데, 산 여기저기 나 있는 동굴 어딘가에 연결된 곳이 있을 것으로 보고 그곳들을 조사할 예정이었다. 그러나 동굴마다 전부 조사하는 것은 불필요한 시간 낭비가 될 것이므로, 인공위성으로 조사한 동굴들 가운데 산속의 공동 부분 가까이까지 뻗어 있는 네 개의 큰 동굴을 후보지로 삼았다.

인공위성의 유도를 받아 티메 섬에 도착했을 때는 태양이 멀리 수평선을 완전히 넘어가고 어둠이 짙게 드리웠을 무렵이었다. 현지 사람들의 눈에 띄어서 좋을 일이 없는 만큼 되도록 밤을 틈타서 다닐 예정이었다.

무적택배 사람들은 지휘차를 깊은 계곡 안쪽에 잘 숨겨놓은 뒤, 그곳에서 가까운 동굴을 찾아 나섰다. 박상 등은 만약의 경우를 대비해 우주복을 입고 헬멧까지 착용했고, 혹시라도 야생 동물이 갑자기 나타나거나 습격할지 모르므로 아담을 비롯한 철인간들이 일행의 앞뒤에 섰다. 아담은 인공위성의 조사를 토대로 일행을 동굴이 있는 위치로 앞장서서 안내했다.

철인간들이 여러 개의 플래시로 비추고 있어서 그리 어둡지는 않았지만 밤이 깊은 시각에 산을 다니는 것은 별로 기분 좋은 일이 아니었다. 밤의 숲은 기괴한 거인들과 요괴의 세계 같아서, 까만 어둠에 묻힌 나무들의 음산한 실루엣과 축축한 수풀은 묘한 공포심을 스멀스멀 자아냈다. 이따금 들려오는 야행성 조류와 산짐승들의 울음소리며 부스럭대는 소리, 푸드득 날아가는 소리 등은 오싹한 기분을 더했다.

한참 동안 산길을 올라간 끝에 그들은 첫 번째 동굴의 입구에 도달했다. 박상 일행은 다시 한 번 우주복이며 장비를 점검하고 철인간들을 앞세워 안으로 들어갔다. 아담은 동굴 안 어딘가에 숨겨져 있을지도 모르는 비밀 통로를 찾기 위해 지휘차에서 가져온 스캔 장비를 장착하고 있었다.

한편 아담의 뒤에 선 아그리파는 그가 항시 지참하고 다니는 작은 망치를 꺼내더니 그것으로 동굴 벽을 가볍게 두드리면서 걸었다.

"아그리파, 뭐 하는 거야?"

박창이 물었다.

—조사입니다. 동굴 어딘가에 비밀 통로가 있다면 표시가 날 겁니다.

아그리파의 진지한 대답을 듣고 릴리는 재미있다는 듯 웃었다.

"아그리파도 나름대로 열심이네요."

"하나보다 둘이 하면 찾을 확률이 더 높아지겠죠."

지혜는 빙긋 웃었다.

"오늘 밤 안에 네 군데 다 둘러보긴 무리겠지요?"

우진은 동굴 안쪽을 기웃거리며 물었다. 대답한 것은 마리나였다.

"절대 무리예요. 우리가 다녀볼 동굴 네 곳 전부 산 안쪽까지 깊게 뻗은 동굴인데다 가지도 많고 또 평탄하게 닦인 길로 다니는 것도 아니잖아요. 비밀 통로를 찾으려면 꼼꼼하게 둘러봐야 하는데, 오늘 이곳만 다 둘러봐도 성공이라고 봐야 할 거예요."

그 말을 들은 우진은 내키지 않는 표정으로 한숨을 쉬었다. 바다는 동굴 내부를 둘러보며 중얼거렸다.

"여긴 쿠네이의 동굴과는 많이 다르군요."

"거긴 건조한 황야였잖아요. 기후도 다르고 환경도 다른데 당연히 동굴도 다르겠죠."

박창이 말했다.

아담과 아그리파를 선두로 해서 그들은 조심스럽게 걸음을 디디며 동굴 깊은 곳으로 들어갔다. 고생은 웬만큼 각오하고 있는 바였지만,

사방이 울퉁불퉁하고 꼬불꼬불 매끄러운 동굴을 돌아다니는 것은 그리 용이한 일이 아니었다. 거기에 지류까지 전부 조사해야 했기 때문에 시간은 더욱 소요되었다. 섬 어딘가에 보물이 있다는 전설 때문에 동굴을 조사한 사람들도 꽤 있었던 듯 동굴 여기저기에 사람들이 다닌 흔적이 남아 있었다.

"보물의 위력인가? 이렇게 깊은 곳까지도 사람의 흔적이 있네."

박창이 감탄하며 중얼거리는 말에 지혜는 걱정했다.

"지금도 혹시 누군가 있는 것 아냐?"

마리나는 바닥에 불을 피운 자리와 동굴 벽의 그슬린 자국을 살피더니 그녀를 안심시켰다.

"최근의 것은 아닌 것 같아요."

"누가 또 있으면 어때? 아담이랑 게이브에다 로봇이 이렇게 여러 대 있는데 뭐가 걱정이야?"

박창이 태평하게 말하자 지혜는 한심하다는 투로 쏘아붙였다.

"그게 문제야? 우리가 여길 다니는 걸 들키는 게 진짜 문제지."

"왜? 정 뭣하면 우리가 볼일을 마칠 때까지 묶어놓든지 하면 되잖아?"

"그 다음엔? 우리가 다녀갔다는 것만으로도 이 산의 동굴에 고대의 보물이 숨겨져 있는 걸로 간주돼서 섬 전체가 뒤집어질 게 뻔한데 그냥 놓아줄 거야? 그렇다고 비밀을 지키기 위해 죽이기라도 할 거야?"

지혜의 말을 들은 박창은 눈을 끔뻑이며 머리를 긁적였다.

"그게 또 그렇게 되나?"

그때 박상이 두 사람에게 말했다.

"그만들 해둬. 이 섬의 보물 이야기가 하루이틀 된 것도 아니고 근 천 년 가까이 전해온 이야기인데, 동굴을 뒤진 사람이 어디 한두 명이겠어? 그래도 발견되지 않았으니까 아직 전설인 건데, 아직도 동굴을 뒤지는 사람은 거의 없을 거야."

박상의 말이 맞아서인지 동굴 안에서 다른 사람과 마주치는 불상사는 발생하지 않았다. 그러나 첫 번째 동굴을 돌아다니는 것만으로도 하룻밤이 지나 새벽이 오고 말았다. 그것도 밖으로 나가서 확인한 것이 아니라 나가는 길에 아담이 시간을 일러주어 알게 된 것이었다.

"빨리 나가요. 이러다가 이곳 사람들 눈에 띄겠어요."

서두르는 지혜에게 박창이 말했다.

"지금 동굴을 나갔다간 진짜로 여기 사람들에게 들킬지도 몰라. 나가려면 더 일찍 나갔어야지."

"아직 이른 새벽이잖아. 설마 이런 곳까지 누가 올라오겠어?"

지혜는 머리를 갸웃거렸다. 그러자 우진이 말했다.

"그건 모를 일입니다. 프라트 사람들을 봐도 아침 일찍부터 활동하더군요. 보통 시골 사람들은 도시보다 더 일찍 일어나고 일찍 잔다니까 이 시간에도 사람이 있을 수 있습니다."

"그럼 어떡해요? 여기서 밤이 될 때까지 기다려요?"

지혜는 불만이 가득한 얼굴로 동굴을 둘러보았다.

"안전을 위해서는 그 편이 낫겠어요. 괜히 위험을 감수할 필요는 없죠."

마리나는 우진과 박창의 생각에 찬동했다.

"지휘차는 어쩌구요? 누군가 찾아내기라도 하면 큰일이잖아요?"

동굴에 머물러 있기 싫은 마음에 지혜는 지휘차 핑계를 댔지만 그것
도 통하지 않았다. 릴리가 냉큼 대답했다.

"잘 위장해서 숨겨놨으니 괜찮아요. 무슨 일이 생기면 자동 조종으
로 떠나면 되구요. 우리가 나가서 돌아다니는 것보단 이대로 두는 게
나아요."

결국 말문이 막힌 지혜는 불만스러운 대로 그날 하루를 동굴에서 보
내게 되었다. 음식과 물은 철인간들에게 가져오게 했기 때문에 문제될
것 없었으나, 잠자리의 불편은 감내할 수밖에 없었다. 무적택배 사람
들은 간단하게 아침을 먹고 평평한 곳을 찾아 새우잠을 청했다.

지루하게 하루를 보내고 밤이 되기를 기다려 지휘차로 돌아간 박상
일행은 지휘차를 타고 두 번째 동굴 근처로 이동해서 지휘차를 다시
숨겼다. 그리고 이번에는 새벽이 오기 전에 끝낼 요량으로 시간을 봐
가며 전날보다 서둘러 조사를 개시했다. 그 결과 동이 트기 전에 동굴
을 조사하는 것에는 성공했지만, 원하는 성과를 거두지는 못했다. 그
나마 새벽 전에 조사를 끝낸 것에 만족하며 그들은 서둘러 지휘차로
돌아갔다.

사흘째 밤, 세 번째 동굴의 조사가 시작되었다. 세 번째 동굴은 두 번
째보다 규모가 커서 더욱 서둘러야 했다. 얼마나 동굴을 돌아다녔을까,
지치고 지루해진 일행은 잠시 한곳에 주저앉아 쉬고 있었다. 아담은 충
실하게 박상의 곁을 지키고 서 있었지만, 아그리파만은 그동안에도 작
은 망치를 들고 동굴 벽을 가볍게 두드리면서 주변을 조사하고 다녔다.
별안간 아그리파가 어느 지류의 안쪽에서 큰 소리로 사람들을 불렀다.

—여러분, 이 바위벽 뒤에 빈 공간이 있습니다!

“뭐?”

무적택배 사람들은 급히 아그리파가 있는 곳으로 갔다. 아그리파는 지류가 끝난 곳에 서 있었다. 그곳은 아무리 봐도 보통의 바위여서 처음에는 아그리파의 말을 믿을 수가 없었다.

“어디에 공간이 있단 말이야?”

박창이 아그리파가 있는 곳 주변을 둘러보면서 투덜거렸다. 그런데 아담이 자신의 장비로 살피더니 아그리파의 말을 뒷받침했다.

―아그리파가 바로 보았습니다. 이 바위벽 너머에 빈 공간이 있습니다.

“그래?”

아담까지 같은 말을 하자 그제야 박상 등은 정색을 하고 그곳을 살피기 시작했다. 그런데 아무리 꼼꼼히 살펴도 입구라 할 만한 것이 없었다.

“이건 진짜 바위벽 같은데요. 입구는 달려 있지 않아요.”

바위면 전체를 손으로 더듬어보던 마리나가 말했다.

“그럼 어떻게 저 너머로 들어가죠?”

지혜가 턱을 괴고 난감해하는데 릴리가 제안했다.

“문이 없으면 만들어야죠. 레이저 절단기로 뚫고 들어가요.”

릴리의 대담한 제안에 박상은 적지 않게 놀랐다.

“하지만 구멍을 뚫어버리면 입구가 다른 사람들에게도 그대로 노출되어 버리지 않습니까?”

“나중에 나오면서 막으면 되죠.”

릴리는 뭐가 문제냐는 듯 말했다.

"레이저 자국이 남아서 표시가 날 텐데요?"

우진도 난색을 표했다. 그러자 릴리는 생긋 웃었다.

"당연히 바위를 그대로 가져다 막으면 표시가 나겠죠. 이런 경우는 약간의 폭약으로 주변을 살짝 무너뜨려서 막는 것이 좋을 거예요."

"여기를 폭파시킨다구요?"

지혜가 깜짝 놀라 물었다. 릴리는 태연하게 답했다.

"아니면 막을 방법이 없잖아요. 적절한 때가 오기 전까지는 사람들의 출입을 막아야죠."

박상 등은 쉽게 결정을 내릴 수 없어서 잠자코 바위를 둘러보았다. 잠시 후 지혜가 말했다.

"릴리 씨의 의견이 타당한 것 같네요. 문을 만들지 않고 이렇게 둔 것을 보면 사람들이 함부로 찾아서 들어가는 것을 경계한 것이 분명해요. 그 뜻을 존중해서 확실하게 막아버리는 게 좋겠어요."

"하지만 멀쩡하던 곳이 갑자기 무너져 있으면 사람들이 수상하게 여기지 않겠습니까?"

바다의 지적에 우진이 말했다.

"괜찮을 겁니다. 동굴 전체를 무너뜨리는 것도 아니고 이렇게 안쪽에 있는 지류인데다, 이곳도 지진이나 산사태가 전혀 없지는 않을 것 아닙니까? 그런 때 동굴 일부가 무너지는 것은 흔히 있을 수 있는 일인 걸로 알고 있습니다."

"그렇게 하죠. 어떻게 하든 제대로 막아놓으면 되는 거잖아요."

마리나도 릴리의 제안에 찬동했다.

"그런데 여기만 정확하게 폭파할 수 있습니까? 잘못해서 더 크게 무너지면 어떡합니까?"

박창이 릴리에게 물었다. 릴리는 막힘없이 대꾸했다.

"폭약의 양을 조절하면 가능하죠. 그리고 우리에겐 아그리파가 있잖아요. 뷜리텐에서 보니까 아그리파가 그런 쪽으로도 전문가더라구요."

"아그리파, 할 수 있겠어?"

박상이 묻자 아그리파는 동굴 위아래를 찬찬히 훑어보더니 말했다.

―적정한 양의 폭약이 있으면 가능합니다.

"그럼 됐어."

고개를 끄덕인 박상은 일행에게 말했다.

"다른 방법이 없으면 릴리 씨의 생각에 따르기로 하고, 안으로 들어가 봅시다."

무적택배 사람들은 조수와 백치 삼총사에게 레이저 절단기로 사람이 들어갈 수 있을 만큼 바위벽을 뚫도록 지시하고, 작업이 끝날 때까지 멀찍이 떨어진 곳에 가 있었다. 한참 후에 조수가 그들을 부르러 왔다.

―작업이 완료되었습니다.

그 말을 듣고 막혀 있던 곳으로 가보니 두꺼운 바위벽에 사람이 통과할 수 있게끔 직사각형으로 구멍이 뚫려 있었고 그 너머에는 아담과 아그리파가 보고했던 바대로 다른 공간이 있었다. 박상 등은 철인간 아다다부터 들여보내 안을 살피게 했다. 내부는 천장과 벽이 금속제로 이루어진 터널이었고, 오랫동안 막혀 있었던 때문인지 공기의 상태는 좋지 않았으나 다른 이상은 없었다.

무적택배 사람들은 차례차례 구멍 안으로 들어갔다. 그곳에서 시작된 금속제 터널은 한참 뒤 위로 올라가는 길고 좁은 계단으로 이어졌다. 한동안 계단을 올라간 끝에는 무척이나 두껍고 튼튼해 보이는 금속제 문이 있었다. 문 위에는 고대 마이테움의 문자로 무엇인가 쓰여 있었다. 박상은 아담을 시켜 읽게 했다.

─이곳은 문명의 멸망에 즈음하여 우리 자신이 보고 경험한 일에 대한 기록과 우리 문명의 흔적과 역사에 대한 자료를 둔 곳입니다. 금전적인 보상을 바라고 이곳을 찾는다면 목적을 이룰 수 없을 것이니 돌아가십시오.

"특이한 경고문이네요. 사람들이 말하는 보물이 없다는 말인가 본데요?"

우진은 재미있다는 투로 중얼거렸다. 박상은 아담에게 물었다.

"아담, 그 밖에 다른 주의 사항은 없어?"

─없습니다. 제가 읽은 문장이 전부입니다.

아담의 대답을 들은 지혜가 아담에게 명령했다.

"아담, 내부의 장치가 작동되고 있는지 확인하고 문을 열어봐."

─알겠습니다.

잠시 후 아담이 말했다.

─확인 결과 전원이 공급되고 있고 정상적으로 작동하고 있습니다.

"그래? 어서 열어봐."

지혜가 재촉했지만 아담은 박상을 쳐다보고 말했다.

─죄송합니다. 락이 걸려 있어 당장 열 수는 없습니다. 기스칼의 시설이 아니기 때문에 강제로 접속해서 열어야 할 것 같습니다.

"필요하다면 그렇게 해."

박상의 허락을 받고서야 아담은 작업에 들어갔다.

"뷜리텐에서 은행 금고를 열 때처럼 오래 기다려야 하는 거나 아닌지 모르겠네요."

마라나의 농담에 박상은 안색이 바뀌며 고개를 흔들었다.

"그렇지 않기를 바라야죠."

그런데 의외로 락을 푸는 데 걸린 시간은 그다지 길지 않았다.

—락이 해제되었습니다.

아담의 말에 이어 문 위쪽에서 기계 음성이 들려왔다.

[현재 보존 상태를 풀고 환경 조정을 실시하고 있습니다. 잠시만 기다려 주십시오.]

"벌써 락이 풀렸단 말이야?"

너무 허술한 것 아닌가 싶어 지혜가 놀라자 아담이 대답했다.

—접근을 비교적 용이하게 해놓았습니다. 출입을 막기 위한 의미의 본격적인 락은 아니었던 것으로 보입니다.

아담의 말을 듣고 우진이 고개를 갸웃거렸다.

"그건 이상하군요. 이렇게 깊숙이 숨겼을 때는 그만큼 비밀을 지키려는 의지가 강했다는 뜻일 텐데, 출입 자체는 어렵지 않게 했다니 말입니다."

다른 사람들이 생각하기에도 분명히 이상한 일이었다. 하지만 지금으로서는 문이 열릴 때까지 기다려 볼 수밖에 없었다.

얼마간 기다리고 있노라니 기계 음성의 안내와 함께 금속 문이 열렸다. 금속 문 너머는 칼키아 지하에 있는 우주 기지의 출입구와 비슷한 구조로 되어 있어, 우주복을 벗는 곳과 소독 공간이 있고 또 문이 있는 식이었다. 삼중으로 된 입구를 지나자 복도가 나왔다. 복도로 나가자 안내 음성이 다시 들려왔다.

[이 기지는 마이테움의 우주 탐사선 룬드 라데츠호의 일부분으로 만들어진 것입니다. 기지는 통제실과 네 개의 자료실, 발전실로 이루어져 있습니다. 통제실은 복도를 똑바로 가시면 끝에 있습니다.]

그 말을 들은 무적택배 사람들은 걸음을 멈추었다.

"다행이야. 아니면 어쩌나 했는데, 쿠데리안 왕의 정보가 옳았어요."

지혜는 아이처럼 팔짝 뛰면서 기뻐했다. 박창은 신통해하며 음성이 나온 복도 위쪽을 쳐다보았다.

"이렇게 말해 주니까 금방 알 수 있어 좋네요. 친절하게 안내 방송까지 해주다니, 마음에 드는데요."

"어찌 되었든 바로 찾은 것 같아 다행입니다. 여기서 좋은 성과가 있으면 좋겠는데요."

우진도 이때만큼은 기대를 감추지 못했다.

그들은 곧장 통제실부터 찾았다. 주목적이 데이터인만큼 당연한 선택이었다. 룬드 라데츠호의 통제실은 귀환호의 통제실보다는 작았지만 무적택배호의 통제실보다는 훨씬 컸으며, 내부 구조는 전반적으로 귀환호와 비슷했다.

"여긴 열 명이 정원이었던 모양이군요."

내부를 둘러보던 바다가 말했다.

"장거리 우주 탐사선이니까 최소한의 필요 인원만 탑승시킨 것이겠죠."

우진이 대답처럼 말했다. 안을 대충 둘러본 뒤에는 다들 선장석 옆에 있는 홀로그램 장치에 모여 아담이 작동시키기를 기다렸다. 출입문에 특별히 복잡한 보안 장치를 해놓지 않았던 것과 마찬가지로 중앙 컴퓨터를 작동시키는 데도 아무 문제 없었다. 곧 홀로그램이 켜지고 군청색 몸체를 가진 철인간과 유사한 형상이 생겨났다.

[마이테움 우주 항공국 소속 외계 우주 탐사선 룬드 라데츠호의 중앙 컴퓨터 이젝입니다. 환영합니다, 펠레즈의 박상 총사령관님, 그리고 막료 여러분.]

이젝은 공손하게 박상과 다른 사람들에게 인사했다. 고대 마이테움과 기스칼이 적대국 사이였다는 점에서 볼 때 믿기 어려울 만치 우호적이었다.

"괜찮을까요? 이러다가 갑자기 태도를 바꿔서 우릴 공격하는 거 아녜요?"

릴리가 아무래도 불안했던지 일행에게 속살거렸다. 그러자 아담이 차분하게 일행을 안심시켰다.

—안심하십시오. 그런 조짐은 전혀 보이지 않습니다.

아담의 말을 듣고 지혜가 말했다.

"지금 아담이 중앙 컴퓨터에 접속해 있는 상태니까 아담이 괜찮다면 괜찮을 거예요."

그래서 무적택배 사람들은 마음놓고 필요한 정보를 검색하기 시작했다.

"이곳에는 어떤 것들이 남아 있지?"

박상이 물었다.

[룬드 라데츠호의 통제실과 네 개의 자료실, 발전실이 있습니다. 내용물은 우주 항해 기록과 항해 일지, 탐사 기록 및 우주 항해 중 얻은 각종 정보와 자료, 그리고 다른 우주 기지에서 옮겨온 데이터와 자료들입니다.]

이젝의 답이 채 끝나기도 전에 지혜가 서둘러 물었다.

"룬드 라데츠호의 항해 기록, 일지, 우주도 등이 다 있어?"

[그렇습니다.]

"진짜 다행이다."

지혜는 가슴을 쓸어 내리고 아담에게 명했다.

"아담, 룬드 라데츠호에 있는 우주도와 항해 기록, 항해 일지를 복사해서 지휘차에 옮기도록 해."

―전부를 말입니까?

"그래, 전부."

―알겠습니다.

아담이 지혜의 명령을 이행하는데, 박상이 지혜에게 물었다.

"전부면 너무 많은 것 아닐까?"

지혜는 태연하게 대답했다.

"지휘차의 중앙 컴퓨터는 슈퍼 컴퓨터 급이야. 그 정도는 끄떡없어."

"왜 굳이 지휘차에 전부 옮기는 거죠? 필요한 부분만 발췌해도 될 텐데요?"

이번에는 마리나가 물었다.

"그럴 수도 있지만, 제대로 골라내려면 시간이 많이 걸릴 거예요. 프라트나 디파에서 안정된 상태로 마음 편히 찾아보는 게 낫지, 여기서 오래 있기는 좀 그렇잖아요."

지혜의 말이 맞겠다고 생각한 일행은 그녀의 생각에 따르기로 했다. 그들은 작업이 진행되는 동안 자료실을 둘러보았다. 룬드 라데츠호의 자료실에 있는 것은 다른 우주 기지에서 옮겨온 것으로 보이는 대형 컴퓨터들과 서적, 정보 저장용 수정봉 등의 하드웨어와 소프트웨어가 대부분이었다.

"여긴 지금까지 봐왔던 곳들에 비해 빈약한 느낌이네요."

릴리는 약간 실망한 기색이었다.

"한정된 공간 속에 가장 중요하다고 여겨지는 것들을 골라 넣은 것이겠죠. 공간을 적게 차지하면서도 많은 것을 전하는 데는 이런 것들이 최고죠."

지혜는 이곳을 남긴 사람들의 생각을 알 만하다는 표정이었다. 네 곳의 자료실 중 세 곳은 거의 비슷했지만, 마지막 한 곳은 예외적이었다. 그곳은 다른 자료실을 합한 것만큼이나 컸는데, 대단히 많은 종류의 광석 샘플과 대형 냉동 시설이 있었다. 룬드 라데츠호의 우주 탐사 결과물인 모양이었다.

함부로 손댔다가 손상될지도 모른다는 생각에 무적택배 사람들은 조심스럽게 둘러보기만 하고 그곳을 나왔다. 그러고도 시간이 남아서 그들은 우주선의 내부를 더 둘러보았다. 그러나 통제실과 발전실 이외에는 더 볼 곳이 남아 있지 않았다. 발전실에 부주의하게 출입해서 좋을 일은 없다는 판단을 내린 일행은 통제실로 돌아갔다. 마침 데이터 복사가 끝날 즈음이었다.

"잘됐네요. 이제 그만 나가죠."

지혜가 말했다. 무적택배 사람들은 룬드 라데츠호의 중앙 컴퓨터에 자신들이 떠나면 기지를 폐쇄하고 보존 상태에 들어가도록 명령하고 그곳을 나왔다.

"여긴 어떡하죠? 릴리의 제안처럼 폭파할까요?"

마리나가 레이저로 뚫은 동굴 벽을 가리키며 박상에게 물었다. 박상은 다른 동료들을 보았다. 지혜가 어깨를 으쓱하더니 말했다.

"그 방법밖에는 없겠네요. 이렇게 방치해 둘 순 없잖아요."

박상이 생각하기에도 다른 방법이 없었다. 일행은 마리나 자매와 아그리파에게 작업을 맡겼다. 아그리파가 폭약을 설치할 지점과 폭약의 양을 계산하고 마리나와 릴리는 플라스틱 폭탄을 만들어서 아그리파가 지정한 곳에 설치했다.

계산은 정확히 들어맞아서 입구가 있는 동굴의 지류 안쪽이 무너졌지만, 다른 곳에는 크게 영향이 가지 않았다. 입구를 없애느라 시간을 지체한 무적택배 사람들은 급히 지휘차로 돌아가 그곳을 떠났다.

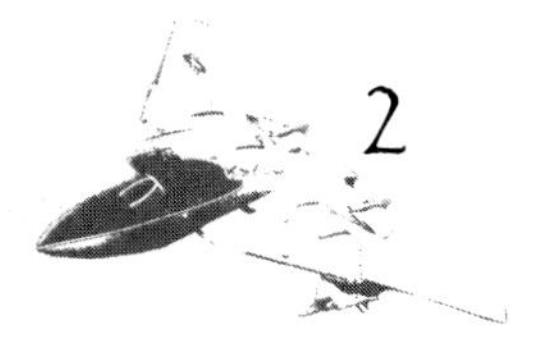

2

티메를 떠난 무적택배 사람들은 프라트가 아니라 디파의 지식의 관으로 향했다. 룬드 라데츠호에서 옮겨온 우주도와 우주 항해도 등의 데이터를 현재 시점으로 변환하기 위해서였다. 이 별의 시간으로 천년 전의 우주도인 까닭에 지금의 우주와는 시차로 인한 차이가 있을 것이었기 때문이다.

그리고 그 작업이 끝나기를 기다리는 동안 일행은 지식의 관의 열람실에서 룬드 라데츠호에서 가져온 영상 기록을 보기로 했다.

'룬드 라데츠호의 기록'이라는 제목이 붙은 영상 자료로, '후세의 사람들에게 남긴다'라는 부제가 붙은 것으로 보아 우주 탐험에서 귀환한 뒤 일부러 편집해서 만든 것이 분명했다.

영상이 시작되자 40대 초반가량의 여자가 화면에 등장했다. 차분하고 지적인 인상의 그녀는 자신의 이름이 할바 슈나벤이며 지질학 박사로서 룬드 라데츠호에 탑승했고, 이 기록물을 제작할 당시에는 선장 대리를 맡고 있다고 스스로를 소개했다. 그리고 이 기록은 문명 전체의 위기에 임하여 룬드 라데츠호의 10여 년에 걸친 우주 탐사 과정에서 자신과 동료들이 얻은 성과를 후세의 사람들에게 전하기 위해 정리한 것이라고 했다. 웃음기라고는 찾아볼 수 없는 할바의 지치고 어두운 얼굴은 그녀가 겪었을 힘든 시간을 짐작케 해주었다.

"10년을 우주를 떠돌았다니, 까마득하네요……."

박창은 질렸다는 표정으로 머리를 흔들었다.

"지구에서도 우주 개발 초기에는 기약없는 탐사 활동에 나선 이들이 많이 있었습니다. 어느 시대나 선구자들은 고생이 심한 법이죠."

우진이 숙연한 태도로 말했다. 그때 지혜가 두 사람을 돌아보고 주의를 주었다.

"그런 이야기는 나중에 하고, 지금은 저것부터 보자구요."

박창과 우진은 머쓱해서 입을 다물었다.

그러나 박창과 우진의 짐작과는 달리 할바는 10년의 우주 탐사 기간 동안 힘들고 어려울 때도 있었지만 무척 보람되고 의미있는 일이었다 단언하고, 훌륭한 동료들과 함께할 수 있었던 것을 기쁘게 생각한다고 긍지를 담아 말했다. 그런 만큼 자신들이 우주에서 보고 겪은 일들을 반드시 전하고 싶어서 이 기록을 만들었노라고 했다.

다음으로 할바는 자신들의 우주선 룬드 라데츠호에 대해 설명하기 시작했다.

룬드 라데츠호는 자체적인 에너지 조달 능력과 장거리 워프 기능에 더해 식량 자급 시설까지 갖춘 당대의 최첨단 기술이 집약된 우주 탐사선이었다. 소개된 우주선의 전체 모습은 무적택배 사람들이 티메 섬의 비밀 기지에서 보았던 것보다 훨씬 크고 복합적인 구조였다. 힐바의 설명에 따르면 룬드 라데츠호는 각 부분이 블록으로 구성되어 있어 심하게 손상을 입었거나 부득이한 경우 분리할 수 있게 되어 있었다. 에스할 산에 숨길 때 우주선 전체를 숨기기에는 너무 컸기 때문에 꼭 필요한 부분만을 남기고 떼어낸 것이었다.

우주선에 대한 설명이 끝나자 룬드 라데츠호의 대원들이 소개되었다. 힐바가 기록을 편집할 당시 살아남은 사람은 힐바를 포함해 네 명이었고, 나머지 사람들은 과거의 영상에서 발췌한 것이었다. 룬드 라데츠호에는 선장을 비롯한 열 명의 대원과 대원 각각을 보조하는 열 대의 철인간 및 일곱 대의 각종 작업 로봇이 탑승하고 있었다.

대원들의 소개가 끝난 뒤에는 룬드 라데츠호의 탐사 기간 동안의 주요한 활동이 시간순으로 정리되어 있었다. 통제실과 우주선 외부에 설치된 카메라가 촬영한 영상과 대원들이 직접 카메라를 들고 찍은 영상을 조합해서 편집한 것이었다. 10여 년에 걸친 오랜 탐험인 까닭에 주요한 사건, 성과만 넣는다고 해도 매우 길 수밖에 없었다.

경건한 마음가짐으로 시청을 시작한 무적택배 사람들이었으나 시간이 흐르면서 점차 지치고 지루해져서 앉은 채로 꾸벅꾸벅 졸거나 딴생각을 하기 시작했다. 가장 진지한 태도로 긴장을 유지하고 있던 바다도 한참 지나자 좀이 쑤시던지 일행에게 말했다.

"시간대로 다 보려면 너무 길 것 같은데 건너뛰면서 볼까요?"

바다의 질문에 졸다가 퍼뜩 눈을 뜬 지혜는 게슴츠레한 눈을 비비며 고개를 끄덕였다.

"예, 뭐, 그렇게 하죠. 어차피 항해도는 컴퓨터로 알아볼 거니까요."

다른 사람들도 제대로 보고 있지 않기는 매한가지여서 아무래도 좋다는 식이었다. 하지만 중요하지 않다 싶은 부분을 건너뛰면서 보아도 박상 등에게 큰 의미가 없기로는 별반 차이가 없었다. 한동안 눈을 부릅뜨고 바라보고 있던 그들은 언제부터인가 또다시 비몽사몽의 경계에 접어들고 있었다. 그런데 갑자기 바다가 큰 소리로 외쳤다.

"여러분, 저걸 보십시오!"

박상 등은 정신이 번쩍 들어 화면을 쳐다보았다. 룬드 라데츠호의 통제실 정면에서 보이는 바깥 풍경이 담긴 화면에는 파랗게 빛나는 별이 보였다. 우주선이 가까워짐에 따라 하얀 구름층 사이로 누런 땅과 푸른 바다가 선명하게 보였다. 무적택배 사람들이 어리둥절해서 지켜보는 가운데 화면에서는 룬드 라데츠호의 대원들이 흥분해서 대화를 나누었다.

[세상에, 저 별을 보세요! 우리의 별과 거의 흡사하군요!]

[설마 우리가 돌아온 것은 아니겠죠?]

[절대로 그건 아닙니다. 우린 아주 먼 우주에 와 있어요!]

[선장님, 이건 정말 굉장한 발견입니다!]

[저 별에도 지성을 가진 생명체가 살고 있을까요?]

대원들의 흥분된 목소리에 뒤이어 선장이 말했다.

[비톰 박사, 저 별의 대기를 조사해서 보고하시오.]

[지금 이행하죠. 하지만 그전에 제 짐작을 밝히자면 저 별은 우리 배노와 매우 유사한 환경을 가지고 있을 겁니다.]

자신만만하게 말한 비톰은 잠시 후 얼떨떨한 음성으로 보고했다.

[제 예상을 뛰어넘는 믿기 어려운 결과가 나왔습니다. 저 별은 대기의 구성이 놀랄 만큼 우리 별과 흡사합니다. 미세 성분까지도 말입니다.]

그 말을 듣자 사람들의 흥분은 더해졌다.

[정말입니까?]

[그럴 수도 있나요?]

사람들의 숨 가쁜 확인에 비톰은 단언했다.

[틀림없습니다. 우리 우주선이 고장난 것이 아니라면 말이죠.]

그러자 선장이 말했다.

[우주선에 이상은 없어.]

잠시 후 룬드 라데츠호의 통제실 내부는 왁자지껄한 환호성으로 가득 찼다. 대원들은 저마다 자리에서 일어나 서로를 얼싸안고 감격을 나누었다.

[우리가 해냈어! 역사를 이룬 거라구!]

[우리가 지금 꿈을 꾸고 있는 건 아니겠죠?]

[그런 말 마세요. 이게 꿈이라면 난 허탈해서 쓰러지고 말 거야.]

[어서 베노에 돌아가 이 사실을 모든 사람에게 알리고 싶어요. 그럼 더 이상 무의미한 대립은 없어지겠죠?]

[이 발견은 우리 별의 역사를 크게 변화시킬 겁니다.]

이 대발견에는 무적택배 사람들도 덩달아 흥분해서 룬드 라데츠호의 대원들이 새로운 세계를 탐험하는 과정을 흥미진진하게 지켜보았다. 그런데 차츰 기분이 야릇해지기 시작했다. 고대의 탐사 대원들이 경이로운 시선으로 둘러보는 그곳이 어쩐지 매우 낯익은 느낌이 들었던 것이다. 그 별에 존재하는 원주민들의 생김새와 피부색부터 감지되던 익숙함은 어느 순간 결정적인 것이 되었다.

"저거… 저 층진 건물은 암만 봐도 피라미드 같은데요?"

박창이 반신반의하며 중얼거리는데 우진이 쐐기를 박았다.

"피라미드가 맞습니다. 라틴 아메리카의 잉카 문명의 것이 아닌가 싶은데요."

"그럼 저기가 지구라는 말이에요?"

지혜는 아연실색했다.

"같은 환경을 가진 별도 결코 흔치 않은 우연인데, 저런 것까지 같은 다른 별이 있을 수는 없겠죠."

그렇게 대답하는 우진의 표정도 오묘했다.

"조금만 더 두고 봅시다."

박상은 혼란스러운 기분으로 그렇게 말했다. 설마 이 별의 고대 문명이 지구를 먼저 발견했었으리라고는 상상도 하지 못했던 일이었다. 그러나 그 뒤의 화면은 룬드 라데츠호가 발견한 새로운 세계가 과거의 지구라는 것을 더욱더 확인시켜 주는 것들로 가득했다.

이집트의 피라미드, 중국의 만리장성 등 지구 문명을 대표한다고 할 만한 거대 건축물과 유적들이 계속 이어졌다. 룬드 라데츠호의 대원들은 이 새롭고도 생소한 세계에 대한 경탄과 호기심으로 지구 곳곳을 돌면서 그 모습을 담아내고 있었다.

"저때의 지구는 대략 언제쯤이었을까요?"

릴리가 우진에게 고개를 돌리고 물었다. 우진은 금방 대답하기 어렵던지 입을 다물고 화면을 골똘히 응시하다가 대답했다.

"정확하진 않지만 아마도 지구의 12, 3세기쯤이 아닐까 싶은데요."

박창이 아는 척하며 끼어들었다.

"남아메리카의 문명이 아직 유럽에게 박살나지 않고 잘 지내고 있는 걸 보면 대항해 시대 이전이란 얘기겠죠."

"기분이 참 이상하네요. 여기서 지구에 대한 기록을 보게 될 줄은 꿈에도 몰랐는데."

평소 역사 같은 것에 거의 무관심한 지혜도 얼떨떨한 표정이었다.

"어찌 됐든 우리에겐 좋은 소식이군요. 룬드 라데츠호가 지구까지 갔다가 이 별에 돌아온 이상, 룬드 라데츠호의 항해도와 항해 기록에 그 항로가 남아 있을 것 아닙니까?"

바다가 전에 없이 밝은 얼굴로 말했다. 미처 거기까지 깨닫지 못했던 박상 등은 바다의 지적을 듣고 이내 조금 전까지의 야릇한 기분을 떨쳐 내고 광란 상태에 빠져들었다.

"정말 그렇네요! 이젠 진짜로 집에 갈 수 있다는 이야기잖아요!"

릴리가 새된 소리를 지르며 환성을 올렸다. 박창도 두 팔을 번쩍 치켜들었다.

"만세! 집으로 돌아간다!"

금방이라도 집으로 돌아갈 것 같은 기분에 한껏 들떠 버린 무적택배 사람들은 항해 기록 보기를 중지하고 지구의 위치가 입력되어 있는 룬드 라데츠호의 항해도부터 확인하려고 했다. 하지만 그때까지도 룬드 라데츠호에 있던 우주도와 항해도가 현재 시각의 것으로 전환되지 않았다는 사실을 확인하고 잠시 흥분을 가라앉혔다.

"그 작업이 끝날 때까지 지루해서 어떻게 기다리죠?"

마리나가 초조해하자 지혜는 느긋한 얼굴로 의자에 기대면서 말했다.

"보던 것이 아직 많이 남았는걸요. 기록이나 보면서 천천히 기다리자구요."

박상 일행은 룬드 라데츠호의 항해 기록을 다시 보기 시작했다. 지구로 돌아갈 수 있다는 구체적인 희망이 생긴 때문인지 그때부터는 전혀 피곤하지도, 졸리지도 않았다. 룬드 라데츠호의 대원들이 지구에서 실시하는 조사와 샘플을 채취하는 광경에는 지구 사람들도 보지 못한 진짜 과거의 모습이 담겨 있어 무척 흥미롭기도 했다.

희망에 넘친 지구 조사가 끝나고 룬드 라데츠호의 사람들은 자신들의 별로 돌아가는 귀로에 올랐다. 이 놀라운 발견을 한시바삐 알리기 위해서였다. 대원 모두는 자신들의 발견이 그들의 문명 전체에 새로운 시각과 지평을 열어줄 것이라는 기대와 자부심에 한껏 부풀어 있었다.

그러나 그들의 그런 희망은 귀환과 동시에 산산이 부서져 버렸다. 룬드 라데츠호가 떠나 있는 동안 발발한 큰 전쟁과 뒤이은 이상한 질병으로 문명 전체가 마비 상태에 처해 있었고, 룬드 라데츠호는 대대적인 환영을 받기는커녕 애타게 도움을 호소하는 우주 거주민들의 우주선과 기지를 지상으로 이송하는 일부터 해야 했다. 칼리케아의 수도 칼키아도 그중 하나였다.

우주 거주민들의 이송 작업이 마무리되자 룬드 라데츠호 내에서는 앞으로 어떻게 할 것인지를 두고 회의가 열렸다. 일부 대원은 현 상태로는 희망이 없으니 차라리 지구로 가자고 주장했으나, 그 시점에서 이미 그 원인 모를 질병이 룬드 라데츠호 대원들에게도 영향을 미쳐 한 명의 대원이 사망하고 선장과 다른 한 명이 감염되어 있는 상태였다. 백신도, 치료제도 없는 상황이다 보니 지구로 떠난다 해도 가는 도중에 전원이 사망할지도 모르는 일이었다.

결국 그들은 죽어도 고향에서 죽는 것이 낫다고 결정하고 마이테움으로 내려갔다.

마이테움 본토로 간 룬드 라데츠호는 그곳에서 다시 티메 섬으로 옮겨갔다. 그들의 그런 결정에는 기존 정치 세력에 대한 강한 불신감이 작용했다. 티메 섬의 비밀 기지 입구에 쓰여 있듯이 자신들이 우주에서 보고 경험한 것들을 있는 그대로 후손에게 전하겠다는 강한 의지의 표현이기도 했다.

에스할 산에 비밀 기지를 만들어 룬드 라데츠호의 주요 부분을 매설하는 작업은 룬드 라데츠호에 장치되어 있던 대형 장비와 로봇들이 추진했다. 우주선의 나머지 부분은 다른 곳에서처럼 살아남은 아이들을 위한 요새를 짓는 데 쓰였다.

힐바는 과거의 역사를 교훈 삼아 후세의 사람들이 무의미한 대립 대신 평화와 화합을 이루기를 바란다는 당부의 말로 기록을 끝냈다. 죽음을 각오한 초연한 모습이었으나 화면이 꺼지기 직전 눈가에 살짝 비치는 힐바의 눈물은 보는 이의 마음을 짠하게 했다. 무적택배 사람들은 숙연한 기분에 잠겨 한동안 조용히 앉아 있었다.

"고대 유적 어디서나 그랬지만 비장한 기록이네요."

마리나가 짧은 한숨과 더불어 중얼거렸다.

"이 기록이 저 사람들의 뜻대로 보다 훗날까지 무사히 남아 있었으면 좋겠습니다만."

박상은 착잡한 얼굴로 걱정의 말을 했다.

"인간은 어딜 가나 비슷한가 봐요. 지구도 누구 못지않게 전쟁으로 점철된 역사를 갖고 있지만, 이 별 역시 과거에 전쟁으로 문명이 무너지고도 여전히 전쟁이 끊이지 않는 걸 보면 말이에요."

박창도 평소의 성격에 어울리지 않는 감상에 빠져들었다.

"그러게 말입니다."

우진이 고개를 주억거렸다. 그때 릴리가 말했다.

"만약에 말이에요, 룬드 라데츠호가 이 별에 돌아왔을 때 전쟁과 그 이상한 질병이 발생하지 않은 상태였다면 지구는 과연 어떻게 되었을까요?"

그녀의 말에 다들 잠시 생각에 잠겼다. 우진이 입을 열었다.

"역사에 만일은 없다지만, 만일 그랬더라면 어떻게 되었을지 모르겠네요. 아메리카 대륙의 원주민들 같은 처지가 되었을지, 아니면 옛날 한국처럼 식민지화되었을지, 그도 아니라면 새로운 인식의 지평이 열려서 획기적인 발전을 이뤘을지도요."

그러자 박창이 냉소적으로 말했다.

"자기들끼리도 편 갈라서 싸워댔는데, 다른 별에 그렇게 이성적으로 접근할 수 있겠어요? 십중팔구 지구를 두고 다퉈댔겠지."

지혜가 냉큼 끼어들었다.

"지구라고 별거 있나? 지구야말로 근래 들어서 얌전해졌다 뿐이지 야만적인 시절이 얼마나 길었어? 운 좋게 어느 정도 우주 개발도 이뤄놓고 지구 내부의 정쟁도 그럭저럭 가라앉아 잠잠한 시절에 엇비슷한 수준의 외계 문명과 접촉이 이루어져서 점잖게 우주 질서에 편입한 거지, 지구인의 천성이 세련되어서 그런 건 절대 아니잖아."

그 말을 듣고 박상이 감탄의 표정으로 지혜를 쳐다보았다.

"지혜 네게 그런 냉철한 현실 인식이 있을 줄은 몰랐는데."

지혜는 샐쭉해서 박상을 째려보았다.

"무슨 뜻으로 하는 말이야?"

"솔직히 넌 네 전공 분야 빼고는 무관심한 편이 아니냐. 이 별에 와서도 그런 편이었고."

"그건 나도 인정하는 바이지만 그렇다고 아무 생각도 없이 사는 바보는 아냐."

지혜는 야무지게 대꾸했다.

룬드 라데츠호에서 가져온 우주도와 항해도를 현재 시각의 것으로 전환하는 작업이 끝나자 무적택배 사람들은 다음 작업에 들어갔다. 이곳에서 지구까지 가는 가장 가까운 항로를 찾는 것이었다. 룬드 라데츠호가 지구를 발견하기까지의 여정이 워낙 긴 것이다 보니 그대로 따라가는 것은 도저히 무리였다. 그래서 그들은 무적택배호에 있는 우주도와 새로 얻은 우주도를 비교·대조하여 지구의 우주 스테이션이 있는 곳에서 가장 가까운 지점을 찾기로 했다. 우주 스테이션에는 워프 게이트가 있기 때문에 그렇게 하는 것이 지구로 가는 제일 빠른 방법이라고 판단한 것이다. 그 작업 역시 금방 끝나는 것이 아니라서 기다리는 동안 박상 일행은 앞으로 해야 일들을 의논해서 구체적으로 정해 놓기로 했다.

"먼저 무적택배호를 어떻게 할 건지부터 정해야 할 것 같은데요."

우진의 말에 박창이 이상해하며 말했다.

"어떻게 하다뇨? 당연히 가져가야죠. 우리 배잖아요?"

그러자 지혜가 곤란한 표정을 짓고 말했다.

"에너지가 없어. 지금 상태로는 우주 항해는커녕 대기권 돌파도 쉽지 않을걸. 얼마 전 달에 다녀오는 것만 해도 쉽지가 않았잖아."

"내일 당장 떠나는 것도 아닌데 그동안 충전하면 어떻게 안 될까?"

박상이 지혜에게 물었다. 지혜는 머리를 흔들었다. 박상 형제의 무적택배호에 대한 애착을 모르지 않는 터이고, 지혜 자신의 손을 많이 탄 우주선이라 그녀 역시 마음이 편치 않았지만 어쩔 수가 없었다.

"무리야. 무적택배호에 충분한 에너지를 충전하려면 여기서 얼마나 더 지내야 할지 몰라. 그것 하나 때문에 준비를 다 갖춰놓고 기다릴 수는 없잖아."

박창은 시무룩해져서 입을 다물었다. 그런 박창을 조금 안쓰럽게 쳐다보던 릴리가 바다와 우진에게 물었다.

"무적택배호가 자력으로 우주 항해를 하는 것이 어렵다면, 귀환호가 끌고 가는 방법은 없나요?"

"끌고 간다구요?"

우진이 멀뚱멀뚱 되물었다.

"네. 우주선 중에는 그런 일을 하는 것도 있다고 들은 것 같은데요?"

"글쎄요. 하지만 그런 건 전용 장비가 달린 우주선이 따로 있을 텐데……."

우진이 고개를 갸웃거리는데, 바다가 말했다.

“어쩌면 가능할지도 모릅니다. 귀환호에 그 비슷한 기능이 있는 것 같았습니다.”

“정말요?”

박창은 반색하며 바다에게 얼굴을 돌렸다.

“귀환호에 보면 외부에 와이어가 있습니다. 심하게 손상을 입은 다른 우주선을 끌고 가거나 아니면 귀환호 자신이 항해가 불가능해졌을 때를 대비한 것인 모양인데, 그것을 잘 이용하면 무적택배호를 가지고 갈 수 있을지도 모릅니다.”

“그래요?”

지혜도 솔깃한 표정이 되었다. 그녀의 입장에서도 무적택배호를 가지고 갈 수 있다면 마다할 이유가 없었다.

“우진이와 제가 한번 알아보겠습니다. 가능하다면 가지고 가는 방향으로 추진해 보죠.”

바다가 말했다.

“그렇게 해주신다면 고맙겠습니다.”

박상 역시 한결 밝아진 얼굴로 인사했다. 다음으로 주제에 오른 것은 철인간들에 대한 것이었다.

“아담과는 진짜 정이 많이 들었는데, 다른 녀석들은 몰라도 아담은 같이 갈 수 없을까요?”

지혜는 아담에 대한 강한 애정을 피력했다. 그러나 박상이 단호하게 반대했다.

“다른 녀석들은 몰라도 아담만은 남아 있어야 해. 지휘차와 아담은 펠레즈의 고대 유산의 핵심적인 열쇠야. 아담 없이 지휘차만으로는 활

용이 어려워질 거야. 아담을 대체할 다른 철인간이 있지 않은 한, 아담
은 펠레즈에 남아야 해."

다른 사람들의 생각도 박상과 다르지 않았다.

"형의 말이 맞아. 아담은 펠레즈에 남을 수밖에 없을 것 같아."

박창의 말에 우진 등도 고개를 주억거렸다. 지혜는 풀이 죽어 웅얼
거렸다.

"오르세에 있던 그 철인간을 데리고 왔으면 아담을 대신할 수 있었
을 텐데."

"그건 이미 지난 일이야. 그리고 라에르를 레스프라트에 데려오는
것은 전쟁을 하자는 것이나 같아. 우리가 책임져 줄 것도 아니면서 무
책임하게 일을 벌일 수는 없어."

박상은 쐐기를 박았다. 지혜는 안타까워하며 아담을 곁눈질하다가
마침내 포기하고 다른 철인간들에게 시선을 돌렸다.

"그럼 다른 녀석들은 데려가도 될까?"

"게이브랑 백치 삼총사는 지혜 네 작품이니까 그것까지는 나도 상관
하지 않겠어. 아그리파는 칼키아에 돌려놓는 것이 맞겠지만 거기까지
가기도 그러니까 펠레즈나 디파에 두던지 해야겠지."

그런데 지혜는 불만스러운 표정을 짓더니 말했다.

"차라리 삼총사 녀석들을 포기할 테니까 아그리파는 데리고 가면 안
될까?"

"아그리파를 데려가자고?"

박상은 의아하게 되물었다. 지혜는 간곡하게 말했다.

"아그리파는 굳이 남지 않아도 고대 문명의 전달에 큰 이상 없잖아.

아담처럼 칼키아에 있는 고대 유적과 관련된 것도 아니고."

"하지만 아그리파의 데이터는?"

"그런 건 이곳 지식의 관에도 남아 있는 내용이야. 라템이란 사람의 개인적인 기록과 데이터가 문제라면 여기에 카피해서 남겨도 되는 문제고 말이야."

지혜는 열심히 박상을 설득했다. 박상이 쾌히 응해주지 않자 그녀는 다른 동료들에게 협조를 구했다.

"여러분도 생각해 보세요. 아그리파는 개성이 지나쳐서 처음 아그리파를 접한 사람들은 잘 이해하지 못할 수도 있어요. 주인보다 자신의 안전을 우선하는 로봇을 너그럽게 봐줄 수 있는 사람은 흔치 않을걸요?"

그 말을 듣고 릴리가 고개를 주억거렸다.

"그건 그래요. 아그리파 녀석의 개성은 과하긴 하죠. 보통의 안드로이드라면 하다못해 자신의 몸으로 주인을 막아주기라도 할 텐데 말이에요."

지혜는 릴리의 응원에 기뻐하며 말했다.

"그렇죠? 아그리파는 이해해 줄 수 있는 사람이 데리고 있어야 해요."

"너만 그럴 수 있는 건 아닐 텐데."

박상은 지혜의 생각에 동의하지 않았지만, 지혜는 아그리파만큼은 양보하지 않을 태세였다.

"나도 아담을 포기했으니까, 상이 너도 한 가지쯤 양보해 줘도 되지 않아?"

“양보니 뭐니 그런 문제는 아닌 것 같은데.”

박상이 모호한 표정을 짓자 지혜는 강하게 주장했다.

“사실 아담에 대해서도 난 권리가 있어. 우리가 발견했을 때는 못 쓰게 된 상태였잖아. 내가 고치지 않았더라면 어차피 아담을 사용하지도 못했을 거라구.”

박창이 실 웃으면서 끼어들었다.

“고친다기보다는 조립 아닌가?”

“조립이든 뭐든, 나니까 해냈지 다른 사람이 할 수 있는 일은 아니었잖아! 안 그래요, 여러분?”

지혜는 마리나 자매와 바다, 우진을 둘러보며 물었다. 네 사람은 야릇한 미소를 머금으며 긍정했다.

“그건 사실이죠.”

“지혜 씨가 없었더라면 불가능했을 일이긴 해요.”

일행이 동조해 주자 지혜는 의기양양해져서 선언하듯이 말했다.

“아담은 펠레즈를 위해서 어쩔 수 없이 남겨야 하겠지만, 아그리파는 우리가 데리고 가기로 해요.”

“그럼 백치 삼총사는?”

박창이 묻자 지혜는 헛바닥을 낼름 내밀어 보였다.

“백치라며? 둬서 뭘 하겠어? 내가 챙겨줘야지.”

“욕심은…….”

박상은 못마땅한 표정으로 지혜를 쳐다보았지만, 다른 사람들이 지혜의 주장에 편을 들어주는 분위기라 그냥 넘어갔다. 철인간에 대한 논의가 끝나자 박상은 앞으로 할 일을 정리했다.

"그러면 지혜는 우리의 귀환 항로가 잡히는 대로 관련 데이터를 귀환호에 옮기고, 나와 박창은 귀환호의 준비 상황을 감독하면서 식량을 포함해 필요한 물품의 목록을 작성해서 노드 씨와 로네스 씨에게 부탁하겠습니다. 바다 씨와 우진 씨는 귀환호로 무적택배호를 끌고 갈 수 있을지 검토하고, 귀환호의 조종을 계속 연습해 주십시오. 마리나 씨와 릴리 씨는 귀환호의 기능을 익혀주시구요."

"좋습니다. 그런데 아담과 지휘차는 언제 펠레즈에 돌려놓죠?"

마리나가 물었다.

"우리가 떠나기 전까지는 지휘차를 이용해야 할 테니 출발 전날쯤으로 하면 어떨까 합니다."

박상의 결론에 모두 찬성했다.

지식의 관에서의 볼일을 끝낸 무적택배 사람들은 이번에는 네비 들판으로 갔다.

현재 시점으로 전환시킨 룬드 라데츠호의 우주도와 항해도, 그리고 지구의 우주 게이트 중 이곳에서 가장 가까운 곳으로 잡아 계산한 귀환 항로를 귀환호의 중앙 컴퓨터 라그로트에 입력시키기 위해서였다.

여느 때처럼 귀환호의 통제실에 들어서던 박상 일행은 전과 사뭇 달라진 내부의 모습에 놀라 걸음을 멈추었다. 모니터와 계기판 등의 장치만 있고 다른 비품이 일절 없어 휑하니 비어 있던 통제실이 어느새 상당히 짜임새있는 모습으로 바뀌어 있었다.

"이야~ 대단한데요! 얼마 전만 해도 임시로 가져다 놓은 의자 빼고는 아무것도 없었는데, 그새 이렇게 넣어두다니."

우진은 내부를 둘러보며 감탄했다.

"그새 이 물건들을 다 만들었다니 놀랍군요."

놀라워하는 지혜에게 박창이 말했다.

"여러 곳에서 나눠서 하니까 그렇겠지."

릴리는 안으로 들어가서 가까운 오퍼레이터 좌석 중 하나에 앉으려다가 탄성을 올렸다.

"와! 이 의자 좋은데요. 진짜 가죽을 씌웠어요. 나무 재질도 좋구요!"

"재료만 좋은 게 아니라 생긴 것도 예술적인데요. 수제품은 과연 달라요."

우진도 테이블이며 캐비닛 등을 살펴보며 감탄했다. 통제실 내부를 둘러본 그들은 다른 곳도 살펴보았다. 통제실 옆의 회의실, 휴게실 등과 함장실을 비롯한 고급 장교들의 생활 구역에는 필요한 것들이 대부분 갖추어져 있었다.

"잘 해놓았네요. 식량과 물만 준비되면 바로 출발해도 되겠는데요?"

지혜의 말에 박창이 딴지를 걸었다.

"아직은 안 돼. 주방에 식기랑 냄비, 프라이팬, 도마 등의 주방도구가 없는걸."

박창의 꼼꼼한 지적에 우진이 웃으면서 보탰다.

"티슈랑 타월 같은 것도 없구요."

"아무튼 노드 씨랑 로네스 씨는 일을 참 잘해요. 노드 씨는 꼼꼼하게 계획을 잘 짜고, 로네스 씨는 사람을 잘 다루고 추진력이 있어서 두 사람이 같이 일을 하면 시너지 효과가 발생하는 것 같아요."

마리나는 흐뭇해하며 노드와 로네스를 칭찬했다.

“자, 이젠 통제실로 돌아가서 우리가 할 일을 합시다.”

박상의 말에 따라 무적택배 사람들은 통제실로 돌아갔다. 드디어 집으로 돌아갈 수 있게 되었다는 희망에 모두의 마음은 그 어느 때보다 설레고 뿌듯했다.

다음날, 박상 일행은 파디아를 만나 조만간에 돌아가게 되었다고 알렸다. 파디아는 놀라면서도 담담하게 받아들였다. 무적택배 사람들의 그간의 행적에서 짐작하고 있었던 듯했다.

“언제쯤 떠날 생각이십니까?”

파디아가 물었다.

“지금 예정으로는 30일 뒤쯤으로 잡고 있습니다. 노드 씨와 로네스 씨에게는 곧 이야기해서 준비를 부탁할 생각입니다.”

박상이 대답했다. 마음 같아서는 더 빨리 출발하고도 싶었지만 귀환호의 내부 마무리와 식량과 그 외 물품을 준비할 시간이 필요하겠다는 고려와 자신들도 귀환호에서 연습할 시간을 가지기 위해서였다.

“여러분이 떠나고 나시면 많이 뵙고 싶을 겁니다.”

파디아의 쓸쓸한 표정에 박창이 덩달아 어두운 얼굴을 하고 진지하게 대답했다.

“우리도 그럴 겁니다.”

그러자 릴리가 배시시 웃으며 말했다.

“지금 헤어지는 것도 아닌데 왜들 그러세요? 그런 인사는 나중에 하자구요.”

그 말을 듣고 박창은 멋쩍게 머리를 긁적였다. 파디아는 표정을 가다듬고 박상 일행에게 말했다.

"여러분이 떠나시기 전에 저희가 할 일이 있으면 말씀해 주십시오."

"지금까지 도와주신 것만으로도 이미 충분합니다. 하지만 도움을 청할 일이 있으면 그렇게 하겠습니다."

박상은 진심을 담아 그렇게 말했다.

파디아와 이야기를 끝낸 무적택배 사람들은 노드와 로네스를 만나 같은 이야기를 했다. 두 사람 역시 파디아처럼 처음에는 크게 놀랐지만 이내 상황을 받아들였다.

"언젠가 떠날 것이라고 전부터 말씀하시기는 했지만, 이렇게 빨리 떠나실 줄은 몰랐습니다. 좀 더 모실 수 있을 줄 알았는데……."

로네스는 놀라움과 함께 서운한 마음을 드러냈다. 박상은 조용히 미소 지었다.

"그렇게 되었습니다. 우리도 서운하지만 떠날 수 있을 때 떠나야지요."

"혹시라도 아메트에서 있었던 일 때문에 그러십니까?"

노드가 물었다. 박상은 서둘러 부인했다.

"아닙니다. 그 일과는 관계없습니다. 그저 때가 되어서 그런 것뿐입니다."

노드는 그 말을 믿은 것인지 다른 말은 하지 않았다. 대신 귀환호의 일을 걱정했다.

"30여 일 뒤에 가실 예정이라면 큰 우주선에 물품 넣는 일을 더욱 서둘러야겠군요."

"어제 보니까 통제실을 비롯해 주요한 부분은 많이 진행해 놓으셨더군요. 전에도 말씀드렸지만 우주선 전체를 다 채울 필요는 없으니, 식료와 타월 같은 생필품만 준비해 주셔도 될 것 같습니다."

박상의 부탁에 노드는 빙긋 웃었다.

"알겠습니다. 하지만 베르테스 폐하께서 하신 명령도 있고 하니 남은 기간 동안 가능한 일은 해보겠습니다."

"고맙습니다. 베르테스 폐하께도 잘 말씀드려 주십시오."

"예."

그때 우진이 조금 염려스러운 기색으로 로네스에게 말을 건넸다.

"혹시 아메트에서 뭔가 움직임이 있다는 이야기는 듣지 못하셨습니까?"

"아직 그런 이야기는 듣지 못했습니다. 오르세에서 있었던 일이 크게 소문이 돌고 화제가 되고 있는 모양이기는 합니다만, 특별한 움직임은 없는 것 같습니다."

로네스의 말을 듣고 무적택배 사람들은 조금 마음을 놓았다. 물론 아메트의 왕이 언제까지나 조용히 있지는 않겠지만 당장 자신들로 인해 큰 사태가 일어나는 것만은 피하고 싶었다. 이야기를 끝낸 두 사람이 인사하고 나가려는데 박상은 무엇이 생각났던지 서둘러 그들을 불러 세웠다.

"잠시만요."

노드와 로네스가 돌아보자 박상은 심각한 태도로 당부했다.

"혹시라도 베르테스 폐하께서 우리의 환송회 같은 것을 생각하신다면 정중히 사양하겠다는 뜻을 전해주십시오. 그냥 가깝게 지낸 몇 분과 인사를 나누고 조용히 떠났으면 합니다."

"그렇게 말씀드리겠습니다."

노드는 그렇게 대답하고 로네스와 방을 나갔다.

그 후 빠르게 시간이 흘렀다. 그동안 뷜리텐에 들러 쿠데리안 왕에게 감사와 작별의 인사를 하고 칼키아에도 한 번 들른 뒤부터는 전원이 줄곧 귀환호에서 시간을 보냈다. 다행스럽게도 귀환호에 무적택배호를 연결해서 가지고 갈 수 있게 되어 바다와 우진은 시뮬레이션 훈련을 반복하며 호흡을 맞췄고, 다른 사람들도 맡은 일을 차근차근 해나갔다.

출발 일이 가까워지자 무적택배 사람들은 자신들의 물건을 귀환호에 옮겼다. 레스프라트에서 생활하는 동안 사용했던 물건과 선물로 받은 것들 이외에 무적택배호에서도 많은 것들이 옮겨졌다. 가능하면 지구까지 무적택배호를 가지고 갈 계획이었지만 우주에서 어떤 돌발 상황이 발생할지 모르므로 옮길 수 있는 것은 전부 옮겼다.

출발 이틀 전, 디파에 들러 지식의 관을 보존 처리해 놓고 디파의 성주인 디르크 원수와 아들 샤트 등 그곳의 사람들과 작별 인사를 끝낸 박상 일행은 출발 전날에는 마지막 마무리를 위해 펠레즈로 갔다. 지휘차와 아담을 그곳에 두기 위해서였다.

그들은 우선 지휘차가 있는 지하 벙커로 가는 열쇠가 되었던 수리차 차고부터 들렀다. 그리고 처음 그곳을 발견했던 때처럼 수리차에 보관용 커버를 씌우고 그곳을 폐쇄했다. 차고의 입구에 달린 그림 퍼즐도 조수를 시켜 모양을 흩어놓았다.

그것이 끝난 다음에는 지휘차와 아담이 있던 지하 벙커로 갔다.

지휘차를 처음의 위치에 두고 아담은 철인간용 수리실에 두기로 했다. 일행은 지휘차를 떠나기 전에 마지막으로 내부를 꼼꼼히 둘러보았다. 프라트에서 청소와 정리를 하고 왔기 때문에 내부는 먼지 하나 없이 말끔했다. 통제실까지 점검이 전부 끝나자 지혜는 아쉬움이 가득한 얼굴로 아담을 쳐다보았다.

"이제 여기서 나가면 아담과는 영원한 이별이 되겠죠? 꼭 가족이나 친구랑 헤어지는 것처럼 기분이 이상해지네요."

"정말 그래요. 서운하기도 하고 허전하기도 하네요."

릴리도 쓸쓸해했다. 박창은 아담에게 농담처럼 말했다.

"야, 아담. 너 나중에 새 주인 만나면 우리에 대해서는 싸그리 잊어버리는 거 아냐?"

아담은 진지하게 대답했다.

—데이터가 소실되지 않는 한 그럴 일은 없습니다.

박창은 익살스러운 눈빛으로 지혜를 슬쩍 쳐다보고 말했다.

"지혜 누나 같은 사람에게만 안 걸리면 되겠네."

"내가 멀쩡한 아담을 버려놓은 거야? 그나마 파손되어서 쓰지 못하게 되어 있는 걸 고쳤다구!"

지혜는 발끈해서 항변했다. 박상은 그런 두 사람의 대화에는 아랑곳없이 아담에게 마지막 명령을 내렸다. 자신은 일행과 이곳을 떠나 다시는 돌아오지 않을 것이므로 자신들이 지하 벙커를 나가고 나면 기지 내부의 공기를 빼고 보존 상태에 들어가 있으라는 것과 후일 이곳에 들어오는 사람을 새로운 지도자로 인정하고 그를 도우라는 내용이었다.

―알겠습니다. 명령을 이행하겠습니다.

로봇답게 아담의 대답은 냉랭하게 느껴질 정도로 간결하고 평온했다. 순간적으로 섭섭한 마음이 들었지만, 박상은 내색하지 않고 일행에게 말했다.

"다 끝난 것 같으니 이제 가봅시다."

그리고 문으로 몸을 돌리려는데 아담이 물었다.

―박상 총사령관님과 여러분은 어디로 가시려는 것입니까?

"우리가 왔던 곳으로. 아주 멀어서 다시 돌아오지 못할 거야. 아담, 넌 통제실에 남아 있다가 우리가 나간 뒤 내 명령을 이행하도록 해."

박상은 그렇게 말하고 통제실의 문을 열었다. 차례로 통제실을 나가는 무적택배 사람들에게 아담이 작별 인사처럼 말했다.

―안녕히 가십시오. 모실 수 있어서 영광이었습니다. 무사히 돌아가시기 바랍니다.

감정이 실릴 리 없는 기계 음성이건만 이상하게도 그 순간 쓸쓸한 여운이 느껴졌다.

"그래. 아담, 너도 잘 있어. 좋은 주인 만나고."

대답하는 지혜의 목소리가 살짝 떨려 나왔다. 지휘차를 내리기 직전 지혜는 갑자기 동료들에게 한 가지 제안을 했다.

"저기, 아담 혼자만 남겨두기는 좀 그러니까, 철인간 하나쯤은 같이 있도록 남겨두고 가는 건 어떨까요?"

뜬금없이 튀어나온 제안이어서 처음에는 모두 어리둥절해했다. 하지만 지혜의 마음을 이해할 것도 같아 다들 쾌히 찬성해 주었다.

"그렇게 하십시오."

"그것도 나쁘지 않겠네요."

지혜는 백치 삼총사 중 삼룡이에게 아담의 곁에 남아 있도록 명령하고 지휘차에 남겼다. 삼룡이가 남고 지휘차의 출입문이 닫힌 다음에도 왠지 모를 착잡한 기분에 모두 선뜻 걸음을 떼지 못했다.

"갑시다."

이대로는 언제 떠나질지 모르겠다고 생각한 박상이 먼저 몸을 돌렸다. 무적택배 사람들은 펠레즈를 나갈 때 이용하려고 가지고 온 에어카와 에어트럭에 나누어 탔다. 지하 벙커의 삼중문을 지나서 문이 닫히는 것까지 확인한 다음 그들은 지상으로 출발했다.

캄캄한 지하 공간을 통과하는 동안 그들은 입을 다물고 제각기 상념에 잠겨 이곳에서 보낸 나날들을 돌이켜 보고 있었다. 불현듯 마리나가 입을 열었다.

"앞으로 얼마나 시간이 더 지나야 고대의 마지막 어른들이 바랐던 것처럼 이 별의 후손들이 고대의 유산을 이용할 수 있게 될까요?"

"글쎄요, 3, 400년? 어쩌면 그보다 더 가까워질지도 모르겠네요. 우리가 이곳에 와서 자극을 준 부분도 있으니까요."

지혜가 대답하는데, 우진이 다른 문제를 꺼냈다.

"아담이 있는 곳에 들어가려면 수리차 창고의 그림 퍼즐을 맞춰야 할 텐데, 그건 어떡합니까? 베르테스님이나 누군가에게 가르쳐 주고 가야 하지 않겠습니까?"

그러자 바다가 우려했다.

"그러다가 너무 일찍 그곳을 열면 어쩌고? 아무리 보존이 잘되어 있다 해도 자꾸 여닫으면 좋지 않을 텐데."

“뭔가 단서를 달아야지요. 가령 칼키아에서 지혜 씨가 말한 것처럼 인공위성 같은 걸 만들게 되거든 그때 열라든지, 아니면 컴퓨터 같은 걸 기준으로 삼든지요.”

우진의 말에 지혜가 말했다.

“컴퓨터보다는 인공위성이 낫겠어요. 컴퓨터는 어느 정도 발전이 이루어져야 쓸모가 있는데, 인공위성은 기술 문명이 상당히 발달해야 가능하니까요.”

논의 끝에 그들은 지구로 떠나기 전에 수리차 창고에 있는 그림 퍼즐의 해답을 인공위성이라는 단서를 달아 베르테스에게 건네기로 했다.

“그런데 언제, 어떤 식으로 건네주죠?”

릴리가 물었다.

“오늘 저녁에 베르테스님과 몇 사람과 식사를 함께하기로 했지 않습니까? 그때 틈을 봐서 주기로 하죠.”

박상이 대답하는데, 지혜가 끼어들었다.

“무슨 전달식이나 수여식처럼 거창해지는 건 싫으니까 상이 네가 따로 만나서 건네는 게 좋을 것 같은데.”

우진은 지혜의 생각에 찬동했다.

“그게 좋겠습니다. 고대 유적은 이곳 사람들에게 대단히 중요하고 민감한 문제인만큼 되도록 비밀스럽게 하는 편이 좋을 겁니다.”

다른 일행의 생각도 비슷해서 그날 모임에서 적당한 때 베르테스에게 조용히 건네주기로 했다.

“그런데 나중에 아메트 쪽이 먼저 고대 유산을 개봉해서 이용하게 되면 어쩌죠? 자세히 둘러보지는 못했지만, 그 틸라다라는 곳도 굉장히 잘되어 있던데요."

박창이 걱정했다. 그러자 우진이 확언했다.

"그런 일은 절대 없을 겁니다."

"왜요?"

박창은 어디에서 그런 확신이 나오는지 의아해했다.

"우리가 오르세를 탈출해 올 당시의 일을 생각하면 알 수 있지요. 기스칼 임시 정부 청사인 틸라다의 철인간인 라에르가 지도자로 받아들인 사람은 오르세의 지배자인 아메트 왕이 아니라 펠레즈의 총사령관인 박상 사장님입니다. 라에르의 입장에서 아메트는 옛 기스칼의 영토를 무단으로 지배하고 있는 불법적인 무리에 불과합니다. 그렇기 때문에 아메트의 카우드 왕을 인질로 잡고 우리를 탈출시켜 준 것이구요. 그런데 우리가 그런 라에르의 인식을 수정시키지 않고 그냥 돌아왔기 때문에 틸라다의 지도자는 펠레즈의 총사령관으로 되어 있는 채입니다. 그러니까 펠레즈의 고대 유적을 지배하는 사람이 자연히 오르세의 고대 유적 틸라다까지도 지배하게 되는 거죠."

"그게 또 그렇게 되는 건가?"

박창이 감탄의 표정으로 중얼거렸다. 박상은 그 문제를 잠시 생각해 보더니 말했다.

"그래도 나중 일은 모르니 틸라다에 대한 이야기는 여기 사람들에게 하지 맙시다."

그런 말을 남겼다가 그것이 빌미가 되어 분쟁이 일어나지나 않을까 하는 생각에서였다. 기우일지 모르지만 아무튼 시빗거리가 될 일은 가능한 한 남기지 않는 것이 자신들이 마지막으로 할 일이라는 생각이 들었다.

지하에서 나온 무적택배 사람들은 펠레즈의 슈스 성주와 인사를 나눈 뒤 네비 들판으로 가서 귀환호의 상태를 최종 점검했다. 그리고 저녁에는 프라트로 돌아와서 베르테스 부부와 레히트 재상, 재무대신 엘트 등 레스프라트의 주요한 사람들과 저녁 식사를 함께했다. 대규모의 환송회를 사양한 무적택배 사람들의 의향을 존중하여 식사를 겸한 작은 환송 모임으로 한 것이었다.

식사가 끝날 즈음 박상은 베르테스와 둘이서 자리를 옮겨 그에게 작은 상자를 내밀었다.

"보고를 들으셨겠지만 오늘 펠레즈에 지휘차와 아담을 보존 처리하고 왔습니다. 디파의 시설은 펠레즈와 연결되어 있으니 후일 때가 되면 펠레즈에 있는 고대 유산부터 개봉하시면 될 겁니다. 이 상자에는 펠레즈의 고대 유산을 열 수 있는 문제의 답이 있습니다. 하지만 전부터 누차 말씀드렸듯이 적절한 때가 되기 전에 고대 유산을 열게 되면 정작 필요할 때 그것을 이용하지 못하게 될 수가 있으니, 그 점은 단단히 마음에 새겨두셔야 합니다."

"잘 알겠습니다. 그런데 적절한 때가 되었다는 것을 어떻게 알 수 있습니까?"

베르테스가 물었다. 박상은 준비해 두었던 답을 내놓았다.

"여러분이 하늘에 기계를 쏘아 올려 그것으로 지상을 살펴보고 멀리 떨어진 곳과 메시지를 주고받을 수 있게 되었을 때쯤이면 고대 유산을 이용하실 수 있을 겁니다."

"지상을 살피고 먼 곳과 메시지를 주고받는 기계를 하늘에 쏘아 올리면 된다는 말씀입니까?"

베르테스는 내용을 확인했다.

"그렇습니다. 그전에는 고대 유산을 건드리지 말고 잘 보존하셔야 합니다. 펠레즈와 디파에 있는 고대 유산은 무기 같은 직접적이고 물리적인 힘이 아니라 고대 문명의 지식과 비밀을 담고 있습니다. 그것들을 이해할 수 있는 기반이 닦인 다음에야 비로소 효용이 얻어지는 종류의 것입니다. 그러므로 설령 국가에 긴급한 사태가 발생한다 해도 그것을 개방함으로써 당장 얻어지는 실익은 없을 것입니다. 이 점 또한 꼭 염두에 두셔야 합니다."

박상은 염려의 마음을 담아 당부했다. 베르테스는 결연한 표정으로 대답했다.

"명심하겠습니다."

마침내 출발 당일, 무적택배 사람들은 가볍게 아침 식사를 하고 이곳에 올 때 입고 있던 옷으로 갈아입은 뒤 밖으로 나갔다. 그들을 배웅하기 위해 베르테스 부부를 비롯한 레스프라트의 주요 인사들과 파디아와 미테르교의 사제들, 그리고 박상 일행이 외부를 다닐 때 경호를 맡았던 아르데 등 많은 사람들이 구왕궁의 정원 터에 모여 있었다. 박상은 일행을 대표해서 레스프라트 사람들에게 작별 인사를 했다.

"이 자리에 계신 여러분, 그리고 레스프라트의 모든 분들께 그간의 호의를 감사드립니다. 모두 건강하시고 원하는 일들을 잘 이루어 나가시기 바랍니다."

베르테스가 고개를 조아리고 답례했다.

"저희야말로 여러분께 이루 말로 표현할 수 없는 많은 은혜를 입었습니다. 좋은 여행 되시고, 여러분께서 가시고자 하는 곳에 무사히 도달하시기를 기원하고 있겠습니다."

다음으로 파디아의 인사말이 이어졌다.

"신의 사도 여러분께서 레스프라트에 내리셔서 베푼 은혜와 기적을 저희는 결코 잊지 않을 것입니다. 미테르의 가호가 항시 여러분과 함께할 것을 믿습니다."

"감사합니다. 저희도 여러분을 잊지 못할 겁니다."

박상의 대답이 끝나고, 무적택배 사람들은 각자의 위치로 가기 시작했다.

노드, 로네스, 아르데, 카라인 등 친숙한 얼굴들이 눈에 박혔지만 그들 모두와 일일이 작별 인사를 나눌 수는 없었다. 우진과 박창은 수정과 철인간 게이브를 데리고 무적택배호에 탔고, 나머지 사람들과 로봇은 귀환호가 있는 네비 들판으로 가기 위해 에어카와 에어트럭에 나누어 탔다.

에어카를 타고 네비 들판으로 갔을 때 박상 등의 눈에 보인 것은 구름처럼 모여든 인파였다. 박상 일행이 레스프라트를 떠나 돌아간다는 이야기가 사람들 사이에 퍼진 모양이었다. 환송의 의미인지 사람들 사이에서는 커다란 박수와 환호성이 올랐다. 우레처럼 사방으로 울려 퍼지는 그 소리를 들으며 박상 등은 귀환호 안으로 들어갔다.

"드디어 이곳을 떠나는군요."

귀환호의 통제실로 들어서면서 바다가 한숨처럼 내뱉었다. 동료들

중 누구보다 귀환을 열망해 온 그였지만, 이때만큼은 여러 감정이 교차하는 듯했다. 바다와 박상 등 다섯 명은 각자 정한 자리에 앉았다. 바다는 무적택배호에 있는 우진에게 준비가 되었음을 알렸다.

“저희도 준비되었습니다.”

모니터에 나타난 우진의 표정은 흥분과 긴장으로 상기되어 있었다. 귀환호의 함장석에 앉은 박상은 크게 심호흡을 한 다음 큰 소리로 말했다.

“이제 무사히 귀환하는 일만 남았습니다! 잘 해봅시다!”

“예!”

박창 등은 씩씩하게 대답하고 이류에 들어갔다.

프라트를 떠나 상공 높이 올라간 귀환호와 무적택배호는 곧장 대기권을 돌파하지 않고 두 선체를 연결하는 작업에 들어갔다. 본래라면 우주 밖으로 나가서 해야 할 작업이었으나 무적택배호의 에너지 사정상 어쩔 수 없는 선택이었다.

단 한 차례의 실습도 없이 시뮬레이션 훈련만으로 연습한 터라 당사자인 바다와 우진도 그렇지만, 지켜보는 동료들의 마음도 조마조마하기 짝이 없었다. 다행히 두 대의 우주선은 성공적으로 연결되었고, 그들은 드디어 대기권을 벗어나 우주로 나가기 시작했다.

“이젠 정말 집에 돌아가는 거네.”

모니터에 비치는 파란 별을 바라보면서 릴리는 잘 실감이 나지 않는지 입속으로 작게 중얼거렸다. 점차 멀어지는 그 빛을 바라보며 무적택배 사람들은 귀향의 기쁨과 왠지 모를 쓸쓸함에 잠겨 있었다.

에필로그

태양계를 벗어난 귀환호와 무적택배호는 룬드 라데츠호에서 얻은 우주도와 항해도에 의지하여 지구로 향한 본격적인 귀로에 올랐다. 여러 번의 워프와 항해를 거쳐 두 대의 우주선은 드디어 지구의 우주 스테이션이 있는 지역에 접어들었다.

"됐습니다. 이제부터는 무적택배호에 있는 우주도만으로도 갈 수 있는 지역입니다. 가까이에 가루다 스테이션이 있습니다."

신중하게 위치를 확인한 바다가 고조된 음성으로 선언하자 무적택배 사람들은 너나 할 것 없이 기쁨의 함성을 내질렀다.

"성공이다! 이젠 정말 집으로 갈 수 있어!"

"얏호!"

"마침내 집에 간다!"

그들은 미친 듯이 소리 지르며 가까이에 있는 아무나 끌어안고 감격을 나누었다. 동료들의 흥분이 가라앉기를 기다려 박상이 진지한 태도로 입을 열었다.

"여러분, 한 가지 제안할 것이 있습니다. 여기서부터는 지구의 우주도와 항해도만으로도 갈 수 있는 곳이라고 하니, 귀환호에 있는 우주도와 항해도, 항해 기록을 전부 지우는 것이 어떻겠습니까?"

"귀환호의 우주도를 지운다구? 왜?"

우진과 같이 무적택배호에 있는 박창이 영문을 몰라 어리둥절해하며 물었다.

박상은 차분한 태도로 일행에게 자신의 생각을 설명했다.

"지금 즉흥적으로 떠올라서 하는 말이 아니고 전부터 생각했던 일입니다. 특히 얼마 전에 룬드 라데츠호의 기록을 보고 더욱 그런 생각을 굳히게 되었습니다. 만일 우리가 떠나온 베노 태양계에 갈 수 있는 우주도와 항로를 그대로 가지고 지구에 돌아간다면 지구가 그곳에 아무 영향도 미치지 않고 내버려 둘 것이라고는 전혀 장담할 수 없습니다. 지구가 우리 지구인의 것이듯, 베노는 그곳 사람들의 것이고 그들과 그 후손들이 살아갈 곳입니다. 그런 원론적인 문제를 떠나서 생각하더라도, 그곳은 우리가 낯선 환경에서 생존할 수 있게끔 도와준 고마운 사람들이 있는 곳이고, 또 우리가 무사히 지구로 귀환할 수 있는 기회를 준 별입니다. 우리가 표할 수 있는 최대의 감사는 그곳을 그곳 사람들에게 남겨두는 것이라고 생각합니다."

박상의 말을 듣고 있던 지혜는 납득하고 고개를 끄덕였다.

"제 생각에도 옳은 말인 것 같네요. 그곳의 위치가 지구에 알려지면 우리의 의도와는 상관없이 그곳에 나쁜 영향을 미칠 가능성이 커요. 우리가 지금 가지고 가는 귀환호나 철인간 등 고대 문명의 소산만 해도 지구 사람들을 끌어들이기에 충분한 요인이에요. 전에도 말했지만, 사이버네틱스나 합금 같은 분야에서는 현재의 지구보다 뛰어난 점이 많은 문명이니까요. 지구 문명이 과거 역사에 비해 많이 세련되어졌다고는 해도 인간의 욕망까지 제어할 만큼 성숙했다고는 기대하기 어렵다고 봐요."

지혜에 이어 우진도 찬성의 뜻을 밝혔다.

"솔직히 그 문제는 저도 걱정스럽던 차였습니다. 그곳은 고대 문명의 유산뿐 아니라 지구와 흡사한 환경 등 지구인들에게 지나치게 매혹적인 곳이 틀림없습니다. 고대에 룬드 라데츠호의 승무원들이 지구에 대해서 느낀 것처럼 말이죠. 사장님의 의견에 전 찬성입니다."

우진의 말이 끝나자 박창도 수긍했다.

"다시는 갈 수 없을 거라고 생각하면 서운하긴 하지만, 충분히 일리가 있다는 생각이 드네요. 저도 찬성입니다."

"우리 둘의 생각도 그래요. 세상에 좋은 사람들만 있는 것도 아니고, 그곳에 가는 길이 알려지면 좋은 일보다는 나쁜 일이 더 많을 것 같아요."

마리나 자매 역시 동의했다. 동료들의 의견이 모이자 박상은 귀환호를 잠시 멈추게 하고 귀환호의 중앙 컴퓨터 라그로트에게 우주도와 항해도, 항해 기록을 전부 영구 삭제하라고 명령했다.

[데이터의 영구 삭제를 실시하면 다시는 복구할 수 없게 됩니다. 정말로 영구 삭제를 실시할까요?]

라그로트는 박상에게 확인을 구했다. 박상은 단호하게 명령을 반복
했다.

"절대로 복구할 수 없게끔 영구 삭제하도록 해. 백업 같은 것도 절
대 남겨서는 안 돼."

[알겠습니다. 명령을 이행하겠습니다.]

라그로트가 명령에 따라 베노와 관련된 모든 데이터를 삭제한 뒤 지
혜는 삭제 사실과 데이터의 복구가 불가능한지 여부를 면밀히 확인했
다. 그 확인이 끝난 다음에는 무적택배호로부터 지구 문명의 우주도와
항해도를 전송받아 라그로트에 설치했다.

"다 끝났어요. 이젠 그곳으로 돌아가고 싶어도 갈 수 없어요."

지혜는 모두에게 작업이 끝난 것을 알렸다.

"이제 다시는 그곳에 갈 수 없을 거라 생각하니 기분이 막 이상해지
네요."

릴리가 쓸쓸한 표정으로 중얼거렸다. 박상도 비슷한 기분이었지만
짐짓 냉정하게 말했다.

"이것이 최선의 방법입니다. 베노와 그곳 사람들에 대한 마지막 감
사 인사라고 생각합시다."

"그건 저도 알아요. 그냥 뭐랄까, 만감이 교차하네요."

릴리는 머리를 주억거리면서도 못내 아쉬운 듯 짧은 한숨을 쉬었다.
다른 사람들도 비슷한 심정이어서 잠시 동안 저마다의 감상에 빠졌다.
그때 갑자기 지혜가 큰 소리로 명랑하게 말했다.

"자, 추억은 나중에 천천히 되새기기로 하고 어서 다시 가요! 집이
가까워졌잖아요!"

그녀의 말에 다들 상념에서 벗어났다.

"그래요. 갑시다."

바다는 고개를 끄덕이고 귀환호를 출발시켰다.

그들은 현재 위치에서 가장 가까운 지구의 우주 스테이션 가루다로 향했다. 가루다까지는 무적택배호의 속도를 기준으로 해서 대략 일주일 정도의 거리였고, 워프 게이트가 가까운 곳에서 워프를 하는 것은 좋지 않을 수도 있다는 판단에 따라 워프를 하지 않고 가기로 했다.

5일째, 바다가 큰 소리로 모두에게 말했다.

"우주 스테이션 가루다에서 메시지가 왔습니다!"

바다는 가루다의 메시지를 모두가 들을 수 있게 켰다.

[이곳은 지구연방 소속 제17번 우주 스테이션 가루다입니다. 현재 접근 중인 미지의 우주선은 신분을 밝혀주시기 바랍니다.]

"귀환호 때문에 그럴 거예요. 우진 씨가 어서 답신하세요. 지구 입장에선 정체 불명의 우주선이니까 굉장히 경계하고 있을 거예요."

지혜가 서둘러 무적택배호에 있는 우진에게 말했다.

"알겠습니다."

지혜에게 답한 우진은 가루다에 답신을 보냈다.

"여기는 무적택배호. 지구연방의 월면도시 달빛시에 우주 택배 사업자로 등록되어 있습니다. 사업자등록번호와 우주선등록번호를 함께 전송하겠습니다. 지구연방 소속 제32번 우주 스테이션 엘리지앙과 콜로프연방 소속 제8번 우주 스테이션 피라에크 사이의 공해상에서 혜성 충돌 사고로 지구에 알려지지 않은 먼 우주로 튕겨 나갔다가 지금 귀환하는 길입니다. 함께 있는 우주선은 그곳에서 귀환을 위해 구해온 것입니다. 입항을 허가해 주시기 바랍니다."

우진이 답신을 보낸 얼마 뒤에 가루다에서 회신이 왔다.

[무적택배호에 대한 확인을 실시하고 있습니다. 현재의 위치에 멈추고 잠시 기다려 주십시오.]

지시에 따라 그 지점에서 멈추고 기다리고 있으려니 다시 메시지가 왔다.

[확인이 끝났습니다. 무적택배사와 무적택배호에 대한 확인이 정상적으로 이루어졌습니다. 여러분의 지구 귀환을 축하드립니다. 곧 무인 안내선을 보낼 터이니, 안내선의 유도에 따라 입항해 주시기 바랍니다.]

"안내선? 여태까진 그런 거 없이 다녔는데, 그걸 왜 보낸다는 거지?"

우진이 혼잣말처럼 중얼거리는 말에 귀환호의 바다가 말했다.

"귀환호 때문에 그럴 거야. 크기도 크지만 지구의 우주선과 달라서 정박에 주의를 기해야 할 거야."

얼마 지나지 않아 가루다에서 보낸 무인 안내선이 무적택배호와 귀환호에 다가왔다. 두 대의 우주선은 안내선을 따라 가루다를 향해 움직이기 시작했다. 모니터에 우주 스테이션의 모습이 들어오자 지구에 돌아왔다는 실감이 본격적으로 들었다. 박상 등은 기쁨과 안도가 교차하는 심경으로 그 모습을 바라보고 있었다.

"지구에선 우리가 죽은 걸로만 알고 있을 텐데, 이렇게 갑자기 나타나면 다들 깜짝 놀라겠죠?"

마리나가 달뜬 음성으로 말했다. 그녀의 말을 시작으로 다른 사람들의 말문도 터졌다. 지혜가 맞장구쳤다.

"그렇겠죠. 그 엄청난 사고 속에서 우리가 어떻게 살아남았는지, 어디서 무얼 하고 지냈는지로 한동안 소란스러울 거예요."

"우리가 뉴스에 나올지도 모르겠네요?"

릴리가 묻자 지혜는 새침하게 말했다.

"당연한 수순이겠죠. 그 사고의 유일한 생존자인데다가 이렇게 큰 외계 문명의 우주선까지 끌고 돌아왔으니까요. 하지만 뉴스 같은 것에 나가는 건 솔직히 별로 내키지 않네요. 괜히 번잡해지잖아요."

"다른 건 다 차치하고, 집에 갈 생각만으로도 전 지금 막 가슴이 울렁거리고 기분이 이상해지는데요!"

우진도 흥분된 목소리로 대화에 가담했다. 그때 릴리가 동료들에게 물었다.

"여러분은 지구에 가면 뭘 제일 먼저 하고 싶어요? 가족을 만나는 건 너무 당연한 거니까 일단 빼구요."

그 질문에 제일 먼저 대답한 것은 박창이었다.

"전 말이죠, 표고버섯, 팽이버섯, 조개, 매운 고추를 넣어 매콤하게 끓인 된장찌개에다 잘 익은 김치를 곁들여 밥을 배부르게 먹고, 그 다음엔 입가심으로 아버지가 만든 푸딩을 먹을 겁니다."

"박창 씨다운 대답이네요."

릴리가 웃자 박창은 그녀에게 질문을 되돌렸다.

"그러는 릴리 씨는 뭐부터 할 겁니까?"

"마리나랑 놀이 공원에 갈 거예요. 문 디즈니랜드의 나흘짜리 패스포드를 끊어서 아예 거기서 먹고 자고 하면서 놀이 기구를 전부 다 타고 공연도 빠짐없이 볼 거예요.”

릴리는 대단한 계획인 양 의기양양하게 포부를 밝히더니 우진에게
물었다.

“우진 씨는 뭐 할 거예요?”

“전 단골 가게들을 돌면서 그동안 못 본 애니메이션이랑 게임을 구
입할 겁니다. 역사책이랑 인문서도 찾아보구요.”

“우진 씨를 찾아오던 그 긴 머리 아가씨는 안 만나볼 거예요?”

지혜가 짓궂은 미소를 흘리며 물었다. 우진은 겸연쩍게 웃었다.

“인연이 닿으면 만날 일도 있겠죠. 생각해 보면 말은 안 했어도 딴
에는 사과의 뜻으로 찾아오고 했던 것 같은데, 이번에 가서 만나게 되
면 화해하렵니다. 사실 뭐, 그리 대단한 원한도 아니니까요.”

우진의 대답을 들은 박창은 지혜에게 질문을 돌렸다.

“지혜 누나의 계획은 어때?”

그러자 지혜는 어깨를 펴고 거드름을 피우며 대꾸했다.

“나야 할 일이 많지. 우선은 우리 집의 작업실에서 아빠, 엄마랑 베
노에서 가지고 온 데이터를 정리하고, 철인간에 대해 본격적으로 연구
를 개시할 거야.”

그 말을 듣고 마리나가 물었다.

“전에 회사를 차리겠다더니, 그건요?”

지혜는 빙긋 웃었다.

“진지하게 고려 중이에요. 하지만 그전에 충분한 연구가 선행되어야
죠.”

그러더니 그녀는 바다에게 물었다.

"바다 씨는 우리 중에서도 귀환 의지가 가장 강했는데, 돌아가면 하고 싶은 일도 많겠네요?"

바다는 묘한 미소를 보였다.

"아직은 모르겠습니다. 소라를 만나봐야 알 것 같습니다."

아내 소라가 자신을 반드시 기다려 줄 것이라고 주장하던 이전과는 달리 바다는 마음을 많이 비우고 있는 듯이 보였다. 릴리가 씩씩한 목소리로 그를 격려했다.

"걱정 마세요, 바다 씨. 소라 씨는 바다 씨를 기다리고 있을 거예요. 바다 씨가 소라 씨를 생각하는 만큼 소라 씨도 그럴 거라고 믿어요. 게다가 우리가 이렇게 일찍 돌아가잖아요."

바다는 엷게 미소 지었다.

"고맙습니다."

그때 박창이 박상에게 물었다.

"형, 그런데 우리 회사는 어떻게 되는 거야? 계속 할 거야?"

"글쎄, 한동안 아무 생각 없이 푹 쉬고, 그러고 나서 생각해 봐야겠다."

"사장님, 설마 우리가 지금 잘리는 건 아니죠?"

마리나가 웃음기 어린 음성으로 물었다. 박상은 빙긋 웃고 말했다.

"그럴 리가 있겠습니까? 원하신다면 평생 고용을 보장하겠습니다."

그 말이 떨어지기가 무섭게 지혜가 뒤질세라 큰 소리로 말했다.

"우주 택배 회사보단 내 쪽이 더 장래성이 있을걸요! 내가 창업하면 마리나 씨랑 릴리 씨, 두 분을 보안 책임자로 모실게요! 우진 씨랑 바다 씨께도 물론 자리를 드리구요!"

"어? 누나, 배신 때리는 거야? 그럼 나랑 형은 어떡하라고?"

박창이 항의하자 지혜는 제법 인심 쓰는 듯 거만하게 말했다.

"너희에게는 사내 식당 사업권을 주지. 그거면 됐지?"

박창은 기가 막히다는 투로 코웃음을 쳤다.

"어이구, 내가 말을 말지. 내가 왜 누나네 회사의 사내 식당을 해? 차라리 아버지 밑에서 본격적으로 일이나 배우겠다."

"그래? 그럼 사내 식당은 상이를 주지 뭐."

있지도 않은 회사에 멋대로 취업을 시켜 버리는 지혜의 발언에 박상은 어이없다는 표정이 되기는 했지만 구태여 따지기도 싫어 심드렁하니 대꾸했다.

"고맙다. 덕분에 굶어 죽진 않겠구나."

다른 사람들은 그런 박상의 모습에 소리 죽여 웃었다.

『무적택배』 終

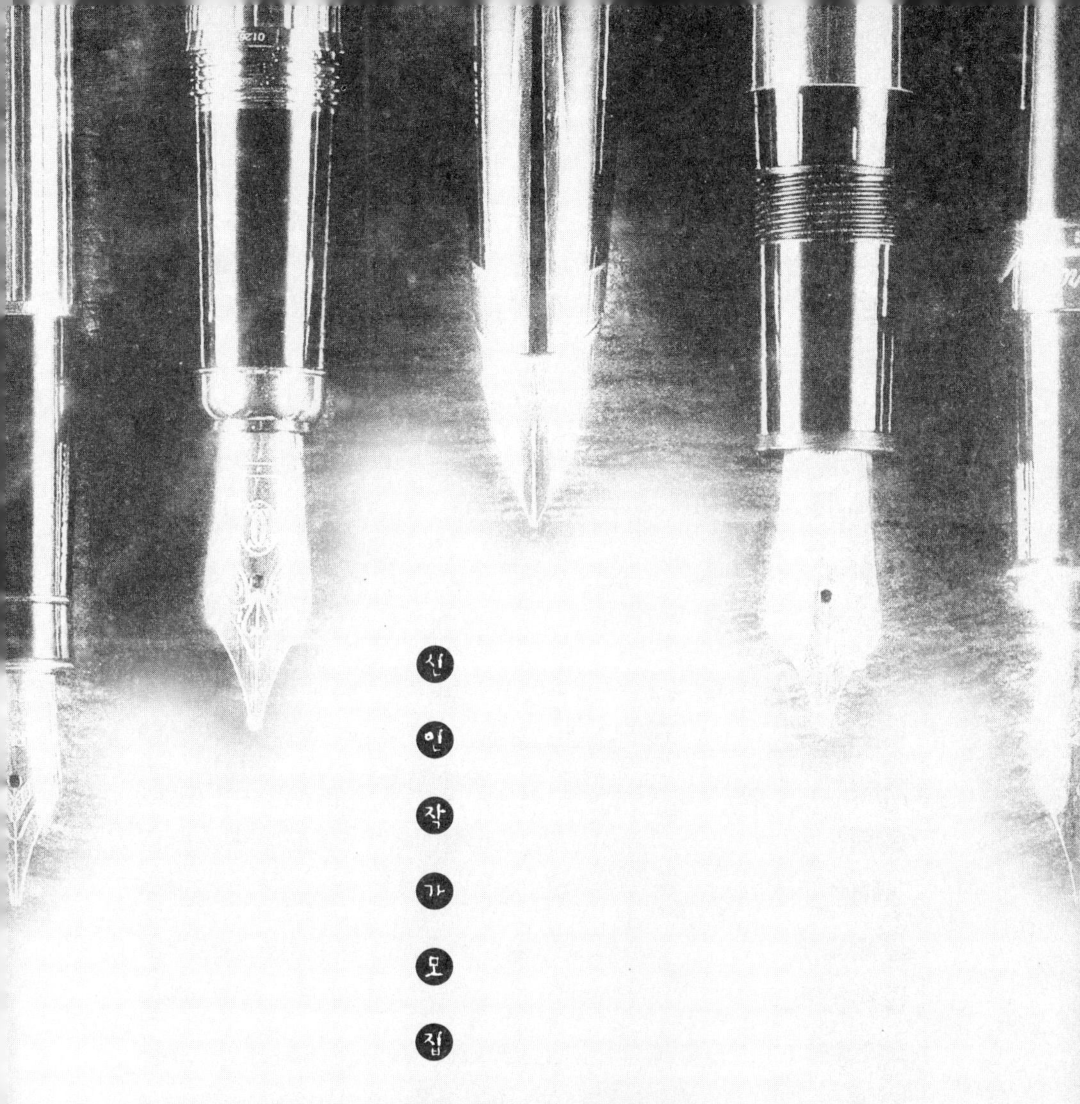